마하바라따

महाभारत

마하바라따

7

5장 분투
말로는 평화를, 마음으로는 전쟁을

새물결

महाभारत

옮긴이 **박경숙**

이 책을 싼스끄리뜨에서 옮기고 주해를 두어 길을 안내한 박경숙은 동아대학교를 졸업하고
1991년에 인도의 뿌네 대학에 유학해 빠알리어 전공으로 석사 학위를 받았다.
빠알리어와 싼스끄리뜨어를 통해 인류 문화의 뿌리에 자리 잡고 있는 인도 문화와 문학을
공부하는 것을 업으로 삼은 옮긴이는 이후 같은 대학의 대학원에서 싼스끄리뜨어 석사 학위를
받은 뒤『인도의 신들 ─ 베다, 이띠하사, 빠알리어 비교 연구』로 박사학위를 받았다.
옮긴 책으로는『샤꾼딸라』와『메가두따』가 있으며, 현재 싼스끄리뜨·빠알리 연구소 소장으로
있다.

마하바라따 7권 말로는 평화를, 마음으로는 전쟁을(5장 분투)
옮긴이 | 박경숙
펴낸이 | 조형준
펴낸곳 | 새물결 출판사
1판 1쇄 2017년 2월 26일
등록 서울 제15-52호(1989.11.9)
주소 서울특별시 마포구 포은로 5길 46 2층
전화 (편집부) 3141-8696 (영업부) 3141-8697
e-mail: saemulgyul@gmail.com
ISBN 978-89-5559-403-4(04890)
ISBN 978-89-5559-319-8(세트)

마하바라따

일러두기

1. 이 책은 뿌네의 반다르까 동양학 연구소에서 편찬한 보리(BORI)본을 원전으로 삼아 옮겼으며, 이야기의 흐름상 필요한 경우에는 다른 이본의 이야기들을 삽입하고 주에 따로 표시해 두었다.

2. 이 책은 전부 18장으로 구성되어 있지만 각 장의 분량이 동일하지 않아 몇몇 장은 2~3권으로 분권된다. 이와 관련해 각 장의 권수 표시와 부제는 편집부에서 따로 작성한 것이다.

3. 국립국어원의 표기법과 다른 쌴스끄리뜨어 표기법에 대해서는 1권 부록 3의 〈번역과 표기 원칙〉에 정리해 두었다.

4. 원어 병기는 본문이 너무 복잡해지지 않도록 가급적 피했으며, 필요한 경우에는 주에 따로 (쌴스끄리뜨어가 아니라) 알파벳 표기법에 따라 병기해 두었다.

5. 책을 표시하는 『 』등의 현대적 약물들의 경우 본문에는 사용하지 않고 옮긴이의 주해에서만 사용했다.

6. 본문 중의 고딕체는 '유가'와 '시간' 등 이 책에서 독특하게 사용되고 있는 추상화된 개념들을 가리키기 위해, 그리고 굵은 글씨는 본문에 삽입되어 있는 노래를 표시하기 위해 사용되었다.

참으로 놀라운 이야기

1

와이샴빠야나가 말했다.

"흥겨워하는 가까운 이들끼리

아비만유의 혼례를 치른 뒤 꾸루의 영웅들은 매우 흥에 겨웠습
니다.

나흘 동안의 새벽을 여흥으로 즐긴 그들은

이제 위라타의 회당으로 나갔답니다.

맛쓰야 군주의 호화로운 회당에는

놀랍도록 빼어난 보물과 보석과 왕좌가 있었고

향기로운 화환이 걸려있었습니다.

저 훌륭한 왕들은 바로 그곳으로 갔답니다.

발라라마와 끄르슈나의 조부이자

왕들이 우러르는 어른이신 쉬니와 함께
인간들의 왕, 드루빠다와 위라타가
앞에 놓인 어좌에 자리했습니다.

빤짤라의 왕 드루빠다 곁에는
로히니의 아들 발라라마와 영웅 사띠야끼가,
그리고 맛쓰야의 왕 곁에는
끄르슈나와 유디슈티라가 앉았답니다.

드루빠다 왕의 모든 아들들,
비마, 아르주나, 그리고 마드리의 쌍둥이 아들,
두 전쟁 영웅 쁘라듐나와 삼바, 그리고
위라타의 아들은 아비만유와 함께 앉았습니다.

용맹으로나 풍모로나 힘으로나
아버지들만큼이나 영웅적인
드라우빠디의 모든 아들들은
황금으로 빛나는 빼어난 왕좌에 자리했지요.

의복과 장신구로 번쩍이는 대전사들이
그렇게 자리 잡고 앉자
반짝이는 별들로 빛나는 창공처럼
저 호화로운 회당은 왕들로 빛났답니다.

인간의 영웅들은 흥에 겨워
서로서로 격에 맞는 이야기를 나눴지요.
그러다 왕들은 잠시 생각에 잠겼고
뭔가를 바라는 듯 끄르슈나를 바라봤습니다.

사자 같은 왕들은 이야기를 멈추고
빤다와들 일 때문에 그곳에 온
끄르슈나 주변에 모여들어 심장을 격동케 하는
의미심장한 그의 이야기에 귀를 기울였습니다.

그리고 끄르슈나가 말했습니다.

'유디슈티라가 노름에 패하고 왕국마저 잃었던 것은
수발라의 아들 샤꾸니의 농간이었음을,
그리하여 이들이 지금껏 숲에 유배되어 살아왔음을
여러분 모두 잘 알고 있을 것이오.

힘으로 치자면 세상을 제압할 수 있는 이들은
다만 진리에 굳건하여 그에 따라 행할 뿐이오.
그러기에 바라따의 수장들인 저 빤두의 아들들이
여섯에 일곱을 더한 해를 참담하게 지냈던 것이오.

이들이 저토록 가혹했던 열세 번째 해를
당신들 가까이서 눈에 띄지 않은 채,
얼마나 참혹한 시련을 감내하며 지내왔는지는
여러분들 모두 잘 알 것이오.

이러하건대 다르마의 아들과 두료다나에게
어찌 함이 이로울지 한번 생각들 해보시오.
어찌 함이 꾸루와 빤다와들에게
바르고 이로우며 명예로울지 생각들 해보시오.

다르마의 왕은 신들의 왕국을 준다 해도
다르마가 아닌 일을 탐하지는 않을 것이오.
다르마와 아르타에 따르는 것이라면
작은 마을 주인 됨도 마다하지 않을 것이오.

조상에게서 물려받은 왕들의 왕국이
다르따라슈트라†들의 농간으로 약탈당했음을,
그리하여 이들이 얼마나 견디기 어려운
혹독한 시련을 견뎌냈는지 우리는 알고 있소.

드르따라슈트라 왕의 아들들은 제 힘으로,
혹은 전투에 이겨 빠르타들을 물리친 게 아니오.

다르따라슈트라_ 드르따라슈트라의 아들들.

그럼에도 드르따라슈트라 왕과 왕의 동지들은
복됨을 바라고, 무탈하길 바라고 있소.

꾼띠의 아들들과 마드리의 아들들,
여기 이 빤다와 영웅들은 스스로 쟁취했던 것,
지상의 왕들을 힘으로 물리치고 얻었던 것,
단지 그것만 바랄 뿐이오.

다르따라슈트라들이 어릴 적부터 얼마나 수단방법 가림 없이,
적을 견디는 빤다와 영웅들을 죽이려 했는지는 알고 있을 것이오.
저들이 왕국을 차지하려고 얼마나 무섭고 잔혹한 수단으로
이들을 괴롭혔는지는 모두가 아는 그대로요.

나날이 커져가는 저들의 탐욕을, 그리고
유디슈티라의 올곧음을 눈여겨 지켜보고
또한 저들의 친지들의 마음을 잘 살펴보아
함께 혹은 각자가 할 일을 하도록 결심해야 하오.

이들은 한결같이 진리에 마음 쏟으며
저들이 내세운 약속을 모두 이행했소.
그럼에도 이들이 달리 대접받는다면
드르따라슈트라의 아들들은 죽어 마땅할 것이오.

저들에게 당한 유디슈티라 왕의 치욕을 듣고
동지들이 모두 왕 곁으로 모여들 터이니
싸워 저들을 끌어내릴 것이오.
전장에서 죽더라도 끝내는 저들을 처단할 것이오.

그럼에도 저들을 물리치기에
우리가 수적으로 열세라고 느낀다면
힘을 합해 동지들을 하나로 묶고,
함께 애써 저들을 모두 이겨야 하오.

두료다나의 마음은 지금까지 알려진 바가 없소.
그가 대체 무엇을 하려는지 말이오.
적의 심중을 헤아릴 길 없거늘
무엇을 하는 것이 최선일지 어찌 안단 말이오?

그러니 마음 맑고 법다우며 태생 좋고
올곧은 이를 뽑아 사절로 가게 하여
저들이 유디슈티라에게 왕국의 절반을
돌려주도록 설득함이 좋을 듯하오.'"

와이샴빠야나가 말했다.
"다르마와 아르타에 충만하고, 부드럽고 공평한 자나르다나의
이와 같은 말을 듣고 형인 발라라마가 그의 말을 정중히 받들며 말

했습니다."

2

이어지는 와이샴빠야나의 이야기는 이러하다.

발라데와[*]가 말했다.

'여러 군주들께서는 다르마와 아르타에 충만한
가다의 형 끄르슈나의 말을 들었소.
적 없는 유디슈티라에게도 이롭고
두료다나 왕에게도 이익이 되는 말이었소.

왕국의 절반을 나누어 준다면 꾼띠의 아들들은
두료다나를 위해 마음 다해 애쓸 것이오. 또한
드르따라슈트라의 아들은 절반을 떼어줌으로써
우리들과 함께 마음껏 기쁨을 누릴 수 있겠지요.

만약 저들이 진정으로 바르게 행동한다면
왕국을 얻은 여기 이 인간의 영웅들은

발라데와_ 발라라마.

단언컨대 고요한 행복을 누릴 터이고
이들의 마음이 고요해지면 그 복은 백성들에게 돌아갈 것이오.

두료다나의 마음을 알아보고
유디슈티라의 말을 전하러 누군가 가준다면, 그리하여
까우라와들과 빤다와들에게 화평을 가져올 수 있다면
기쁘기 한량없겠소.

그는 먼저 꾸루의 영웅이신 비슈마를 찾아뵈어야 하고
위용 넘치는 위찌뜨라위르야의 아들 드르따라슈트라,
드로나와 그의 아들 아쉬와타만, 위두라, 끄르빠,
그리고 간다라의 왕†과 마부의 아들†을 만나야 하오.

또한 드르따라슈트라의 나머지 아들들,
힘이 빼어나고 배움이 뛰어나며
각자의 다르마에 굳건히 서 있는 이들, 그리고
세상의 영웅들이자 지혜 깊고 나이 든 이들을 만나야 하오.

저들이 모두 한 자리에 모이고
어른들과 백성들이 모여들면
그는 매우 공손하게

간다라의 왕_ 샤꾸니.
마부의 아들_ 까르나.

꾼띠의 아들을 위해서 말해야 할 것이오.

어떤 상황에서도 그는 저들의 마음을 거슬러서는 안 되오.
권세에 기대어 지내는 동안 저들은 그 이점을 알았소.
유디슈타라는 동지처럼 저들에게 갔었고
그랬다가 노름에 져 왕국을 빼앗겼소.

유디슈타라가 주사위노름에 능하지 못했기에
꾸루의 영웅들과 동지들은 그를 만류했었소.
그럼에도 그는 주사위노름에 달통한 샤꾸니에게
스스로 도전했었소.

유디슈타라에게는 주사위를 던져 이길 수 있는
수천 명의 다른 노름꾼들이 있었소.
그럼에도 그들을 제쳐두고 그는 샤꾸니에게 도전했소.
그리하여 패한 것이오.

상대가 그에게 패를 던지게 하는 동안
주사위는 내내 그에게 위협적이었소.
그의 머리는 혼란스러웠고, 그리고 끝내 패하고 말았소.
거기에 수발라의 아들을 탓할 구석은 없소.

이러하니 사절은 위찌뜨라위르야의 아들[*]에게

공손히 예를 갖추고 거듭 그를 찬미해야 마땅하오.
이렇게 한다면 드르따라슈트라의 아들이
자기 자신을 위해서라도 그의 말을 들을 것이오.'

와이샴빠야나가 말했다.
"마두의 영웅 발라데와가 이렇게 말하자
쉬니의 영웅 사띠야끼가 벌떡 일어섰습니다.
그러더니 그의 말을 사정없이 비난하며
노기에 가득 차 이렇게 말했답니다."

3

이어지는 와이샴빠야나의 이야기는 이러하다.

사띠야끼가 말했다.
'사람은 자기 마음속에 있는 말을 그대로 하기 마련입니다. 그리고 당신은 당신 생긴 모습 그대로 말하는군요. 세상에는 영웅적인 사람들도, 겁쟁이들도 있습니다. 두 부류 모두 인간 세상에서 찾아볼 수 있지요. 한 가문에서도 내시와 영웅이 모두 태어날 수 있습니다. 같은 나무라고 해도 어떤 가지는 열매를 맺지만 어떤 가지는 그리하

위찌뜨라위르야의 아들_ 드르따라슈트라.

지 못하는 것과 마찬가지입니다. 쟁기 든 이여, 나는 당신 말에 반박할 생각이 없습니다. 허나 마두의 후예여, 당신 말에 귀 기울이는 자들을 나는 질타하겠습니다. 어느 누가 이 모임 한가운데서 겁도 없이 다르마의 왕을 나쁘게 말할 수 있단 말입니까? 주사위노름에 능한 자들은 이기려는 욕심으로 저 고결한 유디슈티라 왕을 청해 불렀고, 주사위를 잘 알지 못한 왕은 저들을 믿었습니다. 그것이 정당한 승리였습니까? 만약 저들이 꾼띠 아들의 집으로 와서 형제들과 함께 즐기던 그를 물리친 것이었다면 정당한 승리였을 것입니다. 허나 저들은 크샤뜨리야의 율법을 따르는 왕에게 도전해서 속임수로 승리를 얻었습니다. 어찌 저들에게 더 이상 바른 것을 바라겠습니까?

그런 고초를 모두 겪고 나서 이제야 숲속 생활에서 벗어났거늘 조상들이 물려주신 자리를 얻기 위해 어찌 다시 고개를 숙여야 한단 말입니까? 차라리 유디슈티라가 적의 재물을 탐하는 것이 낫지 저들에게 구걸하는 것은 옳지 않습니다. 유배 기간을 끝내고 이제야 세상 밖으로 나온 꾼띠의 아들들이 왕국을 얻으려는 것이 어찌 다르마에 맞지 않단 말입니까? 비슈마도 드로나도 그렇게 청하고 있지만 저들은 빤두의 아들들에게 조상들의 몫을 나눠주려고 하지 않습니다. 그러니 나는 전장에서 날카로운 화살을 쏘아 강제로라도 저들을 끌고 와서 고결한 꾼띠 아들의 발아래 엎드리게 해야겠습니다. 만약 선인 왕 앞에 부복하기를 거부한다면 저들이건 책사들이건 야마가 있는 땅으로 가야 할 것입니다. 산도 벼락을 다 받아내지 못하듯 저들도 유유다나의 타는 분노를 더 이상은 견디지 못할 것입니다. 누가 전장에서 간디와 활잡이를 마주할 것이며, 누가 바퀴 휘두르는 이와 맞싸울 것이며, 누가 있어 나를 상대하겠습니까? 감히 쳐다보지도 못할 비마에게는 또 누가 맞서리까? 살고자 하는 어느 누가 저토록 빛나는, 야마 같은 쌍둥이의 강궁에 맞서, 그리고 드루빠다의 아들에 맞서 싸우리까? 드라우빠디의 명예를 드높여주는 빤다와들의 다섯 아들, 풍채와 기력에서 모두 아버지 빤다와들과 맞먹는 그들을 마주하리까? 게다가 수바드라의 대궁수 아들, 신들도 이기기 어려운 아비만유도 있습니다. 누가 그와 싸울 수 있을 것이며, 시간과 벼락과 불과도 같은 가다, 쁘라듐나, 삼바를 마주할 자는 또 누가 있으리까? 여기 바로 우리들이 드르따라슈트라의 아들과 샤꾸니와 까르나를 함께 처단하고 빤두의 아들을 왕위에 앉힐 것입니다. 생각 없고 무지한 적을 죽이는 것은 아다르마가 아니지만 그런 적에게 구걸하는 것은 아다르마이며 불명예입니다. 누구든 가슴 속에 품은 열망은 부단히 성취해가야 합니다. 드르따라슈트라가 마지못해 내주었던 왕국을 빤두의 아들은 반드시 되찾아야 합니다. 그러니 이제 빤두의 아들 유디슈티라가 왕국을 차지하든지 아니면 전장에서 모두 죽어 땅바닥에서 길고 긴 잠을 자든지 해야 할 것입니다.'

4

드루빠다가 말했다.
'완력 넘치는 이여, 그리 될 것은 의심할 여지도 없소. 두료다나는 왕국을 흔쾌히 내줄 리 없고, 아들을 애지중지하는 드르따라슈트라는 아들의 말을 따르겠지요. 비슈마와 드로나는 그들에게 의지해 있으니 그럴 터이고, 라다의 아들 까르나와 수발라의 왕 샤꾸니는 어리석어서 그럴 것이오. 내 보기에 발라데와의 말은 적절한 것 같지 않소. 그것은 처음부터 사리에 맞게 행하고자 했던 사람에게나 적용되는 말이기 때문이오. 드르따라슈트라의 아들은 무르게 말해서는 절대로 안 되는 자요. 사악한 생각으로 가득해서 온화한 방법은 통하지 않는 자라는 것을 나는 알고 있소. 저렇듯 악한 생각으로 찌들어 있는 자를 나긋한 말로 달래는 것은 당나귀에게 부드럽게 대하고 소에게는 거칠게 대하는 격이오. 잔악한 자들은 좋은 말로 하면 유약해서 그런 줄 알며, 우리가 얌전히 있으면 저 생각 없는 자는 자기가 뜻한 승리를 이룬 줄 알 것이오.

우리가 여기서 해야 할 것은 어쨌든 할 수 있는 만큼은 해봐야 한다는 것이오. 동지들에게 사람을 보내서 우리를 위해 군사를 일으켜 달라고 해야 하오. 샬리야, 드르슈타께뚜, 위용 넘치는 자야뜨세나 그리고 모든 께까야들에게 발 빠른 사절을 보냅시다. 필시 두료다나도 이들 모두에게 사절을 보낼 것이오. 선량하고 헌신적인 왕들이니 먼저 말한 사람 편에 설 것이 분명하오. 그러니 서둘러 인드라 같은 왕들을 먼저 채근하시오. 우리는 지금 매우 중대한 일에 직면해 있다는 것이 내 생각이오. 샬리야와 그를 추종하는 왕들에게 어서 사람을 보내시오. 그리고 왕이시여, 동쪽 바다를 다스리는 바가닷따 왕에게도, 아미따오자스, 우그라, 하르디끼야, 아후까, 멀리 내다보는 말라, 로짜마나에게도 보내야 합니다. 브르한따를 데리고 와야 하며 세나빈두 왕, 빠빠지뜨, 쁘라띠윈디야, 짜끄라와르만, 수와스뚜까, 바홀리까, 문자께샤, 쩨디의 군주, 수빠선인와, 수바후 그리고 대전사 빠우라와, 샤까의 군주들, 빠홀라와들, 다라다들, 깜보자들, 선인까들 그리고 서쪽 지역의 아누빠까들, 자야뜨세나, 까시의 왕, 다섯 강의 왕들, 끄라타의 넘볼 수 없는 아들, 산악 지역의 왕들, 자나끼, 수샤르만, 마니마뜨, 빠우띠마뜨스야까, 빵수의 왕, 영웅적인 드르슈타께뚜, 아우드라, 단다다라, 용맹스런 브르하뜨세나, 아빠라지따, 니샤다, 쉬레니마뜨, 와수마뜨, 힘이 넘치는 브르하드발라, 적의 도시를 물리친 바후, 사무드라세나 왕과 그의 영웅적인 아들들, 아다리, 나디자, 까르나웨슈타 왕, 사마르타, 수위라, 마르자라와 깐야까, 마하위라, 까드루, 니까라 그리고 힘이 엄청난 끄라타, 닐라, 위라다르만, 영웅적인 부미빨라, 두르자야, 단따와끄라, 루끄미, 자나메자야, 아샤다, 와유웨가 그리고 뿌르와빨리 왕, 부리떼자, 데와까, 에깔라위야의 아들, 까루사까 왕자들과 영웅적인 크쉐마두르띠, 웃다와, 크쉐마까, 와따다나 왕, 쉬루따유스, 드르따유스, 영웅적인 샬와의 아들, 전장에서 이기기 어려운 깔링가의 수장 꾸마라, 서둘러 그들에게 사절을 보내는 것이 좋겠소. 그리고 왕이시여, 내 왕사이신 이 브라만을 어서 드르따라슈트라에게 보내시오. 그가 두료다나와 샨따누의 아들 비슈마, 드르따라슈트라, 그리고 지혜롭고 지혜로운 드로나에게 말을 전하게 하시오.'

5

와아수데와가 말했다.

'이 말은 막중한 짐을 지고 있는 소마까에게 타당한 말입니다. 또한 기력 넘치는 빤다와 왕의 일을 이룰 수 있게 하는 말이기도 합니다. 우리가 바른 책략을 펴고자 한다면 무엇보다 먼저 해야 할 일이기도 하지요. 이와 달리 행동하는 사람이 있다면 그야말로 어리석은 이입니다. 그렇지만 빤다와들이나 저들이 적절한 행동을 하든 어쩌든 우리는 꾸루들과 빤두들에게 다 같은 친척이 아닙니까? 당신과 마찬가지로 우리는 여기 혼례식을 보기 위해 왔고, 혼례식이 끝났으니 이제 조용히 집으로 돌아갈 것입니다. 당신은 나이로 보나 앎으로 보나 왕들 중에서도 가장 연장자십니다. 우리 모두가 당신의 제자나 다름없다는 데는 이의가 없습니다. 드르따라슈트라는 언제나 당신을 높이 평가하지요. 두 스승이신 드로나와 끄르빠에게도 당신은 벗이 아닙니까? 그러니 당신이야말로 빤다와들을 위해서 그들에게 말을 전할 수 있는 분입니다. 당신이 무슨 말을 전달하건 우리는 다 괜찮습니다. 만약 그렇게 해주신다면 꾸루의 황소도 당신의 말을 제대로 듣고 화평을 이루려 할 것이니 빤두들의 입장에서 봐도 형제애를 크게 잃는 일은 없을 것입니다. 만약 드르따라슈트라의 아들이 오만하고 어리석어서 화합을 맺으려 하지 않으면 다른 사람을 또 보내보고, 그런 다음엔 우리를 부르셔도 됩니다. 그리되면 아둔하고 지혜 느린 두료다나는 책사들, 친지들과 함께 간디와 활잡이를 성나게 한 대가를 톡톡히 치룰 것입니다.'

와이샴빠야나가 말했다.

"그리하여 위라타 왕은 우르슈니의 후손을 공경한 뒤 같이 온 사람들, 일족들과 함께 그들이 집에 돌아갈 수 있게 해주었답니다. 끄르슈나가 떠나자 유디슈티라를 앞세운 빤다와들과 위라타 왕은 전투에 필요한 준비를 시작했습니다. 위라타와 그의 친지들, 그리고 드루빠다 왕은 이 땅의 모든 주인들에게 사람을 보냈지요. 사자 같은 꾸루들, 맛쓰야와 빤짤라의 왕에게서 전갈을 받은 완력 넘치는 왕들이 흔쾌히 그곳으로 모여들었습니다. 거대한 병력이 빤두의 아들을 위해 모여들었다는 것을 들은 드르따라슈트라의 아들도 왕들을 불러 모았지요. 그래서 자나메자야 왕이시여, 온 세상이 꾸루들 또는 빤다와들에게 행군해가는 왕들로 들썩였습니다. 저 영웅적 병사들이 여기저기서 속속 도착하자 산과 숲을 품은 대지의 여신이 뒤흔들렸답니다. 이제 빤짤라의 왕 드루빠다는 유디슈티라의 뜻에 따라 나이 지긋하고 지혜로운 자신의 왕사를 꾸루들에게 보냈습니다."

6

드루빠다가 말했다.

'만물 가운데는 숨 쉬는 생명이 제일이며, 숨 쉬는 것들 중에는 지각 있는 생명이 최고입니다. 지각 있는 것들 중엔 인간이 으뜸일 것이며, 인간들 중엔 브라만이 가장 높습니다. 브라만 중에서는 베다에 박학한 이가, 베다에 박학한 이들 중에서는 그것을 통찰하고 이룬 이가 가장 뛰어나다고 나는 생각하고 있습니다. 스승이시여, 당신은 가문으로 보나 나이로 보나 들어서 아는 것으로 보나 참으로 빼어나시니 베다를 통찰하고 이룬 이들 가운데서도 가장 뛰어난 분이십니다. 지혜로 치자면 슈끄라와 앙기라스에도 뒤지지 않습니다. 당신은 까우라와들의 행적을 모두 꿰뚫어 알며 꾼띠와 빤두의 아들 유디슈티라의 행적 또한 모두 알고 있습니다. 드르따라슈트라도 이미 알고 있었다시피 빤다와들은 적에게 속았습니다. 위두라의 조언을 받았음에도 왕은 아들만 싸고돌았던 것이지요. 주사위를 꿰뚫어 아는 샤꾸니는 꾼띠의 아들 유디슈티라가 주사위는 모르나 크샤뜨리야 율법은 꼿꼿이 따른다는 것을 알고 고의로 주사위노름에 그를 청했습니다. 저들은 이런 식으로 다르마의 아들 유디슈티라를 속였으니 무슨 일이 있어도 왕국을 스스로 내주지는 않을 것입니다. 그러나 왕사께서 다르마에 입각한 말로 드르따라슈트라의 마음을 움직인다면 필시 그의 용사들의 마음을 돌릴 수 있으리라 믿습니다. 위두라도 당신의 말이 성사될 수 있게 할 것이며, 비슈마와 드로나, 끄르빠도 왕과 분란을 일으킬 것입니다. 그리되면 대신들 간에도 패가 나뉘고 전사들은 고개를 돌리겠지요. 드르따라슈트라는 그들을 다시 한 기치 아래 모으는 일을 하게 될 것입니다.

그 동안에 쁘르타의 아들들은 쉬이 한 기치 아래 모여 군을 살피는 일을 하고 재물을 모을 수 있습니다. 하지만 당신이 저들을 붙들고 있는 동안 저들은 필시 자중지란에 빠져 군을 잘 살피지 못할 것입니다. 이것이 당신의 주된 목적입니다. 또한 어쩌면 당신과 만난 뒤 드르따라슈트라가 다르마에 입각한 당신의 말을 따르게 되는 성과가 있을 수도 있겠지요. 당신 스스로가 다르마에 따라 살고 있으니 저들 사이에서 올곧게 처신하실 것이라고 믿어 의심치 않습니다. 빤다와들의 고난에 연민을 느끼는 자들 속에서 함께 지내며, 어른들께는 조상들이 지켜왔던 가문의 다르마에 대해 말해야겠지요. 그렇게만 하면 저들의 마음을 흐트러뜨리는 것은 문제가 되지 않으리라고 확신합니다. 저들을 두려워할 것 없습니다. 당신은 베다를 아는 브라만이며 사절의 임무를 띠고 가는데다 충분히 나이가 들었기 때문입니다. 뿌샤 별이 만나는 상서로운 시간을 잡아 꾼띠 아들들의 승리를 위해 서둘러 까우라와들에게로 떠나십시오.'

와이샴빠야나가 말했다.
"거동 바른 왕사는 고결한 드루빠다의 그런 지침을 갖고 코끼리의 도시 하스띠나뿌라를 향해 출발했답니다."

7

이어지는 와이샴빠야나의 이야기는 이러하다.

끄르슈나와 발라데와† 마다와가 수백 명에 이르는 우르슈니, 안다까들과 함께 드와라와띠로 모두 떠난 뒤, 두료다나 왕은 특명을 띤 첩자들과 사절들을 통해 빤다와들이 벌이고 있는 일을 모두 알게 되었다. 끄르슈나가 떠났다는 말을 들은 그는 바람처럼 날쌘 준마를 타고 그리 많지 않은 수행원을 대동한 채 드와라까⁺ 도성을 향해 출발했다. 바로 그날 꾼띠와 빤두의 아들 다난자야도 아름다운 아나르따⁺를 향해 발 빠르게 움직였다.

꾸루의 두 후손, 저 범 같은 두 사내가 드와라까에 이르러 끄르슈나에게 다가갔을 때 그는 잠이 들어 있었다. 끄르슈나 고원다⁺가 잠들어 있는 동안 안으로 들어간 수요다나는 그의 머리맡에 놓여 있던 매우 훌륭한 자리를 차지하고 앉았다. 그의 뒤를 따라 왕관 쓴 고결한 사내 아르주나가 들어와서 두 손을 모은 채 읍하고 섰다. 우르슈니의 후손 끄르슈나는 깨어나서 아르주나를 먼저 보았다. 그는 우선 둘을 환영하고 격식을 갖추어 적절히 대접했다. 그리고는 그들이 온 까닭을 물었다. 두료다나가 웃으며 끄르슈나에게 말했다.

'마다와여, 다가올 분쟁에서 당신이 우리에게 도움을 줄 수 있길 바랍니다. 당신은 나와 아르주나 둘 다와 친분을 맺고 있고, 둘 다에게 똑같은 친척입니다. 끄르슈나여, 오늘 당신의 집에는 내가 먼저 왔습니다. 전통적으로 선자들은 먼저 온 사람에게 먼저 기회를 주지요. 자나르다나여, 당신은 이 세상 선자들 중에서도 가장 뛰어

발라데와_ 발라라마.

드와라까_ 드와라와띠.

아나르따_ 드와라와띠(드와라까)가 도성인 나라.

고원다_ 소몰이꾼. 끄르슈나는 어린 시절 소몰이꾼으로 자랐기에 고원다라는 애칭을 즐겨 쓴다.

난 사람입니다. 언제나 우러름을 받지요. 선자로서의 거동을 잘 지
켜주십시오.'

끄르슈나가 말했다.

'왕이여, 당신이 먼저 왔다는 것은 추호도 의심하지 않습니다. 헌
데 내 눈에 먼저 띤 것은 쁘르타의 아들 다난자야였습니다. 수요다
나여, 당신은 여기에 먼저 왔고, 내 눈에 먼저 들어온 것은 아르주나
이니 나는 둘 다에게 도움을 주려 합니다. 선택의 기회는 나이 어린
사람에게 먼저 있다고들 하니 여기서는 쁘르타의 아들 다난자야에
게 우선권이 있겠군요. 내게는 나와 같은 소몰이꾼이 셀 수 없이 많
이 있지요. 나라야나라고 불리는 그들 모두가 전투에 능한 용사들입
니다. 전장에 서면 감히 넘보기 어려운 그들이 한편에 있고, 다른 한
편에는 무기를 내려두고 전장에서 싸우지 않을 내가 있습니다. 쁘르
타의 아들이여, 정당한 우선권이 그대에게 있으니 이 둘 중 먼저 맘
에 드는 것을 하나 고르시오.'

이어지는 와이샴빠야나의 이야기는 이러하다.

끄르슈나의 말을 들은 꾼띠의 아들 다난자야는 전장에서 무기를
쓰지 않을 끄르슈나를 택했다. 끄르슈나가 전쟁에서 무기를 들지 않
는다는 것을 아는 두료다나는 수천수만의 병사를 얻은 것에 말할 수
없이 기뻐했다. 무서운 힘을 지닌 끄르슈나의 병사 모두를 얻은 두료
다나는 이제 로히니의 완력 넘치는 아들†에게 갔다. 자기가 온 까닭

로히니의 완력 넘치는 아들_ 발라라마.

을 이르자 발라라마가 드르따라슈트라의 아들에게 말했다.

'범 같은 사내여, 전에 내가 위라타의 혼례식장에서 말했던 것은 다 알고 있을 것이오. 꾸루의 후예여, 그대를 위해 나는 끄르슈나에게도 자제하라고 말했었소. 왕이여, 나는 양쪽 모두에 똑같은 친지라고 거듭거듭 말했소. 끄르슈나는 내 말에 동의하지 않았고, 나는 끄르슈나 없이는 잠시도 뭔가를 하고 싶지 않다오. 와아수데와를 보며 나는 쁘르타의 아들들과도, 또 두료다나와도 엮이지 않겠다고 결심했소. 그대는 모든 왕들이 우러르는 바라따의 왕가에서 태어났소. 바라따의 황소여, 가시오. 가서 크샤뜨리야의 율법에 따라 싸우시오.'

이렇게 말하자 두료다나는 쟁기든 발라라마[†]를 껴안았다. 끄르슈나가 싸우지 않을 것임을 안 그는 내심 승리를 확신했다. 드르따라슈트라의 아들 두료다나는 끄르따와르만에게 갔다. 끄르따와르만은 그에게 대병력을 내주었다. 꾸루의 후손은 저 무시무시한 군을 모두 이끌고 기쁨에 전율했고, 돌아와서는 동지들을 들뜨게 했다. 두료다나가 돌아가자 끄르슈나가 왕관 쓴 아르주나에게 말했다.

'무슨 생각으로 싸우지도 않을 나를 택했던가?'

아르주나가 말했다.

'당신이 저들 모두를 죽일 수 있다는 데는 의심할 여지가 없습니다. 수승하신 분이여, 또한 나 혼자서도 저들을 처단할 수 있습니다. 당신은 이미 이 세상에 명성이 자자하니 전쟁의 영광은 당신께 갈 것입니다. 나 또한 명예를 구하고 있기에 당신을 택했습니다. 당신이

쟁기든 발라라마_ 쟁기는 발라라마를 상징하는 것으로 그의 무기인 동시에 농사짓는 도구이며 술병과 함께 그의 유유자적함을 나타낸다.

내 마부가 되기를 바라는 마음, 늘 품고 있었습니다. 오랜 밤을 지녀온 소망이니 부디 허락해주십시오.'

와아수데와가 말했다.

'쁘르타의 아들이여, 나와 명예를 다투다니 참 그럴싸한 생각일세. 그대의 마부가 되려네. 그대의 소망이 이루어질걸세.'

와이샴빠야나가 말했다.

"그리하여 끄르슈나와 함께 최고의 다샤르하들에게 에워싸여 있던 쁘르타의 아들은 뿌듯한 기분으로 유디슈티라에게 돌아갔답니다."

8

이어지는 와이샴빠야나의 이야기는 이러하다.

사절들에게서 전쟁 소식을 전해들은 샬리야는 거대한 병력을 이끌고 대전사 아들들과 함께 빤다와들을 향해 행군하고 있었다. 저 황소 같은 사내가 거느린 병사들의 군영은 반 요자나를 뻗을 만큼 대단했다. 용사들은 화려한 갑옷을 입고, 형형색색의 깃발을 달았으며, 갖가지 활을 들고 모두들 화려하게 치장한 전차와 수레에 타고 있었다. 각 지역의 복색으로 잘 차려입은 수백수천을 헤아리는 황소 같은 크샤뜨리야 영웅들이 그의 군사대장들이었다. 생명 있는 것들을 두려움에 떨게 하고, 지축을 흔들며 병사들을 이끌고 가던 샬리야는 빤다와들이 있는 곳에서는 틈틈이 쉬어가며 천천히 행군했다.

한편 두료다나는 대전사 샬리야가 대병력을 이끌고 행군하고 있다는 말을 듣고는 급히 다가가 존경하는 마음을 표했다. 그를 잘 맞이하기 위해 두료다나는 쾌적한 곳에 마음을 사로잡는 갖가지 장식으로 꾸민 쉼터를 만들었다. 샬리야가 그곳에 머물 때면 곳곳에 배치된 두료다나의 대신들은 그가 마치 신이라도 되는 양 공경했다. 그렇게 공경을 받고 나면 샬리야는 다시 자신이 신들의 대궐처럼 빛나는 또 다른 거처에 와있음을 알아차렸다. 거기에서 그는 인간의 것이 아닌 듯한 매우 훌륭하고 특별한 것들로 대접을 받았다. 샬리야의 마음은 으쓱해져서 도시를 뒤흔드는 신 인드라가 우습게 느껴질 지경이었다. 그리하여 저 크샤뜨리야의 황소는 기쁜 마음으로 시종들에게 물었다.

'유디슈티라의 사람 누가 이 쉼터들을 만들었는가? 쉼터를 지은 사람들을 데려오라. 보상을 해야겠구나.'

그러자 숨어 있던 두료나나가 외삼촌인 그에게 모습을 나타냈다. 그를 본 마드라의 왕은 그가 어떤 노력을 기울였는지 알고 흡족해 하며 그를 껴안았다. 그리고 말했다.

'그대가 원하는 것을 취하라.'

두료다나가 말했다.

'다복한 분이시여, 제 소원을 들어주신다는 그 말씀이 진실이기를! 우리 전군의 군사대장이 되어 주십사 당신께 청합니다.'

이어지는 와이샴빠야나의 이야기는 이러하다.

'그럽시다.'

샬리야는 그렇게 말하며 다시 물었다.

'다른 건 없소?'

'되었습니다.'

간다리의 아들은 단지 그렇게만 거듭 답할 뿐이었다. 그리고는 샬리야에게 작별한 뒤 다시 도성으로 돌아갔고, 샬리야는 자기가 한 일을 알리러 꾼띠의 아들들에게로 갔다. 우빨라위야로 간 샬리야는 본영으로 들어가 그곳에 모두 모여 있는 빤다와들을 보았다. 빤두의 아들들을 만난 완력 넘치는 샬리야는 발 씻을 물과 아르갸와 소를 의례에 따라 받아들였다. 그런 뒤 적을 처단하는 저 마드리의 왕은 우선 그들이 건강한지 묻고 애정이 넘치는 모습으로 유디슈티라를 껴안았다. 반가워하는 비마와 아르주나, 그리고 누이의 쌍둥이 아들 나꿀라와 사하데와를 껴안았다. 자리에 앉은 샬리야가 유디슈티라에게 물었다.

'꾸루의 후손이여 범 같은 왕이여, 안녕하시었소? 승리자 중의 승리자여, 숲속 생활에서 벗어났으니 참으로 다행이오. 왕이여, 형제들, 그리고 드라우빠디까지 함께 숲에서 지내기는 참으로 힘들었을 게요. 숨어서 살기는 무섭도록 고단했을 것이오. 바라따의 후손이여, 왕국을 잃은 자에게는 고통뿐이었을 진데 어디서 안락함을 찾았겠소? 적을 태우는 왕이여, 그러나 드르따라슈트라의 아들이 만들어낸 그 크나큰 고통이 끝나면 적을 죽이고 행복을 얻을 것이오. 인간들의 군주인 위대한 왕이여, 당신은 삶의 정수를 알고 있소. 친애하는 이여, 그래서 당신은 탐욕에서 비롯된 일은 저지르지 않지요.'

이렇게 말한 뒤 왕은 두료다나와의 만남을 이야기했고, 자기가 했던 모든 약속, 그리고 두료다나에게 내려준 축복에 대해 말했다.

유디슈티라가 말했다.

'잘 하셨습니다. 영웅적 왕이시여, 두료다나와 말로 맺은 약속들은 흔쾌한 마음으로 수행하십시오. 이 땅의 주인이시여, 은총 있으시길! 제가 바라는 것이 하나 있습니다. 대왕이시여, 당신은 전장에서 와아수데와와 같습니다. 수승한 왕이시여, 만약 전장에서 까르나와 아르주나가 일대일로 격전을 벌이게 되면 당신은 필시 까르나의 마부가 될 것입니다. 왕이시여, 저를 어여삐 여기신다면 그때 아르주나를 지켜주십시오. 마부의 아들 까르나의 빛을 가려주십시오. 그리만 해주시면 승리는 우리 것입니다. 외삼촌이시여, 이 일이 필시 탐탁지는 않겠지만 꼭 해주셨으면 합니다.'

샬리야가 말했다.

'좋은 일만 있기를! 빤다와여, 내 말 들으시오. 당신은 전장에서 마음씨 고약한 마부 아들의 빛을 가려달라고 내게 말했소. 그는 나와 와아수데와가 동등하다고 항상 생각하고 있으니 전장에서 내가 그의 마부가 될 것임은 자명한 사실이오. 범 같은 꾸루여, 그러니 기꺼이 이렇게 말해줄 수 있소. 그가 전장에서 싸우고 싶어 할 때 내가 그의 자신감을 빼앗고 그의 빛을 빼앗으리다. 그러면 그를 쉬이 죽일 수 있을 것이오. 당신께 약속하지요. 친애하는 왕이여, 당신이 내게 청한 일을 하겠소. 다른 일이 있으면 당신을 위해 그 일 또한 해드리리다. 빛이 넘치는 이여, 당신이 주사위노름에서 드라우빠디와 겪었던 고통, 마부 아들이 했던 거친 말들, 자타수라와 끼짜까에게 당했던 곤욕, 다마얀띠처럼 드라우빠디가 겪어야 했던 모든 치욕 ……. 영웅이여, 이 모든 고난은 행복으로 끝맺음될 것이니 이 일에 너무 마음 쓰지 마시오. 운명은 강한 것이오. 유디슈티라여, 고결한 사람들은 모두 고난을 겪지요. 세상의 주인이여, 신들이라고 고난을 피하지는 못한다오. 바라따의 왕이여, 고결한 신들의 왕 인드라와 그의 왕비도 극심한 고난을 겪은 적이 있었다오.'

인드라의 승리

9

유디슈티라가 말했다.

'인드라 같은 왕이시여, 고결한 인드라가 왕비와 함께 얼마나 심한 고난을 겪었는지 알고 싶습니다.'

샬리야가 말했다.

'바라따의 왕이여, 인드라가 왕비와 함께 어떤 고난을 겪었는지 예부터 전해져오는 이야기를 해드릴 테니 들어보세요.'

이어지는 샬리야의 이야기는 이러하다.

최고신이자 대고행자인 쁘라자빠띠 뜨와슈트르는 인드라를 괴롭히기 위해 머리 셋 달린 아들†을 만들었다고 한다. 우주적 형상†을

머리 셋 달린 아들_ 그는 머리가 셋이라는 뜻의 '뜨리쉬라스'라는 이름으로 불린다.

갖춘 빛이 성성한 아들은 해, 달, 불을 닮은 무시무시한 얼굴이 셋이었다. 그는 인드라의 자리를 탐했다. 얼굴 하나로는 베다를 공부하고, 다른 하나로는 먹고 마셨으며, 또 다른 얼굴로는 사방을 들이마실 듯 바라보았다. 그는 온화하고 자제력 있는 고행자였으며, 다르마와 고행을 단단히 하려고 했다. 그래서 해내기 어려운 혹독하고 대단한 고행을 했다. 고행의 위력을 지닌 존재, 무량한 빛을 지닌 그를 보고 인드라는 '저이가 인드라가 되지 않아야 할 텐데'라고 생각하며 풀이 죽었다.

'어찌하면 저이를 환락에 빠뜨려 저 대단한 고행을 멈추게 할 수 있을까? 저 뜨리쉬라스가 자꾸 자라면 삼계를 다 삼킬 텐데 …….'

요모조모 생각해보던 생각 많은 인드라는 압싸라스들을 불러 뜨와슈트르의 아들을 꾀라는 명을 내렸다.

'어서 가서 저 머리 셋 달린 이를 욕망과 환락에 빠지게 하라. 살랑거리는 옷을 입고 예쁜 엉덩이를 흔들며 마음을 쏙 빼놓는 표현으로 어서어서 지체 없이 그를 유혹하라. 그대들에게 축복 있을지니, 내 두려움을 달래다오. 아름다운 여인들이여, 내가 몹시 심란하구나. 이 무서운 두려움을 어서 없애다오.'

압싸라스들이 말했다.

'샤끄라 †여, 그를 꾀어보겠습니다. 왈라를 처단하신 이여, 그래서 당신이 두렵지 않게 해보겠습니다. 세상을 눈으로 태울 듯한 모습으로 앉아 있는 저 고행자를 우리가 가서 꾀어보렵니다. 그가 우리

우주적 형상_ 이같은 뜻은 '위쉬와루빠'이며 뜨리쉬라스와 함께 그의 이름이 된다.
샤끄라_ 인드라.

손아귀에 들어오게 해서 당신의 두려움을 없애보렵니다.'

이어지는 샬리야의 이야기는 이러하다.

인드라의 명을 받고 뜨리쉬라스 가까이에 간 아름다운 여인들은
온갖 농염한 몸짓으로 그를 꾀려고 했다. 춤을 추고 아름다운 몸매
를 보여주며 살랑거렸으나 아무리해도 대고행자는 욕정에 휘말리지
않고 감각을 다스렸다. 물이 가득한 바다처럼 끄떡도 하지 않았다.
할 만큼 다 해본 그들 모두 샤끄라에게 돌아가 두 손 모으고 신들의
왕에게 말했다.

'위용 넘치는 분이시여, 그의 단단한 마음은 도저히 움직일 수 없
었습니다. 다복한 분이시여, 그러니 다음 일을 도모하심이 좋을 듯
합니다.'

마음 큰 인드라는 그들을 잘 대접해 보내고 난 뒤, 고결한 뜨리쉬
라스를 죽일 다른 방법을 궁리하기 시작했다. 영웅적인 신들의 왕,
결심 굳고 사려 깊은 인드라는 묵묵히 생각에 잠겼다.

'지금 바로 내 벼락을 던져야겠다. 그래야 그가 없어지리라. 힘
가진 자는 적이 아무리 미약해도 커가는 것을 두고만 볼 수는 없지.'

작심한 인드라는 죽일 마음을 굳히고는 경전의 지식을 바탕으로
뜨리쉬라스를 향해 불같은 벼락, 무서운 형상을 취하며 공포를 불러
오는 성난 벼락을 던졌다. 거센 벼락에 맞은 그는 죽어 넘겨졌다. 산
봉우리 같은 그가 땅바닥으로 고꾸라졌다. 하지만 벼락에 맞고도 여
전히 빛을 내며 태산처럼 누워 있는 그를 본 인드라의 마음은 편치

않았다. 죽었음에도 그는 형형한 빛을 풍기며 살아 있는 것처럼 보였다. 샤찌의 지아비 인드라는 그곳에서 일하던 목수를 보았다. 빠까를 처단한 인드라가 황망히 말했다.

'저놈 머리를 잘라버리시오. 어서 내 말대로 해주시오!'

목수가 말했다.

'저처럼 거대한 어깨는 제 도끼로 자를 수가 없습니다. 더구나 저는 선자들에게 비난받을 짓은 할 수가 없습니다.'

인드라가 말했다.

'두려워 마시오. 빨리 내 말대로 하시오. 내가 은총을 베풀지니, 당신의 도끼는 내 벼락과 같아질 것이오.'

목수가 말했다.

'오늘 이처럼 끔찍한 짓을 저지르는 당신을 내가 누구로 알아야 합니까? 사실대로 말씀해주십시오. 들어야겠습니다.'

인드라가 말했다.

'목수여, 나는 인드라요. 신들의 왕이지. 그리 알면 되오. 목수여, 그러니 지체 말고 내가 시킨 대로 하시오.'

목수가 말했다.

'샤끄라여, 이 잔인한 짓을 어찌 부끄러이 여기지 않는 겁니까? 선인의 아들을 죽이고도 브라만을 죽였다는 두려움이 없단 말입니까?'

인드라가 말했다.

'매우 까다로운 속죄의 다르마는 차후에 하리다. 내가 벼락으로 죽인 적은 기력이 넘치는 이였소. 지금까지도 나는 좀 혼란스럽소.

여전히 그가 두렵단 말이오. 그러니 어서 그의 머리를 잘라주시오. 보상은 해드리리다. 사람들이 희생제를 지낼 때면 제물의 머리는 꼭 당신께 바치도록 해주겠소. 당신 몫이 되게 해주겠단 말이오. 이렇게 보상해드릴 터이니, 목수여, 어서 내가 원하는 것을 해주시오.'

이어지는 샬리야의 이야기는 이러하다.

이와 같은 대인드라의 말에 목수는 뜨리쉬라스의 머리를 도끼로 잘랐다. 머리들이 잘려나간 곳에서 뜨리쉬라스 닭이 나오고 사방에서 앵무새와 참새들이 쏟아져 나왔다. 그가 베다를 공부하고 소마를 마셨던 얼굴에서는 까삔잘라 새가 휑하니 떠났다. 사방을 들이마실 듯 바라보던 얼굴에서는 앵무새들이 날아갔다. 뜨리쉬라스가 술을 마시곤 했던 얼굴에서는 참새들이 떠났다.

머리가 모두 잘려나가자 인드라는 걱정이 사라져 후련한 마음으로 하늘로 돌아갔고 목수 또한 자기 집으로 갔다. 쁘라자빠띠 뜨와슈트르는 아들이 샤끄라에게 죽임을 당했음을 알고 분노로 눈이 충혈되어 말했다.

'항상 고행에 열중하던 내 아들, 조용하고 절제하며 감각을 다스리던 무고한 내 아들을 그가 해쳤구나. 샤끄라를 죽이도록 우르뜨라를 만들어 내리라. 세상 사람들도, 그리고 저 악독하고 사악한 생각으로 가득한 신들의 왕도 내 기력과 고행과 위력이 얼마나 대단한지 보게 되리니!'

참으로 수승하고 명예로운 고행자는 그러고 나서 물을 만진 뒤 아그니에게 제물을 바치고 무시무시한 우르뜨라를 만들었다. 그가 말했다.

'인드라의 적이여, 내 고행의 위력으로 자라나거라.'

그가 자라났다. 그리고 하늘을 떠받쳤다.

태양 같고 불같은 그가 운명의 날에 떠오르는 태양처럼 말했다.

'무엇을 하리까?'

'인드라를 죽여라.' 뜨와슈트르는 그렇게 말하고는 천상으로 떠났다.

그리하여 분노하는 우르뜨라와 인드라 사이에 시간을 끄는 길고 끔찍한 전투가 벌어졌다. 마침내 분노로 충천한 영웅적인 우르뜨라가 백 번의 희생제를 지낸 인드라를 거머쥐더니 아가리를 쩍 벌리고는 삼켜버렸다. 우르뜨라가 인드라를 삼켜버리자 우왕좌왕하던 기개 넘치는 서른 신은 우르뜨라를 나락으로 떨어뜨리기 위해 하품을 만들었다. 우르뜨라가 하품을 하자 왈라를 처단한 인드라가 사지를 오므리고 그의 벌어진 아가리에서 튀어나왔다. 그때부터 하품은 이 세상에서 숨 쉬는 생명체에 머무르게 되었다. 인드라가 나온 것을 본 신들은 몹시 기뻐했다. 그리고 다시 한 번 인드라와 우르뜨라의 전쟁이 시작되었다. 격앙되고 소름끼치는 긴긴 싸움이었다. 뜨와슈트르의 고행력을 토대로 힘을 타고난 우르뜨라가 전쟁에서 마구 커나가자 영리한 인드라는 후퇴해버리고 말았다. 그가 도망치자 신들은 다시 깊은 수렁에 빠져들었다. 뜨와슈트르의 광채로 인해 혼란에 빠진 그들 모두가 인드라에게 모여들었다. 그들은 수행자들에게 조언을 구했다. 두려움 때문에 넋이 나간 그들은 무엇을 해야 할지 궁

리하다가 모두 함께 저 고절하고 멸함 없는 위슈누를 염했다. 우르
뜨라를 죽이려는 열망으로 가득한 모두가 만다라 산의 봉우리에 모
여 앉았다.

10

인드라가 말했다.

'신들이여, 멸함 없는 온 세상이 우르뜨라로 인해 막혀버렸소. 그
와 맞설 만한 것은 아무것도 없소. 예전에 내게는 그럴 힘이 있었으
나 지금은 아니오. 축복 있으시길! 내가 무엇을 할 수 있겠소? 그와
맞서 싸우기는 어렵다는 것이 내 생각이오. 저 고결한 고행자는 전투
에서 너무나 위력적이어서 신과 아수라와 인간을 포함한 삼계를 삼
키고도 남음이 있소. 그러니 천상의 신들이여, 내가 결심한 바를 들
어보시오. 우리가 고절한 위슈누의 거처로 가서 그분과 상의한다면
저 사악한 자를 죽일 방법을 찾아낼 수 있을 것이오.'

이어지는 샬리야의 이야기는 이러하다.

이와 같은 인드라의 말에 신들과 일군의 선인들은 귀의할 만한
신, 위력 넘치는 위슈누에게로 가서 귀의했다. 우르뜨라의 공포에 시
달리는 그들 모두가 신들의 신 위슈누에게 말했다.

'위용 넘치는 분이시여, 당신은 세 걸음으로 삼계를 밟으셨습니다. 위슈누여, 당신은 아므르따를 가져오시고, 전장에서 다이띠야들을 처단하셨습니다. 당신은 또 대아수라 발리를 꿈쩍 못하게 하신 뒤 샤끄라를 신들의 왕으로 삼으셨습니다. 당신은 온 세상의 주인이시며, 이 세상은 당신께 매여있습니다. 신이시여, 이는 당신이 위대한 신이시며 온 세상이 당신을 우러르고 있기 때문입니다. 죽음 없는 신들 중에서도 가장 빼어난 분이시여, 당신은 인드라를 비롯한 신들이 이르고자 하는 궁극의 목적지입니다. 아수라들을 처단한 분이시여, 온 세상을 우르뜨라가 쥐락펴락하고 있습니다.'

위슈누가 말했다.

'나는 반드시 당신들에게 가장 이로울 일을 할 것이오. 그를 없앨 묘책을 알려주겠소. 신들과 선인들과 간다르와들이 함께 우주의 형상을 취하고 있는 그에게 가시오. 친애하는 이들이여, 가서 그를 사마†의 운율로 묶어두시오. 그러면 그를 이길 수 있소. 신들이여, 내 기력의 도움으로 인드라는 일을 진척시킬 수 있을 것이오. 나는 보이지 않게 그의 벼락 안으로 숨어들겠소. 최고의 신들이여, 그러니 선인들과 간다르와들을 대동하고 가시오. 가서 인드라와 우르뜨라가 우선 화평을 맺도록 하시오.'

이어지는 샬리야의 이야기는 이러하다.

위슈누 신에게서 이 같은 말을 들은 선인들과 천신들은 인드라

† 사마_『사마베다』. 운율에 맞춰 『르그베다』의 찬가를 부를 수 있도록 한 베다.

를 앞장 세워 모두 함께 떠났다. 그리고는 기운 넘치는 신들이 모두 함께 자신의 타는 빛으로 시방 세계를 태우고 있는 우르뜨라에게 갔다. 거기서 신들과 인드라는 삼계와 태양과 달을 삼킬 듯한 우르뜨라를 보았다. 선인들이 가까이 가서 우르뜨라에게 다정한 말을 건넸다.

'천하무적이시여, 온 세상이 당신의 빛으로 뒤덮였습니다. 그럼에도 당신은 아직 용맹함이 차고 넘치는 인드라를 이기지 못했습니다. 당신들이 싸우기 시작한지 오랜 시간이 지났습니다. 세상 만물과 신과 아수라와 인간들이 고통 받고 있습니다. 우르뜨라여, 샤끄라와 영원한 친분을 맺으십시오. 그러면 우르뜨라여, 당신은 평온을 얻고 영원한 인드라의 세상을 얻을 것입니다.'

선인들의 말을 듣고 위력이 차고 넘치는 아수라 우르뜨라는 머리 숙여 절하며 그들에게 말했다.

'다복한 이들이여, 당신들 모두가, 그리고 간다르와들 모두가 하는 말을 잘 들었소. 무고한 이들이여, 이제 내 말을 들어보시오. 나와 샤끄라가 어찌 친분을 맺겠소? 신들이여, 이처럼 빛이 차고 넘치는 두 인물이 어찌 진정으로 친해질 수 있단 말이오?'

선인들이 말했다.

'선자와의 맺음을 한 번은 시도해야 하네.
뒷일은 뒤에 보면 되는 것이라네.
선자와의 맺음은 놓쳐서는 안 되는 것,
그러니 선자와의 맺음을 시도해야 한다네.

선자와의 맺음은 단단하고 영원한 것
현자는 고난 속에서 이로움을 말해야 한다네.
선자와의 맺음은 참으로 큰 이로움이기에
현자는 선자를 죽이지 않는 법이라네.

인드라는 선자들 가운데 공경 받고, 고결한 이들 사이에서 살고 있습니다. 그는 진실을 말하고, 초라하지 않으며, 다르마에 따라 살고, 결의가 굳은 이입니다. 그런 샤끄라와 영원한 친분을 맺으십시오. 이렇게 믿고 다른 생각은 하지 마십시오.'

이어지는 샬리야의 이야기는 이러하다.

대선인들의 말을 들은 형형한 빛의 우르뜨라가 말했다.
'나는 늘 고행자를 공경해왔소. 신들이여, 내가 여기에서 한 말은 반드시 행해져야 할 것이오. 그렇게만 한다면 브라만 선인들이 한 말을 모두 따르리다. 수승한 수행자들이여, 나는 마른 것으로도, 젖은 것으로도, 돌이나 나무로도, 벼락 또는 다른 무기로도, 낮이나 밤에도 인드라와 다른 신들에게 죽임을 당해서는 안 될 것이오. 그렇게만 한다면 나는 항상 인드라와 잘 지낼 수 있소.'
'반드시 그리 될 것이오.' 선인들은 그렇게 답했다.
이런 약속을 받아낸 우르뜨라는 마음이 홀가분해졌다. 인드라는 한없이 분이 부글부글 끓어올라 우르뜨라를 없앨 방법을 찾는데 몰두했다. 왈라를 죽인 인드라는 우르뜨라를 죽일 생각에 격앙되어 쉼 없이 틈을 찾아내고자 했다. 그러던 어느 날 황혼녘, 그는 저 아름답고도 섬뜩한 시간에 해변에 있는 대아수라를 보았다. 그때 그는 고절한 신 위슈누의 축원을 생각해냈다.

'지금은 밤도 낮도 아닌 으스스한 황혼이다. 지금이야말로 내 것을 모두 앗아간 적 우르뜨라를 죽일 수 있는 시간이다. 만약 지금 대아수라 우르뜨라, 완력 넘치는 저 거구를 속여서 죽이지 못한다면 내게 다시 영광은 없으리라.'

이렇게 생각한 샤끄라는 위슈누를 염했다. 그리고 해안에서 산과 같은 포말을 보았다.

'이것은 마른 것도 아니요 또한 젖은 것도 아니다. 무기는 더더욱 아니다. 우르뜨라를 향해 이것을 던지리라. 그러면 한순간에 그는 파괴되리라.'

그는 우르뜨라를 향해 재빨리 벼락과 함께 포말을 던졌다. 위슈누는 그 포말 속으로 들어가 우르뜨라를 죽였다.

우르뜨라가 죽자 하늘에는 어둠이 걷혔다. 상서로운 바람이 불고 만물이 기쁨에 넘쳤다. 신들과 간다르와, 약샤와 락샤사와 뱀, 선인들이 갖가지 찬가로 대인드라를 찬미했다. 적을 죽이고 다르마를 가진[*] 인드라는 만물의 우러름을 받고 만물의 마음을 어루만져 주고는 신들과 함께 기뻐하며 삼계에서 가장 빼어난 신 위슈누를 숭배했다.

한편 무서운 기력으로 신들에게 두려움을 심어주었던 우르뜨라

다르마를 가진 ~ _ 인드라는 크샤뜨리야 신이기 때문에 적을 죽이면 다르마를 갖게 된다. 하지만 이후 우르뜨라가 브라만인데다 자신이 거짓말했던 죄로 인해 문제가 생긴다.

를 죽인 샤끄라는 뜨리쉬라스로 인해 이미 브라만을 죽인 짐을 지고 있던 터에 거짓말한 것이 더해져 극심한 고통에 시달렸다. 자기가 지은 죄의 무게에 짓눌린 신들의 왕 인드라는 세상 끝으로 가서 정신을 놓고 의식을 잃었다. 그리고는 아무것도 알아보지 못했다. 뱀처럼 똬리를 틀고 물속에 숨어서 살았다.

브라만을 죽인 공포에 시달리던 신들의 왕이 사라지자 대지는 생기를 잃고 나무들이 사라졌으며 숲은 말라비틀어졌다. 강은 흐름을 멈추었고 호수는 물을 담지 않았다. 만물은 대혼돈에 빠졌고 비는 어디에도 내리지 않았다. 신들마저 두려워 떨고 모든 대선인들도 다르지 않았다. 왕이 없는 세상에는 재앙이 덮쳤다. 신들은 공포로 떨었다.

'누가 우리들의 왕이 될까?'

이제 천상에는 신들에게도 또 선인들에게도 왕이 없었고, 어떤 신도 신들의 왕이 되려는 마음을 두지 않았다.

11

이어지는 샬리야의 이야기는 이러하다.

모든 선인과 위용 넘치는 서른 신이 말했네.

'명예로운 나후샤를 신들의 왕으로 삼읍시다.'

그들은 모두 함께 나후샤에게 가서 청했다네.
'지상의 왕이여, 저희 왕이 되어주십시오.'

나후샤는 신들과 조상들을 대동한 선인들을 향해 자기에게 어울릴 만한 말을 했다.
'나는 힘도 없고 당신들을 지켜줄 만큼 강하지도 않습니다. 힘 있는 자가 왕이 되는 법입니다. 샤끄라는 항상 힘이 넘쳤었지요.'
선인들을 위시한 모든 신이 그에게 다시 말했다.
'우리들 고행의 힘을 보태서 천상의 왕국을 지켜주십시오. 우리는 서로가 서로를 두려워하고 있음이 분명하니 말입니다. 왕 중의 왕이시여, 성수를 뿌리고 천상의 왕이 되어 주십시오. 신과 아수라와 약샤들, 선인과 락샤사와 조상들, 간다르와들과 영령들이 모두 당신의 눈길 안에 있습니다. 당신의 눈으로 그들의 기를 조금씩 취하면 곧 강해질 것입니다. 항상 다르마를 앞세워 온 세상의 주인이 되십시오. 천상에서 브라만 선인들과 신들의 수호자가 되어 주십시오.'
나후샤는 얻기 어려운 축원을 얻고 천상의 왕국을 받아들였다. 그는 늘 다르마를 따르는 사람이었지만 이내 욕망이 그를 덮쳐오기 시작했다. 신들의 모든 뜰에서, 하늘 정원 난다에서, 까일라사 산에서, 히말라야 산자락에서, 만다라 산에서, 쉬웨따 산에서, 사하야, 마헨드라, 말라야, 그리고 바다와 강들에서 신들의 왕이 된 나후샤는 압싸라스들에게 에워싸이고 천상의 처녀들에게 둘러싸여 가슴과 귀를 사로잡는 온갖 천상의 이야기를 듣고, 달콤한 악기와 노래를 즐겼다. 위쉬와와수, 나라다, 간다르와들과 압싸라스 무리들, 여섯 계절의 화현들이 신들의 왕을 섬겼다. 그럴 때면 싱그럽고 시원한 바람, 마음을 사로잡는 향기로운 바람이 불었다.

고결한 나후샤가 이렇게 즐기고 있을 때 이전 인드라의 사랑스런 왕비 샤찌가 그의 시야에 들어왔다. 그녀를 보고 낯된 마음이 든 그는 모여 있던 모든 이들에게 말했다.

'인드라의 왕비였던 여신이 어찌하여 나는 섬기지 않는가? 나는 지금 신들과 세상 주인들의 왕이거늘! 당장 샤찌가 내 집으로 오게 하라.'

그 말을 듣고 마음이 무너져 내린 여신은 브르하스빠띠에게 가서 말했다.

'저는 지금 스승님께 피신해 왔습니다. 나후샤로부터 저를 지켜주세요. 브라만이시여, 당신께선 제가 온갖 상서로운 상을 갖추었다고 하셨습니다. 신들의 왕의 사랑 받는 왕비로서 최고의 행복과 만복을 누린다고 하셨습니다. 그리고 정절을 지키는 아내로서 남편에게 헌신해야 한다고도, 과부가 되지 않을 거라고도 하셨습니다. 예전에 그리 말씀하셨으니 그 말씀을 중히 여기소서. 스승님이시여, 당신은 예전에 거짓을 말씀하신 적이 한 번도 없습니다. 최상의 브라만이시여, 그러니 당신의 말씀이 사실이 되게 하소서.'

브르하스빠띠는 두려움으로 제정신이 아닌 인드라니 샤찌에게 말했다.

'여신이여, 내가 말했던 것은 반드시 사실이 될 것이오. 당신은 곧 인드라가 다시 신들의 왕이 되어 여기 오는 것을 보게 되리다. 그러니 나후샤를 두려워할 것 없소. 내 말은 사실이오. 내 머지않아 당

신을 인드라와 다시 맺어주겠소.'

한편 나후샤 왕은 인드라니 샤찌가 브르하스빠띠 앙기라스에게
피신해갔다는 말을 듣고 격노했다.

12

이어지는 샬리야의 이야기는 이러하다.

나후샤가 격노했음을 알게 된 신들은 선인들을 앞세워 험상궂은
얼굴을 하고 있는 신들의 왕 나후샤에게 말했다.

'신들의 왕이시여, 분노를 거두십시오. 주인이시여, 당신이 화를
내면 압싸라스들과 간다르와들, 낀나라들과 큰뱀들을 포함한 온 세
상이 놀란답니다. 그러니 선한 분이시여, 분노를 거두십시오. 당신
과 같은 분은 성내지 않는 법입니다. 그 여신은 타인의 아내랍니다.
신들의 주인이시여, 마음을 가라앉히십시오. 타인의 아내를 탐하는
삿된 마음을 거두십시오. 당신은 신들의 왕입니다. 은총을 베푸십시
오. 다르마에 따라 백성을 지키십시오.'

그들이 이렇게 말했으나 욕정에 마음이 가린 그는 이런 말을 받아
들이지 않았다. 그리고 신들의 왕은 신들에게 인드라에 관해 말했다.

'예전에 선인의 아내였던 명예로운 아할리야는 남편이 살아 있는
동안 인드라에게 능욕당한 적이 있소. 그때는 왜 그를 말리지 않았

소? 예전에 인드라가 속이고 죽이는 따위의 잔혹한 짓을 무수히 저질렀을 때는 왜 그를 말리지 않았었소? 여신은 내 수발을 드는 것이 마땅할 것이오. 그녀를 위해서는 그게 최선이오. 그래야 당신들에게도 항상 좋은 일이 있을 것이오.'

신들이 말했다.

'하늘의 주인이시여, 당신이 원하시는 대로 인드라니를 데려오겠습니다. 영웅이시여, 화를 거두십시오. 신들의 주인이시여, 마음을 편히 하십시오.'

이어지는 샬리야의 이야기는 이러하다.

신들은 이렇게 말하고 선인들과 함께 인드라니에게 좋지 않은 말을 전하기 위해 브르하스빠띠에게 갔다.

'인드라니가 당신께 피신해 왔다는 것을 알고 있습니다. 최상의 천상선인이시여 최상의 브라만이시여, 그리고 당신께서 왕비를 안심시켰다는 것도 알고 있습니다. 큰 빛을 지닌 분이시여, 간다르와들, 선인들과 함께 신들이 간청합니다. 나후샤에게 인드라니를 건네주소서. 엉덩이 아름다운 저 여인 중의 여인이 나후샤를 지아비로 고르게 하소서.'

이 말을 들은 여신은 눈물을 떨구며 큰 소리로 울었다. 애절하게 울며 브르하스빠띠에게 말했다.

'나후샤를 지아비로 삼고 싶지 않습니다. 제 주인을 버리고 싶지도 않습니다. 브라만이시여, 저는 당신께 피신해왔습니다. 이 크나

큰 두려움에서 저를 구해주소서.'

브르하스빠띠가 말했다.

'인드라니여, 나는 내게 피신해온 여인을 버리지 않을 것이오. 내 마음은 확고하오. 무구한 이여, 다르마를 알고 행실이 바른 당신을 버리지 않을 것이오. 특히 브라만인 나로서는 옳지 않은 일은 하고 싶지 않소. 나는 다르마를 배웠고, 진실에 따라 행동하며, 다르마의 가르침을 알기 때문이오. 나는 그리하지 않겠소. 수승한 신들이여, 가시오. 오래 전 브라흐마께서 이런 문제에 관해 들려주신 노래가 있으니 들어보시오.

그의 씨는 추수 때 거두지 못하리.
그에게는 우기에도 비가 없으리.
두려워 떠는 이를 적에게 넘겨준 이,
그는 두려워도 피난처를 얻지 못하리.

가슴 없는 아둔한 자 먹을 것 찾지 못하리.
정신 잃고 천상에서 버려지리.
두려워 떨며 찾아온 이를 넘겨준 이,
신들은 그의 제물 받지 않으리.

그의 자손은 때 아닌 때 멸할 것이며
그의 조상은 영원히 쉴 자리 얻지 못하리.
두려움에 떠는 이를 적에게 넘겨준 이,

인드라와 신들이 그를 향해 벼락 내릴지니.

이를 잘 알아 나는 세상에 명성 자자한 샤끄라의 사랑하는 아내 인드라니 샤찌를 넘겨주지 않겠소. 그러니 빼어난 신들이여, 그녀를 위하고 나를 위한 일을 함이 마땅할 것이오. 나는 샤찌를 건네주지 않겠소.'

이어지는 샬리야의 이야기는 이러하다.

그래서 신들은 앙기라스들의 수장 브르하스빠띠에게 말했다.
'브르하스빠띠여, 무엇이 좋은 방책일지 말씀해주십시오.'
브르하스빠띠가 말했다.
'아름다운 여신이 나후샤에게 시간을 좀 달라고 하는 것이 좋겠소. 인드라니를 위해서도, 우리를 위해서도 그렇게 하는 것이 좋겠소. 지금은 몹시 힘든 시기요. 시간이 해결해 줄 것이오. 팔심 좋은 나후샤는 축원에 힘입어 오만해진 것뿐이오.'
그에게 이런 말을 들은 신들이 기뻐하며 말했다.
'브라만이시여, 말씀 잘 하셨습니다. 이것이 당신께도, 그리고 모든 천신들에게도 이롭겠습니다. 최상의 브라만이시여, 여신의 마음을 편하게 해주십시오.'
이렇게 말하고는 아그니를 위시한 신들은 세상을 이롭게 하고 싶은 한마음으로 인드라니에게 말했다.
'당신은 움직이고 아니 움직이는 만생명을 지탱합니다. 당신은 정절 높고 진실을 말하는 분입니다. 그러니 나후샤에게 가십시오. 여신이시여, 당신을 탐하는 나후샤 왕은 곧 파멸하고 샤끄라가 다시 신들의 왕위에 오를 것입니다.'

마음을 단단히 먹은 인드라니는 일을 이루기 위해 험악한 형상의 나후샤에게 수줍게 다가갔다. 젊음과 아름다움을 다 갖춘 그녀를 본 마음 망가진 나후샤는 욕망에 가득한 생각으로 기뻐했다.

13

이어지는 샬리야의 이야기는 이러하다.

그녀를 보고 신들의 왕 나후샤가 말했다.
'어여삐 웃는 여인이여, 나는 삼계의 주인 인드라요. 곱고 엉덩이 예쁜 여인이여, 나를 당신의 지아비로 섬기시오.'

나후샤에게 이런 말을 들은 여신, 남편만 섬기겠다고 맹세했던 여신은 까달리 나무가 태풍에 흔들리듯 두려움에 덜덜 떨었다. 그녀는 브라흐마를 우러른 뒤 머리에 두 손을 모으고 험상궂은 형상을 한 신들의 왕 나후샤에게 말했다.
'신들의 주인이시여, 제게 시간을 좀 주십시오. 샤끄라에게 무슨 일이 일어났는지 또 그가 어디로 갔는지 알 수 없어서 그런답니다. 위용 넘치는 분이시여, 사실을 알아보고 그가 더 이상 없다는 것이

확인되면 그때는 당신을 섬기겠습니다. 진심입니다.'

인드라니가 이렇게 말하자 나후샤는 몹시 기뻐했다.

나후샤가 말했다.

'엉덩이 풍만한 여인이여, 당신이 말한 대로 하시오. 사실을 안 뒤에는 반드시 와야 하오. 반드시 기억하시오.'

이어지는 샬리야의 이야기는 이러하다.

나후샤를 떠나 그곳을 빠져나온 아름다운 여신, 저 가련한 여신은 브르하스빠띠의 거처로 갔다. 그녀의 말을 들은 아그니를 위시한 신들은 샤끄라를 위해 한마음으로 상의했다. 신들의 신 위슈누, 위용 넘치는 위슈누를 만난 능변의 신들이 필사적으로 말했다.

'천신들의 군주 샤끄라가 브라만을 죽인 죄에 시달리고 있습니다. 신들의 신이시여, 당신은 저희가 이르고자 하는 궁극의 목적지입니다. 당신은 이 세상 이전에 태어나신 주인이십니다. 당신은 만생명을 지키기 위해 위슈누의 모습을 취하셨습니다. 당신의 힘을 빌려 우르뜨라를 죽인 인드라는 브라만을 죽인 죄를 지고 있습니다. 훌륭한 신이시여, 그가 어찌하면 죄에서 벗어날지 가르침을 주십시오.'

신들의 말을 듣고 위슈누가 말했다.

'샤끄라로 하여금 내게 희생제를 지내게 하시오. 그러면 벼락 든 인드라를 정화시켜주리다. 빠까를 죽인 이가 성스러운 말 희생제를 지내고 나면 다시 인드라가 될 것이니 겁낼 것 없소. 마음을 나쁘게 쓴 나후샤는 자기가 저지른 일 때문에 파멸할 것이오. 신들이여, 그

러니 정신을 똑바로 차리고 조금 더 견뎌보시오.'

위슈누의 이와 같은 상서롭고 진실한, 아므르따 같은 말을 듣고 스승을 위시한 모든 천신들과 선인들은 샤끄라가 두려움에 떨고 있는 곳으로 발길을 옮겼다. 고결한 대인드라는 브라만을 죽인 죄를 씻기 위해 그곳에서 아쉬와메다 대희생제를 지냈다. 그는 브라만을 죽인 죄를 나무와 강과 산과 대지와 여인들에게 골고루 나누었다. 그것을 만물에 나누어 내다버린 신들의 주인 인드라는 죄를 씻고 열병에서 헤어나 자신을 되찾았다.

발라를 처단한 그는 나후샤가 만물에서 기를 얻는 축원 덕에 누구도 넘볼 수 없는 힘을 갖춘 채 꿈적도 않고 왕좌에 앉아 있는 것을 보았다. 그래서 저 샤찌의 영웅적인 주인은 다시 한 번 사라져버렸다. 그리고 시간을 기다리며 떠돌아다녔다. 샤끄라가 다시 사라져버리자 슬픔에 짓눌린 샤찌는 너무나 비참해서 '어찌할꼬?' 생각하며 통곡했다.

'내가 만약 베푼 적 있거든, 내가 만약 제물을 올린 적 있거든, 내가 만약 어른들을 만족시킨 적 있거든, 그리고 내게 만약 진실이 있거든 한 남편만 섬기게 하소서! 북쪽으로 떠나신 성스럽고 신령스런 밤의 여신께 절 하옵나니 내 소망이 이루어지게 하소서.'

그녀는 정성을 다해 밤의 여신에게 빌었다. 남편을 향한 정절의 힘으로, 그리고 진실의 힘으로 우빠슈루띠†를 불렀다. 여신이 우빠슈루띠에게 물었다.

우빠슈루띠_ 속삭임 또는 엿들음의 화현. 밤의 여신 '라뜨리'의 다른 모습, 다른 이름이기도 하다.

'신들의 왕이 있는 곳을 내게 보여주세요. 진실로 진실을 보게 해주세요.'

14

이어지는 샬리야의 이야기는 이러하다.

아름답고 착한 여신에게 우빠슈루띠가 모습을 드러냈다. 그리고 젊고 아름다운 여신이 자기에게 빌고 있는 것을 보았다. 인드라니는 기뻐하며 그녀를 숭배한 뒤 물었다.

'아름다운 이여, 당신이 어떤 분인지 알고 싶습니다.'

우빠슈루띠가 말했다.

'여신이여, 나는 우빠슈루띠입니다. 나는 당신의 진실에 감동해서 여기 모습을 드러내었습니다. 당신은 남편에게 정절을 지키고, 절제할 줄 알며 자신을 다스릴 줄 압니다. 우르뜨라를 처단한 신 샤끄라를 당신께 보여드리겠습니다. 축복 있을지니! 어서 이쪽으로 오세요. 신들의 왕을 보여드리겠습니다.'

샬리야가 말했다.

"그리하여 인드라니는 앞서 가는 여신의 뒤를 따라갔답니다. 그들은 신들의 숲을 지나고 수많은 산을 지나 히말라야를 넘어 북쪽 산

허리로 갔습니다. 여러 요자나에 걸쳐 뻗어 있는 바다로 간 그녀는 온갖 나무와 덩굴들에 에워싸인 큰 섬에 이르렀지요. 그곳에서 온갖 새들이 운집해 있는 성스런 호수를 보았습니다. 백 요자나에 걸쳐 뻗어 있는 호수는 참으로 아름다웠답니다. 바라따의 후손 유디슈티라여, 그곳에는 다섯 빛깔 천상의 연꽃이 수천 송이나 피어 있었고, 주변을 벌들이 윙윙거리며 맴돌고 있었다지요. 샤찌는 연꽃 줄기를 꺾고 우빠슈루띠와 함께 안으로 들어갔습니다. 거기서 그녀는 연꽃의 꽃대 속에 들어가 있는 남편, 백 번의 희생제를 지냈던 인드라를 보았답니다. 몹시 작은 모습을 취하고 안에 들어가 있는 주인을 본 여신과 우빠슈루띠도 매우 작게 모습을 바꾸었습니다. 그리고 인드라니는 명성 자자했던 그의 옛날 행적을 찬미했다지요."

이어지는 샬리야의 이야기는 이러하다.

그녀의 찬미에 도시를 뒤흔드는 신 인드라가 샤찌에게 말했다.
'왜 여기까지 왔소? 어찌 내가 여기 있는 줄 알았소?'
그녀는 나후샤의 거동에 대해 말했다.
'그는 삼계를 다스리는 인드라의 지위를 얻고는 힘에 취해 버렸습니다. 백 번의 희생제를 지낸 분이시여, 자만심에 들뜬 고약한 그 자는 잔인하게도 내게 자기를 섬기라며 시간까지 정해주었답니다. 주인이시여, 당신이 지켜주지 않으면 나는 그에게 잡히고 말 것입니다. 샤끄라여, 그가 나를 노엽게 합니다. 그래서 당신께 온 것입니다. 완력 넘치는 이여, 저 잔인한 나후샤를 죽여주십시오. 그의 생

각은 사악하기 그지없습니다. 다이띠야와 다나와들을 처단한 분이
시여, 이제 자신을 드러내십시오. 당신의 빛을 되찾아 신들의 왕국
을 다스리십시오.'

15

이어지는 샬리야의 이야기는 이러하다.

샤찌의 이 같은 말을 들은 성스런 인드라가 다시 말했다.
'지금은 용기를 보일 때가 아니오. 나후샤는 강하고 또 강하오.
빛나는 여인이여, 그는 선인들이 바치는 제물과 찬가로 힘이 커졌소.
여신이여, 계책을 세워볼 터이니 당신은 그것을 실행에 옮기시오. 아
름다운 이여, 내가 이른 것을 비밀리에 행하고 누구에게도 말하지 마
시오. 허리 잘록한 여인이여, 나후샤에게 가시오. 그리고 홀로 있을
때 그에게 이렇게 말하시오. "세상의 주인이시여, 선인들이 끄는 천
상의 마차로 나를 데려 가세요. 그러면 기쁜 마음으로 당신을 따르
겠습니다"라고 말이오.
신들의 왕에게서 이런 말을 들은 연꽃 눈의 아내는 그리 하겠다고
말한 뒤 나후샤를 향해 떠났다. 나후샤는 그녀를 보고 놀라 말했다.
'엉덩이 풍만한 여인이여, 어서 오시오. 예쁘게 웃는 여인이여, 내
가 뭘 해드리리까? 복스러운 여인이여, 당신에게 빠져 있는 나를 어여

삐 여기시오. 고귀한 여인이여, 무엇을 원하시오? 복스러운 여인이여, 허리 잘록한 여인이여, 당신이 했으면 하는 일을 해드리리다. 엉덩이 풍만한 여인이여, 부끄러워하지 마시오. 그리고 내게 믿음을 가져 보시오. 여신이여, 진실의 이름으로 맹세하오. 당신의 말대로 다 하겠소.'

인드라니가 말했다.

'세상의 주인이시여, 저는 정해진 시간이 끝나기를 고대하고 있답니다. 신들의 왕이시여, 그때가 되면 당신은 제 지아비가 될 것입니다. 신들의 왕이시여, 제 마음속에 꼭 했으면 하는 일이 있으니 말씀드리겠습니다. 애정을 담아 하는 말이니 저를 어여삐 여기신다면 그렇게 해주십시오. 그러면 저는 당신이 하자시는 대로 하겠습니다. 인드라에게는 말과 코끼리와 마차가 있었습니다. 신들의 왕이시여, 제가 지금 당신께 바라는 것은 이전에는 없었던 수레랍니다. 위슈누에게도, 루드라에게도, 아수라에게도 그리고 락샤사에게도 없었던 것입니다. 대왕이시여, 나의 주인이시여, 모든 선인들이 함께 당신의 가마를 메고 가게 해주세요. 왕이시여, 그러면 제 마음이 즐거울 것입니다. 아수라들도 신들도 당신과 같을 수는 없습니다. 당신 스스로의 위력으로 그저 흘끗 바라봄으로써 그들 모두에게서 기를 취하십시오. 아무리 호기로운 자라도 감히 당신께 맞서려고 하지는 못할 것입니다.'

이 말을 들은 나후샤는 몹시 기뻐했다. 신들의 왕은 무구한 여신에게 말했다.

'고운 여인이여, 당신이 말한 수레는 예전엔 정말로 없던 것이오.

나를 참으로 즐겁게 해주는 사랑스런 여신이여, 나는 당신 것이오. 위력이 부족한 자라면 성자들을 수레로 쓸 수 없지! 나는 힘 있는 고행자요. 과거와 현재, 그리고 미래의 주인이지. 내가 화를 내면 세상이 없어진다오. 모든 것이 내게 기대고 있소. 신도 다나와도 간다르와도, 낀나라도 우라가도, 그리고 락샤사도 모두 말이오. 어여뻐 웃는 여인이여, 온 세상이 내 분노 앞에서는 대항할 수 없다오. 내 눈에 보이는 자의 기는 누구의 것이든 다 내가 취한다오. 그러니 여신이여, 난 당신이 말한 대로 하겠소. 행여 의심하지 마시오. 일곱 선인들이 수레 탄 나를 끌 것이며 모든 브라흐마 선인들도 다르지 않을 것이오. 고운 여인이여, 내 위대함, 내 풍요로움을 보시오.'

그는 이렇게 말하고는 아름다운 여신을 보냈다. 그런 뒤, 힘을 가졌으나 성스럽지 못하고 축원의 자만에 취해 허우적대며, 욕정에 휘둘리는 저 사악한 자는 절제를 힘으로 삼는 선인들을 천상의 마차에 묶고 그것을 끌게 했다.

나후샤를 떠나온 샤찌가 브르하스빠띠에게 말했다.

'나후샤가 준 시간이 얼마 남지 않았습니다. 어서 샤끄라를 찾아주세요. 당신께 헌신하는 제게 자비를 베풀어 주세요.'

'반드시 그리하리다.' 성스런 브르하스빠띠가 그녀에게 말했다.

'여신이여, 저 고약한 나후샤를 조금도 두려워할 것 없소. 저 천박한 자는 그리 오래 가지 못할 것이오. 아름다운 여인이여, 다르마를 알지 못하는 저자가 대선인들을 수레로 썼으니 이제 몰락한 것이나 다름없소. 저 고약한 자가 파멸하고, 샤끄라를 다시 찾을 수 있도록 제를 올려야겠소. 두려워 마시오. 축복 있을 것이오.'

그런 뒤 브르하스빠띠, 저 빛이 넘치는 스승은 신들의 왕을 찾기 위해 불을 피우고 의례에 따라 최상의 제물을 올렸다. 거기에서 성스러운 불의 신이 나와 경이로운 여인의 차림새를 취하더니 금세 사라졌다. 아그니는 마음보다 빠른 속도로 사방천지 산과 숲과 대지와 허공을 돌아다니다 눈 깜짝할 새에 브르하스빠띠에게 돌아왔다.

아그니가 말했다.

'브르하스빠띠여, 신들의 왕은 어디에서도 찾을 수가 없었습니다. 나는 물에는 들어갈 수가 없기에 물에는 가보지 못했습니다. 브라만이여, 그곳은 내가 갈 수 없는 곳입니다. 달리 내가 할 일이 있나요?'

신들의 스승이 그에게 말했다.

'큰 빛을 지닌 이여, 물속으로 들어가시오.'

아그니가 말했다.

'물속에는 들어갈 수 없습니다. 거기 가면 나는 스러지고 말 것입니다. 빛으로 충만한 이여, 당신께 귀의합니다. 저를 좀 봐주십시오. 아그니는 물에서 나왔고, 크샤뜨리야는 브라만에게서 나왔습니다. 쇠는 돌에서 나왔지요. 그들은 어디에나 있지만 그들의 빛은 자기가 나왔던 원천으로 돌아가면 스러진답니다.'

16

브르하스빠띠가 말했다.

'아그니여, 당신은 모든 신들의 입이자 제물을 나르는 이입니다. 당신은 만생명의 내면에 존재하며 그들의 증인이 되어 은밀히 움직입니다. 현인들은 당신이 하나라고 하며 또한 셋이라고 합니다. 제물을 나르는 불이여, 당신이 세상을 버리면 세상은 곧 파멸할 것입니다. 브라만들은 당신께 귀의한 뒤 아내와 아들들을 데리고 스스로의 공덕으로 얻은 영원한 세계로 갑니다. 아그니여, 당신만이 제물을 나르며 당신만이 궁극의 제물입니다. 아그니여, 최상의 의례에서는 당신께만 희생제의 기간과 희생제를 통째로 바칩니다.

제물 나르는 이여, 당신은 삼계를 만들고
때가 되면 다시 불을 피워 그들을 익힙니다.
당신이 세상에 만물을 내놓았으니
아그니여 당신만이 그들의 주춧돌이랍니다.

아그니여, 사람들은 당신을 구름이라 부르고, 번갯불이라 부릅니다. 당신에게서 나온 불길은 세상 만물을 태웁니다. 당신 안에 물이 있고, 당신에게 온 세상이 있습니다. 모든 것을 맑히는 이여, 당신이 모르는 것은 삼계에 아무것도 없습니다. 모든 것은 자기가 왔던 원천으로 돌아갑니다. 두려워 말고 물에 들어가십시오. 영원한 브라만의

진언으로 내가 당신의 힘을 키워드리겠습니다.'

이어지는 샬리야의 이야기는 이러하다.

최고의 현자인 성스러운 이, 제물 나르는 아그니는 이런 찬사를
받고 기뻐하며 브르하스빠띠에게 흔쾌히 말했다.
'맹세코 당신께 샤끄라를 보여드리겠습니다.'
그리하여 아그니는 물로 들어갔다. 바다에도, 연못에도 들어갔
다. 그리고 마침내 백 번의 희생제를 지낸 인드라가 숨어 있는 호수
로 갔다. 거기에서 연꽃들을 살펴보고는 꽃대 한가운데 들어가 있는
신들의 왕을 보았다. 그는 재빨리 돌아와 브르하스빠띠에게 말했다.
'군주께서는 몹시 작은 몸을 취하고 연꽃 꽃대 속에 있었습니다.'
그리하여 브르하스빠띠는 신과 선인과 간다르와들을 대동하고
그곳으로 가서 발라를 처단한 그의 옛 행적을 칭송했다.
'당신은 저 잔악한 대아수라 나무찌를 죽였습니다. 샴바라와 발
라도 죽였습니다. 둘 다 무섭도록 위력적이었지요. 백 번의 희생제
를 지낸 인드라여, 커지십시오. 커져서 모든 이의 적을 처단하십시
오. 벼락 든 이여, 일어나십시오. 일어나서 여기 온 신들과 선인들
을 보십시오. 위대한 인드라여, 주인이시여, 당신은 다나와들을 죽
이고 세상을 구하셨습니다. 신들의 왕이시여, 세상의 주인이시여, 위
슈누의 기력으로 커진 거품에 기대어 당신은 예전에 우르뜨라를 죽
였습니다.

충만한 이여, 당신은 만물의 숭앙을 받아야 합니다.

세상 어느 것도 당신과 같지 못합니다.

샤끄라여, 당신은 만물을 지탱합니다.

신들을 위해 당신은 위대한 일을 했습니다.

대인드라여, 세상과 함께 신들을 구해주십시오. 힘을 얻으십시오.'

이런 칭송을 받은 인드라는 천천히, 아주 천천히 커지기 시작했다. 그리고 마침내 자기 몸을 찾고 힘을 갖추었다. 인드라 신은 기다리고 있던 스승 브르하스빠띠에게 말했다.

'당신을 위해 해야 할 일이 무엇이 남아 있습니까? 대아수라 뜨와슈트르*가 죽었고, 거대한 우르뜨라도 죽었습니다. 누가 삼계를 삼키려고 하는 것입니까?'

브르하스빠띠가 말했다.

'인간의 왕 나후샤가 신과 선인들의 기를 얻어 신들의 왕이 되었소. 그리고 지금 모두를 몹시 괴롭히고 있소.'

인드라가 말했다.

'브르하스빠띠여, 저 얻기 어려운 신들의 왕좌를 나후샤가 무슨 수로 얻었답니까? 그는 어떤 고행력을 지니고 있으며 그 위력은 어느 정도입니까?'

브르하스빠띠가 말했다.

뜨와슈트르_ 뜨리쉬라스.

당신이 대인드라의 자리를 버렸을 때

신들은 두려워 샤끄라*를 원했다오.

그래서 신들도 조상들도 선인들도

간다르와 무리들도 모두 함께

나후샤에게 가서 이리 말했다오. "샤끄라여.

당신이 우리 왕이 되소서. 세상을 지켜주소서."

나후샤는 그들에게 자기는 그럴 힘이 없다고,

고행의 힘과 기력으로 자기를 부풀려달라고 말했다오.

이 말에 신들은 그가 원하는 대로 했소.

나후샤는 무서운 위력을 지닌 왕이 되었소.

삼계를 얻은 왕권으로 저 사악한 자는

수행자를 수레 삼아 세상을 주유한다오.

무서운 독이 든 그의 눈길은 기를 빼앗으니

당신은 어떤 경우에도 나후샤를 바로 봐선 안 되오.

신들은 모두 두려워 떨며

나후샤를 보지 않으려 몸을 숨긴다오.'

샤끄라_ 인드라는 신들의 왕을 가리키는 말이며, 신들의 왕 또한 윤회를 피할 수 없
다. 현세의 신들의 왕, 즉 인드라를 샤끄라라고 부른다. 따라서 우리가 알고 있는
인드라도 샤끄라요, 왕으로 칭해진 나후샤도 샤끄라이다. 샤끄라의 문자적 의미
는 '유능한 자' 또는 '힘 있는 자'이다.

이어지는 샬리야의 이야기는 이러하다.

저 우뚝 선 앙기라스 브르하스빠띠가 말할 때
세상을 수호하는 꾸베라, 그리고
위와스와뜨의 아들 오래된 야마,
소마 신과 와루나도 그곳으로 왔다네.

그들이 함께 모여 대인드라에게 말했네.
뜨와슈트르가 죽어서, 우르뜨라가 죽어서 얼마나 다행인지,
당신이 상한 데 없이 잘 있어서 얼마나 다행인지, 샤끄라여,
적을 처단한 당신을 보게 되어 얼마나 다행인지 모르오.

그러자 샤끄라가 적절히 그들에게 답했네.
그들이 나후샤를 떠나게 하도록 채근했네.
신들의 왕 나후샤는 험악한 형상이니,
그를 제압하도록 신들이 도와야한다고 했네.

그러자 신들이 답했네. 나후샤는 험악한 형상이라고,
그의 눈길엔 독이 있어 자기들은 두렵노라고.
그러니 인드라가 나후샤를 제압해야
자기들은 제 본래의 몫을 차지할 수 있노라고.

인드라가 그들에게 답했네. '그리하겠소.
물의 주인†, 꾸베라, 야마는 오늘
나와 함께 위대한 성유를 바르고
험악한 형상의 적 나후샤를 물리칠 것이오.'

그러자 불이 샤끄라에게 말했네.
'내게도 몫을 주시오, 그러면 당신을 도와주겠소.'
그래서 샤끄라가 답했네. '당신께도 드리리다.
대희생제에서 인드라-아그니†, 한몫으로 드리리다.'

곰곰 생각하던 성스러운 이, 빠까를 처단한 이, 소원을 들어주는
대인드라는 꾸베라가 모든 약샤들과 그들 재산의 주인이 되는 것을,
위와스와뜨의 아들 야마가 조상들의 주인이 되는 것을, 그리고 와루
나가 물을 다스리는 것을 적절한 절차를 거쳐 허락했다.

물의 주인_ 와루나.
인드라-아그니_ 인드라와 아그니는 베다 시대 때 각각 희생제의 몫을 따로 받고
찬미되었으나 둘이 인드라-아그니의 이름으로 함께 한몫을 받기도 했다. 이와
비슷한 신들로는 와루나와 미뜨라가 있다. 이들 또한 따로따로 몫을 챙겼으나
미뜨라-와루나라는 이름으로 한몫을 받기도 했다.

17

이어지는 샬리야의 이야기는 이러하다.

이제, 사려 깊은 신들의 왕은 나후샤를 어떻게 처단할 것인지를 세상의 수호신들과 함께 고민했다. 그곳에 성스러운 아가스띠야 고행자가 모습을 나타냈다. 그는 신들의 왕에게 인사하며 말했다.

'위쉬와루빠를 몰락시키고 우르뜨라 아수라를 죽였음에도 당신이 커져 있어 다행입니다. 도시를 뒤흔드는 인드라여, 신들의 왕 나후샤가 무너져 다행입니다. 발라를 죽인 이여, 적들을 처단한 당신을 보게 되어 참으로 다행입니다.'

인드라가 말했다.

'대선인이시여, 어서 오십시오. 당신을 보게 되어 기쁩니다. 발 씻을 물과 입 헹굴 물, 그리고 아르갸와 소를 받아주십시오.'

이어지는 샬리야의 이야기는 이러하다.

빼어난 성자를 이처럼 환대한 신들의 주인은 저 황소 같은 브라만이 자리에 앉자 흡족해하며 물었다.

'성스럽고 훌륭한 브라만이여, 당신의 말을 듣고 싶습니다. 악독하게 마음 쓰던 저 나후샤가 어떻게 하늘에서 몰락했습니까?'

아가스띠야가 말했다.

'샤끄라여, 힘만 믿고 악행을 저지르던 저 사악한 왕 나후샤가 어떻게 하늘에서 떨어져 내렸는지 들어보십시오. 빼어나고 빼어난 승리자 인드라 신이시여, 제사의 큰 몫을 차지하는 명예로운 천상의 선인들과 무구한 브라흐마 선인은 악행을 저지르는 나후샤를 이리저리 태우고 다니는데 지쳐서 그에게 물었었지요. 인드라여, 그들의 물음은 이랬답니다. "브라흐마가 말씀하신 '성수를 뿌려 소를 정화시키는 진언'은 믿을만한 것입니까?" 어둠으로 생각이 흐려진 나후샤는 "아니"라고 대답했습니다. 그래서 선인들은 "당신은 아다르마를 행하고 있소. 다르마를 알지 못하오. 예전의 대선인들 말씀에 따르면 그 진언은 믿을만한 것이었소"라고 말했지요.

인드라여, 이렇게 그가 수행자들과 논박을 벌이던 중에 아다르마의 무게에 짓눌린 그자의 발이 내 머리를 건드렸습니다. 샤찌의 주인이여, 그 때문에 그의 빛이 소멸되고 영광이 사라져버렸답니다. 혼란스러워하며 두려움에 떠는 그자에게 나는 "어리석은 자여, 옛 사람들이 읊조리고 브라흐마 선인들이 지켜왔던 진언을 부정하고, 발로 내 머리를 건드리는 짓을 저질렀으며, 범해서는 안 되는 선인들과 브라만들에게 수레를 끌게 했으니 빛을 빼앗기고 하늘에서 추락하는 것이오. 악한 자여, 그대의 공덕이 다해 땅바닥으로 떨어지는 것이오. 큰 뱀의 형상을 취하고 만 년 동안 여기저기 헤매고 다니다가 해가 다 차면 다시 하늘을 얻을 것이오"라고 말했지요.

적을 길들이는 이여, 마음을 잘못 썼던 그는 이렇게 신들의 왕좌에서 몰락한 것이랍니다. 샤끄라여, 우리는 브라만들의 가시 같던 그가 처단되어서 참으로 다행스럽게 여기고 있습니다. 샤찌의 주인이

여, 감각을 절제하고 적을 물리쳤으니 대선인들의 칭송을 받으며 하늘로 돌아와 세상을 지켜주십시오.'

이어지는 샬리야의 이야기는 이러하다.

그러자 대선인들과 조상들과 약사들과 뱀, 그리고 락샤사들, 간다르와들, 모든 천상의 처녀들, 압싸라스들, 강과 호수와 산과 바다들을 대동한 신들이 대단히 만족해하며 말했다.
'적을 처단한 분이시여, 당신이 커져서 다행입니다. 사려 깊은 아가스띠야가 저 고약한 나후샤를 처단해서 다행입니다. 악행을 저지르던 그자가 뱀이 되어 땅바닥에 떨어져 다행입니다.'

18

샬리야가 말했다.
'이리하여 샤끄라는 일군의 간다르와들과 압싸라스들의 찬미를 받으며 상서로운 상을 타고난 천상의 코끼리 아이라와따에 올랐습니다. 빛이 넘치는 아그니와 브르하스빠띠 대선인, 야마, 와루나, 풍요의 주인 꾸베라도 거기 있었지요. 우르뜨라를 처단한 샤끄라, 저 삼계의 주인은 모든 신들과 간다르와들, 그리고 압싸라들에게 에워싸여 천상으로 돌아갔답니다. 백 번의 희생제를 지낸 신들의 왕 인드라는 인드라니와 만나 최상의 기쁨을 누리며 다시 신들의 왕국을 다스렸습니다. 그때 성스러운 앙기라스 브르하스빠띠가 나타나 아타르와 베다의 진언으로 신들의 왕에게 예를 올렸답니다. 그러자 성스러운 인드라는 기뻐하며 아타르와 앙기라스*에게 "이 베다의 인용구들은 앞으로 아타르와 앙기라스라는 이름으로 불리고 당신은 희생제의 몫을 받게 될 것입니다"라며 축복을 내려주었지요. 대왕이시여, 성스러운 아타르와 앙기라스를 이렇게 우러른 뒤 백 번의 제사를 지낸 신들의 왕은 그를 떠나보냈습니다. 왕이시여, 인드라는 서른 신 모두와 고행자 선인들을 적절히 우러르며 다르마에 따라 백성을 다스렸다고 합니다.

이처럼 아내와 함께 고생했던 인드라는 적을 처단하기를 갈망하며 모습을 드러내지 못한 채 지냈었답니다. 대왕이시여, 당신도 드라우빠디랑 고결한 아우들이랑 큰 숲에서 고통을 겪었습니다. 그에 분노하지 마십시오. 왕들의 왕 바라따여, 꾸루의 기쁨이여, 우르뜨라를 죽이고 왕국을 얻은 인드라처럼 당신도 그리될 것입니다. 악행을 저지르던 나후샤는 마음이 사악해 브라만을 미워하다가 아가스띠야의 저주를 받아 영원과도 같은 파멸에 이르렀습니다. 적을 처단하는 이여, 그와 마찬가지로 당신의 사악한 적 까르나, 두료다나 등도 곧 파멸에 이를 것입니다. 영웅적 주인이시여, 그러면 당신은 아우들이랑 드라우빠디랑 바다를 띠로 두른 이 땅을 즐길 수 있습니다.

인드라의 승리에 관해 베다까지 들먹인 이 이야기는 승리를 원하는 왕이 군진을 짜두고 들어야 하는 이야기랍니다. 최고의 승리자여,

아타르와 앙기라스_ 브르하스빠띠.

그래서 이 이야기를 들려드린 것입니다. 고결한 사람은 칭송으로 커나갑니다. 유디슈티라여, 두료다나의 실책 그리고 비마와 아르주나의 완력으로 인해 고결한 크샤뜨리야의 파멸이 올 것입니다. 인드라의 승리에 관한 이 이야기를 늘 읽는 사람은 죄를 씻고 하늘을 얻으며, 이승과 저승에서 항상 행복할 것입니다. 그런 사람은 적으로부터의 위험을 겪지 않고, 아들 없이 남지 않을 것이며, 장애를 만나지 않고, 장수를 누리며, 사방에서 승리를 얻기에 패배란 없을 것입니다.'

와이샴빠야나가 말했다.

"바라따의 황소 자나메자야 왕이시여, 샬리야가 이렇게 왕을 안심시키자 다르마를 지닌 이들 중에서 가장 뛰어난 유디슈티라는 그에게 적절한 공양을 바쳤습니다. 샬리야의 말을 들은 꾼띠의 아들 유디슈티라가 완력 넘치는 마드라의 왕에게 '당신이 까르나의 마부가 된다는 것은 의심할 필요가 없겠지요. 그때 나를 칭송함으로써 까르나의 기력을 흐리게 해주십시오'라고 말하자 샬리야는 '내 힘 닿는데까지 당신이 이른 대로 하겠습니다'라고 답했답니다. 그 뒤 꾼띠의 아들은 마드라의 왕 샬리야를 보냈고, 적을 괴롭히는 샬리야는 군대를 이끌고 명예로운 두료다나를 향해 떠났습니다."

이어지는 분투의 장

19

이어지는 와이샴빠야나의 이야기는 이러하다.

이제, 사뜨와따들의 대전사요 영웅인 유유다나가 네 가지 병력을 다 갖춘 대군을 이끌고 유디슈타라에게 왔다. 용맹스럽고 위력적인 그의 병사들은 여러 지역에서 모여든 영웅들이었고, 갖가지 무기로 무장하고 있었다. 그들은 도끼, 투석기, 삼지창, 창, 긴 창, 철퇴, 손도끼, 티 없는 장검과 단검, 활, 투구 따위, 그리고 온갖 종류의 화살에 기름칠을 하고 반짝거리게 닦아내어 군을 빛내고 있었다. 뭉게구름 같은 그의 군대는 번쩍이는 무기들로 인해 번개를 동반한 구름처럼 보였다. 유디슈타라의 군대로 들어온 대병력은 샛강이 바다에 스미듯 그렇게 스며들었다. 드르슈타께뚜는 쩨디의 힘센 황소처럼 대병력을 이끌고 위력을 가늠할 수 없는 빤다와 진영에 합류했다. 자라

산다의 아들, 저 완력 넘치는 마가다의 자야뜨세나도 병력을 이끌고 다르마의 왕에 합류했다. 빤드야도 해변에 사는 수많은 병사들에 둘러싸여 유디슈티라에게 왔다.

좋은 장비와 힘을 갖추어 모여든 병력 덕분에 다르마 왕의 군은 위용이 넘쳐 보였다. 드루빠다 또한 여러 왕국에서 모인 영웅적 병사들과 자신의 대전사 아들들로 빛을 보탰다. 맛쓰야의 왕, 병사들의 주인 위라타도 산악 지대의 수장들과 함께 빤다와들에게 왔다. 그렇게 일곱 개의 대병력이 수많은 깃발을 휘날리며 사방에서 모여들어 고결한 빤두들과 합류했다. 꾸루들과 싸울 채비를 마친 그들 모두 빤다와들의 기쁨을 더해주었다.

바가닷따 왕이 병사들을 바쳤을 때 드르따라슈트라 아들의 기쁨도 그보다 적지 않았다. 중국과 산악 지대 병사들로 이루어진 그의 무적의 병력은 깐짜나 나무 가득한 까르니까라 숲 같았다. 부리쉬라와스 용사와 샬리야도 각자의 병력을 이끌고 두료다나와 합류했다. 흐르디까의 아들 끄르따와르만과 보자와 안다까의 병력도 두료다나와 합류했다. 들꽃 화환을 두르고 있는 저 범 같은 사내들로 인해 그의 군대는 취한 코끼리가 노니는 숲처럼 빛났다. 자야드라타를 선두로 한 신두와 수위라 지역의 왕들도 지축을 뒤흔들며 달려 왔다. 그처럼 많은 대병력은 마치 온갖 모양의 비구름이 바람에 날리는 것 같은 형상이었다. 깜보자의 수닥쉬나는 야와나, 샤까들과 함께 까우라와 진영으로 왔다. 메뚜기떼처럼 많은 병사들이 무리를 지어 까우라와 군으로 가서는 이내 그들 속에 스며들었다. 마히슈마띠의 닐라 왕은 검은 무기를 들고 있는 남쪽의 대용사들과 함께 왔다. 아완띠의 두 왕도 완력 넘치는 병사들에게 에워싸여 수요다나에게 왔다. 범 같은 사내 께까야 다섯 형제들도 대병력을 이끌고 급히 달려와 까우라와들을 기쁘게 해주었다. 이 땅의 고결한 주인들이 여기저기 사방에서 온 다른 세 곳의 병력을 모으기도 했다. 이렇게 해서 열 한 개의 대병력이 꾼띠의 아들들과 싸우고자 다채로운 깃발을 펄럭이며 두료다나에게 왔다.

하스띠나뿌라에는 머물 곳이 없을 지경이었다. 왕들과 각 군의 대장들조차 앉을 자리가 없었다. 다섯 강을 끼고 보물과 곡식이 풍요로운 꾸루장갈라의 온 땅이, 로히따까 숲이, 황무지의 온 땅이, 아힛차뜨라가, 깔라꾸타 산이, 강가 강변이, 와라나, 와타다나, 야무나 언덕이 완전히 까우라와 군사들로 들끓었다. 이런 것들이 빤짤라 왕이 까우라와들에게 보낸 왕사가 본 것들이었다.

20

이어지는 와이샴빠야나의 이야기는 이러하다.

까우라와들에게 간 드루빠다의 왕사는 드르따라슈트라, 비슈마, 위두라에게 따뜻한 대접을 받았다. 그는 모두의 안부를 물은 뒤 모든 군사대장들이 있는 가운데서 이렇게 말했다.

'당신들은 모두 영원한 왕의 다르마를 압니다. 그러나 아무리 알고 있더라도 나는 다시 한 번 내 방식대로 말씀드려야겠습니다. 드르따라슈트라와 빤두가 한 아버지의 자식들임은 잘 알려져 있습니다. 따라서 그들이 조상의 몫을 동등하게 물려받아야 한다는 데에는 의심의 여지가 없습니다. 지금 드르따라슈트라의 아들들은 조상들이 물려준 재물을 얻었습니다. 그런데 왜 빤두의 아들들은 조상들의 몫을 얻지 못하는 것입니까? 일은 이렇습니다. 빤두의 아들들은 드르따라슈트라의 아들들이 가로막고 있어서 조상들의 재물을 하나도 얻지 못한다는 것을 여러분들은 알고 있습니다. 다르따라슈트라들이 빤두 아들들의 목숨을 취하려고 여러 번 시도했으나 아직 살날이 남아 있던 그들을 야마의 땅으로 데려가지는 못했습니다.

저 고결한 사내들은 자기들 힘으로 왕국을 다시 일으켰으나 드르따라슈트라의 비열한 아들들과 수발라의 왕이 속임수로 뺏어갔지요. 여기 이 두료다나가 그런 짓을 했음에도 빤다와들은 그것을 받아들였고 큰 숲에서 열세 해를 보냈습니다. 영웅들은 회당에서 아내와 함께 막심한 고통을 당했고, 숲에서는 더 끔찍한 고난을 겪어왔지요. 그러다 위라타의 도성에서 저 고결한 사내들은 마치 죄를 짊어진 여염의 태생들처럼 지내며 크나큰 고통을 겪었습니다.

그러나 저 꾸루의 황소들은 이제 이전의 모든 잘못은 뒤로 젖혀놓고 꾸루들과 화해하고 싶어 합니다. 그들이 어떻게 행동했고 또 두료다나의 행동이 어땠는지 아는 선자라면 두료다나를 설득함이 마땅할 것입니다. 저 영웅들은 꾸루들과 분쟁을 일으키고 싶어 하지 않습니다. 빤다와들은 세상을 재앙으로 몰아넣지 않고 자기들 몫을 차지하기를 바랍니다. 드르따라슈트라의 아들이 전쟁을 일으키기 위해 무슨 이유를 대든 그것은 마음에 둘 필요가 없습니다. 빤다와들은 정말로 힘을 갖추었기 때문입니다. 꾸루들과 싸우기를 열망하는 일곱 사단의 병사들이 다르마의 아들에게 모여들어 명령을 기다리고 있습니다. 일당 천의 범 같은 사내들, 사띠야끼와 비마세나 그리고 완력 넘치는 쌍둥이들도 있지요. 한쪽에 열한 개를 헤아리는 사단이 있다면 다른 한쪽엔 여러 모습을 취할 수 있는 저 완력 넘치는 다난자야가 있습니다. 왕관 쓴 아르주나가 모든 병력을 헤치워버릴 수 있는 것처럼 저 완력 넘치고 빛이 넘치는 와아수데와도 마찬가지입니다. 수많은 병사들, 용맹스런 아르주나, 지혜로운 끄르슈나를 본다면 누가 싸우기를 바라겠습니까? 그러니 여러분들께서는 다르마에 따라, 그리고 약속에 따라 그들에게 줘야 할 것을 주십시오. 시간을 넘기지 마십시오.'

21

이어지는 와이샴빠야나의 이야기는 이러하다.

이 같은 그의 말을 듣고 빛이 넘치는 지혜로운 어른 비슈마는 그에게 예를 표한 뒤 시기적절하게 말했다.

'모든 빤다와들이 친지들과 함께 잘 있다니 참으로 다행이오. 그들에게 동지가 있다니 참으로 다행이오. 그들이 아직도 다르마를 따른다니 참으로 다행이오. 꾸루의 기쁨인 저 형제들이 화평을 원한다니 참으로 다행이오. 다모다라*와 함께 있는 저들이 싸울 마음이 없다니 참으로 다행이오. 당신이 모두 진실을 말하고 있다는 것은 의심의 여지가 없을 것이오. 그러나 내가 느끼기에 이 말은 브라만이 하는 말이라기엔 좀 매섭군요. 빤다와들이 여기에서, 그리고 숲에서 고생이 많았다는 것은 틀림없는 일이오. 그들이 조상들의 재산을 정당하게 받아야 하는 것도 분명한 사실이오. 왕관 쓴 쁘르타의 아들, 저 위력적인 아르주나는 무기 다루는데 능숙하지요. 그런 빤두의 아들 다난자야와 누가 전투에서 맞서겠소? 벼락 든 인드라가 현신하더라도 어려울진데 다른 활잡이들이야 말해 무엇하겠소? 그는 삼계를 능히 해치울 수 있다고 나는 생각한다오.'

비슈마가 이렇게 말하는 와중에 까르나는 두료다나를 흘낏 보더니 거칠게 말했다.

'브라만이여, 이 세상 만물 중에 이 사실을 모르는 사람은 아무도 없소. 다시 또 다시 그렇게 거듭 말하는 것이 대체 무슨 소용이란 말이오? 이전에 샤꾸니는 두료다나를 위해 주사위를 던졌고, 이겼소. 빤두의 아들 유디슈티라는 약속을 하고 숲으로 갔소. 자기가 했던 약속을 제대로 보지 못하고 빤짤라와 맛쓰야 왕에게 의지한 그는 다시 조상들의 왕국을 바라고 있소. 두료다나는 발 하나 디딜 만한 땅도 어느 누구에게든 두려움을 이유로 내주지 않을 것이오. 그러나 다르마에 따른 것이라면 세상 전부라도 내줄 것이오. 적이라 할지라도 말이오. 그들이 만약 조상들의 왕국을 원한다면 정해진 시간

다모다라_ 끄르슈나

80

만큼 숲에서 살다가 오라고 하시오. 그런 뒤 두료다나의 품에서 두려움 없이 살라고 하시오. 지금 그들이 하고 있는 생각은 정당하지 않소. 순전히 아둔한 짓일 뿐이오. 빤다와들이 다르마를 저버리고 전쟁을 원한다면 그들이 꾸루의 수장들과 맞섰을 때 내 말을 기억하게 될 것이오.'

비슈마가 말했다.

'라다의 아들이여, 대체 무슨 말을 하는 것인가? 쁘르타의 아들 아르주나가 전투에 나서면 전차 모는 여섯 명의 전사를 물리칠 수 있다는 것을 그대는 명심해야 하리라. 이 브라만이 한 말을 따르지 않는다면 우리는 필시 전장에서 죽어 먼지를 먹어야만 하리라.'

이어지는 와이샴빠야나의 이야기는 이러하다.

드르따라슈트라는 비슈마에게 용서를 빌고 라다의 아들을 꾸짖은 뒤 말했다.

'샨따누의 아들 비슈마는 우리들에게 이로운 말을 했소. 빤다와들에게도 이롭고 온 세상을 위해서도 이로운 말이오. 잘 생각해보고 쁘르타의 아들들에게 산자야를 보내겠소. 당신은 지체 없이 빤다와들에게 돌아가시오.'

왕은 그를 잘 대접한 뒤 빤다와들에게 보냈다. 그리고 산자야를 회당으로 불러 이렇게 말했다.

사절로 오는 산자야

22

드르따라슈트라가 말했다.

'산자야여, 빤두의 아들들이
우빨라위야에 있다더구나. 가서 그들을 찾으라.
아자따샤뜨루†에게 공손히 절하고 말하라.
"무고한 이여, 이 도읍으로 오시어 참으로 다행입니다"라고.

산자야여, 모두에게 가서 안부를 묻고
겪어서는 안 될 고된 숲속 생활이 끝났음을 경하하라.
그리고 저들의 평안을 서둘러 우리에게 알리라.
속임을 당했어도 저들은 우리에게 다정했느니.

아자따샤뜨루_ 유디슈티라.

산자야여, 나는 어떤 거짓된 행동도
빤다와들에게서 보지 못했느니라.
모든 영광을 스스로의 위력으로 얻고도
빤다와들은 그것들 모두를 내게 바쳤었다.

아무리 가까이에서 빠르타들을 살펴보아도
나는 저들을 탓할 어떤 잘못도 찾지 못하였다.
저들은 언제나 다르마와 아르타에 따라 거동했고,
안락함을 좋아하나 욕망에 빠지지는 아니하였다.

덥고 춥고 배고프고 목마른 것을 저들은 참아냈고
잠과 게으름과 분노와 기쁨과 즐거움을
빠르타들은 지혜와 당당함으로 다스렸다.
다르마와 아르타와 요가를 추구하였다.

때가 되면 동지들에게 재물을 나누었고
오랜 세월 함께해도 우정이 변칠 않았다.
빠르타들은 알맞은 곳에 공경과 재물을 나누었으니
아자미다† 가문에서는 누구도 저들을 미워하지 않았다.

저 고약하고 변덕 많고 아둔한 두료다나,

아자미다_ 뿌루 가문의 후손인 하스띠의 장자이며, 주로 유디슈티라가 그의 후예로
    불린다. 좁은 의미의 꾸루족을 일컫기도 한다.

미천하고 미천한 까르나를 빼고는 말이지.
이들은 저들의 행복과 기쁨을 빼앗고
고결한 저들의 기를 살아나게 했느니.

치솟는 힘과 안락함에 빠져
두료다나는 그짓을 잘했다고 여기는구나.
그러나 아둔한 자들만이 빤다와들이 살아 있는 동안
저들의 몫을 빼앗을 수 있다고 여기느니.

아르주나, *끄르슈나*, 사띠야끼
늑대 배, 쌍둥이와 모든 스른자야들이
아자따샤뜨루의 길을 따르고 있다.
그러니 전쟁보다 그들 몫을 주는 것이 낫지 않은가?

간디와 활을 든 저 왼손잡이 궁수 혼자
전차에 서서 이 세상을 쓸어버릴 터이고
저 무적의 께샤와 위슈누⁺는
삼계의 고결한 주인이구나.

죽음 있는 어떤 자가 그 앞에 똑바로 설 수 있으랴?
모든 신들 중에서도 가장 칭송되는 신인 그를!
새떼처럼 날쌔게 날아가는

위슈누_ *끄르슈나*.

저 소나기 화살 쏟아내는 그를!

왼손잡이 간디와 활잡이 홀로 전차에 서서
북쪽 지역과 북 꾸루를 제압하고,
재물을 빼앗아 자신의 종으로 삼았으며
공물을 바치게 했느니!

저 왼손잡이 궁수는 칸다와 숲에서
인드라가 이끄는 신들을 간디와 활로 물리쳤느니.
그리하여 불의 신에 숲을 바친 아르주나,
빤다와들의 명예와 명성을 드높였나니!

철퇴를 휘두르는 누구도 비마와 같지 않고,
코끼리 탄 어떤 전사도 그와 견주지 못하지.
전차에서 그는 아르주나에 못지않다고 하느니.
팔심으로 따지자면 만 마리 코끼리와 같구나.

잘 배우고 기력 넘치며 적개심 가득한 그가
드르따라슈트라의 아들들을 분노로 태우리라!
저 힘 좋은 고집불통 사내는
인드라가 와서 싸워도 이기지 못하리니!

마음 좋고 힘 좋으며 손이 날랜 쌍둥이 형제,

아르주나에게 잘 훈련받은 마드리의 두 아들은,
독수리가 새떼를 몰아버리듯
꾸루들을 이승에 남겨두지 않으리.

드르슈타듐나는 빤다와들의 가운데 서서
그들 중 하나인 듯 힘차게 휘젓고 다니지.
소마까들의 날개인 그는 책사들과 함께
빤다와들의 승리를 위해 자신을 바칠 것이니!

샬와들의 주인 위라타,
샬와들이 섬겨온 오랜 주인인 나이 든 그가
아들들과 함께 빤다와들 편에 서기로 했다지.
그가 유디슈타라에게 마음을 바친다고 나는 들었느니.

께까야에서 강제로 쫓겨난 다섯 형제가 있나니
장사인 그들은 활로 무장하고 다니며
께까야 왕국을 탐하고 있다지.
그들이 전쟁을 갈망하며 빠르타들을 따른다지.

세상을 다스리는 주인들 중 영웅들은 모두
빤다와들을 위해 모여들었느니.
정으로 엮인 용사들은 모두
마음을 바쳐 다르마의 왕을 따른다고 들었다.

산 사람들, 험한 곳에 사는 사람들
태생 좋고 순수한 지상의 용사들
갖가지 무기를 든 변방 지역 영웅들이
빠다와들을 위해 모여들었느니.

빠드야 왕, 인드라 같은 그가 무량한 힘으로
숱한 용사들과 함께 전쟁에 뛰어들었지.
세상의 영웅인 고결한 그가 빠다와를 위해 왔다는구나.
위력과 기세를 당해낼 수 없는 그가!

사띠야끼는 드로나에게서, 아르주나에게서,
와아수데와에게서, 그리고 끄르빠와 비슈마에게서
무기 다루는 법 배웠다고 들었느니.
끄르슈나의 아들과 견줄만한 그가 빠다와를 위해 왔나니.

쩨디들과 까루샤까들, 기운 치솟는 왕들이
모두 함께 유디슈티라를 향해 모여들었구나.
저 왕들 한가운데 태양처럼 빛나는 이 있었으니,
명예롭고 빛나는 쩨디의 왕*이 바로 그이니라.

전쟁에서 그는 감히 맞설 수 없다고 여겨졌고

쩨디의 왕_ 쉬슈빨라.

90

활줄 당기는 이들 중엔 이 땅에서 최고라 불렸으며,
크샤뜨리야들 중 가장 기세가 등등했었지.
끄르슈나는 그런 그를 매섭고 단호하게 처단했느니.

그는 예전에 야다와들의 명예와 자존심을 키우며
전장에서 쉬슈빨라를 처단했었지.
시슈빨라, 그는 까루샤 왕을 위시한
모든 군주의 자존심을 드높이지 않았던가!

그러나 수그리와†를 전차에 묶고 내달리는
끄르슈나를 대적할 수 없다고 여긴 왕들은
사자를 보고 내뺀 나약한 짐승들처럼
쩨디 왕 쉬슈빨라를 버리고 도망쳤었느니.

쉬슈빨라는 와아수데와 끄르슈나를
전차에 태우고 맞상대해 이겨보려고
온힘 다해 덤벼들었으나 폭풍 맞고 넘어진
까르니까라 나무처럼 끝내 목숨 잃고 쓰러졌었지.

가왈가나의 아들 산자야여,
빤다와들을 위해 싸우는 끄르슈나의 용맹을 듣고

수그리와_ 위슈누의 또 다른 화신인 라마와 동맹을 맺었던 원숭이 왕의 이름이기도 하
다.

저 위슈누의 다른 행적들을 기억하니
내 마음에 평화가 없구나.

우르슈니의 사자 끄르슈나가 이끄는 저들을
맞서 싸울 적은 어디에도 없으리라.
두 끄르슈나*가 한 전차에 선다고 하니
내 심장은 두려움으로 떨리는구나.

지혜 느린 내 아들이 마음을 잘못 써서
저들과 뒤엉켜 싸우지 않아야 할 텐데.
산자야여, 인드라와 위슈누가 다이띠야들을 태우듯
저들이 꾸루들을 태우지 말아야 할 텐데.
다난자야는 샤끄라와 대등하고
우르슈니의 영웅은 영원한 위슈누이지 않더냐?

꾼띠의 아들, 빤다와 유디슈티라는
다르마에서 기쁨을 찾고, 겸양과 기력을 갖추었다.
두료다나가 잘못을 범했던 저 기개 높은 사내가
분노로 다르따라슈트라들을 태우지 말아야 할 텐데.

나는 아르주나, 끄르슈나가 두렵지 않고,
비마와 쌍둥이조차도 두렵지 않은 것만 같다.

두 끄르슈나_ 끄르슈나와 아르주나.

분노로 훨훨 타는 저 유디슈티라 왕이,
마부여, 나는 언제나 더 두려웠더니라.

그는 넘치도록 고행했고 금욕을 지켜왔다.
그가 마음에 품은 뜻은 이루어지리라.
산자야여, 전장에서의 그의 분노가 정당함을 알기에
나는 이제 그것이 너무나 두렵구나.

그러니 가라, 임무를 갖고 마차를 타고
빤짤라 왕 드루빠다의 진영에 이르거든
유디슈티라의 안부를 묻거라.
다시 또 다시 정을 담아 말해야 하느니라.

친애하는 산자야여, 끄르슈나를 만나거든,
저 도량 넓고 위력적이며 고귀한 그를 만나거든,
드르따라슈트라가 빤다와들과 화평하길 바라노라 전하고
그에게도 내 대신 안부를 물어야 하느니라.

마부여, 꾼띠의 아들은 와아수데와가 한 말은
한 가지도 듣지 않는 것이 없느니라.
끄르슈나가 자기들 일을 잘 알아 행하고 있으니
저들에게 그는 자신들만큼 소중하느니라.

산자야여, 빤다와들을 만나고
끄르슈나, 유유다나, 위라타를 만나거든
내 대신 저들의 안부를 물어야 한다.
드라우빠디의 다섯 아들에게도 그리하여라.

저들에게 가장 적절하다고 생각하는 것,
그리고 바라따들에게 이롭다고 여기는 것,
그것을 산자야여, 왕들 가운데서 말해야 한다.
저들의 마음을 움직이지 못하면 전쟁이 있으리니.'

23

이어지는 와이샴빠야나의 이야기는 이러하다.

드르따라슈트라 왕의 말을 받잡은 산자야는 무량한 빛의 사내들,
빤다와들을 보러 우빨라위야를 향해 떠났다.
마부의 아들은 다르마에 충실한 유디슈티라 왕에게 다가가 먼저
절을 올린 뒤 말했다.

'가왈가니 산자야, 마부의 아들이
유디슈티라께 충심으로 아룁니다.

왕이시여, 대인드라 같은 당신께서 동지들과 더불어
무병하신 모습 뵈오니 참으로 다행입니다.

암비까의 아들, 나이 들고 지혜로운 드르따라슈트라 왕께서
당신의 안부를 물으셨습니다.
제일가는 빤다와 비마는 안녕하신지,
다난자야와 마드리의 아들들은 안녕하신지 물으셨습니다.

바라따의 후손이시여, 끄르슈나아 드라우빠디,
저 정절 곧은 영웅들의 아내이며
당신께서 늘 가슴으로 잘되기를 바라시는
공주님은 아들들과 함께 안녕하신지 물으셨습니다.'

유디슈티라가 말했다.

'가왈가니 산자야, 어서 오시게.
마부의 아들이여, 기쁜 마음으로 그대를 맞네.
나는 강건하다고 그대에게 말할 수 있겠네.
지혜로운 이여, 나도 아우들도 잘 있다네.

마부여, 꾸루의 어른 바라따 왕의
평안하심을 들은 지 오래 되었네.
산자야여, 그대를 보니 왕을 뵌 듯

반갑기 그지없다네.

기개 높고 사려 깊은 우리들의 할아버지,
만덕을 구비하고 연세 지긋한
꾸루의 후예 비슈마께서는
예전처럼 거동이 평안하시던가?

위찌뜨라 위르야의 아들, 고결한 드르따라슈트라 왕께서는
아들들과 함께 평안하시던가?
지혜로운 마부의 아들이여, 쁘라띠빠의 자손이신
바흘리까의 대왕께서는 평안하시던가?

친애하는 이여, 소마닷따는 평안하시던가?
부리쉬라와스, 사띠야산다, 샬라,
드로나와 아들, 그리고 브라만 끄르빠,
대궁수들은 모두 무병하시던가?

저 지혜 넘치는 이들, 모든 학문을 꿰뚫어 알고
지상의 궁수들 중 최고인 이들, 친애하는 이여,
이들은 제대로 대접 받고 있던가?
활 든 이들은 모두 무병하시던가?

산자야여, 모두가 꾸루들을 부러워한다네.

활을 매고 다니는 젊은이들이 있고
용모 준수한 대궁수, 거동 바른 드로나의 아들이
그 왕국에 살고 있지 않던가?

친애하는 이여, 와이샤의 아들,
지혜 넘치는 유유뜨수 왕자는 평안하던가?
어리석은 두료다나가 의지해마지 않는
까르나 책사는 평안하던가?

마부여, 바라따의 나이 든 여인들,
어머니들, 찬간의 여인들, 종의 아내들,
며느리들, 사내아이들, 누이들, 조카들,
그리고 외손녀들도 모두 잘 있던가?

친애하는 이여, 왕께서는 예전의 관행에 따라
여전히 브라만들을 제대로 대접하고 계시던가?
산자야여, 내가 브라만들게 바쳤던 것들을
드르따라슈트라의 아들이 없애지는 않았던가?

드르따라슈트라 왕은 아들과 함께
브라만들이 모욕당하는 것을 간과하지는 않던가?
하늘에 이르는 길이 브라만임을 알아
그들에게 부족함이 없는지 살피기를 소홀히 하지는 않던가?

브라만은 조물주가 생명 있는 세상에
만물을 위해 만들어두신 최고의 빛이라네.
어리석은 이들이 탐욕을 자제하지 않으면
꾸루들에게는 완전한 파멸만 있을 것이네.

드르따라슈트라 왕은 아들과 함께
책사들의 생계를 잘 살피시던가?
불화를 일으켜 생계를 꾸리려는 이들은 없던가?
뜻이 같다 하여 적이 동지로 위장하지는 않던가?

친애하는 이여, 꾸루들이 전부
빤다와들에 대해 나쁜 말을 하지는 않던가?
다스유† 무리가 보이면
전투를 이끄는 아르주나를 기억하지는 않던가?

곧게 뻗어 날아가는 화살을 저들은 기억하던가?
벗이여, 간디와라고 불리는 활의 한 끝에서
튕겨나간 화살의 저 우레 같은 울림을,
부르르 떠는 활잡이 아르주나의 화살을!

아르주나와 같거나 더 나은 활잡이를

다스유_ 원시 부족, 야만족 또는 도둑의 의미로 쓰일 때가 많다.

나는 이 세상에서 보지 못했고 또한 듣지 못했네.　　.
화살 쏘는 그의 손은 길 잘 들고 날 잘 선
예순 한 개의 돌촉 화살과 같다네.

무서운 철퇴 휘두르는 비마세나,
적의 무리를 덜덜 떨게 만드는 그를
저들은 기억하던가?
갈대밭에 누운 발정난 코끼리처럼 휘적거리는 그를!

마드리의 아들 사하데와는 단따꾸라에서
몰려드는 깔링가 무리를 쳐부쉈다네.
그는 왼손 오른손으로 화살을 쏘았더랬지.
저들은 혹시 완력 넘치는 그를 기억하던가?

가왈가니 산자야여, 나꿀라가 내 명에 따라
내달리는 것을 그대도 보았잖은가?
그는 동쪽의 땅을 내가 다스릴 수 있게 했지.
저들은 혹시 그런 마드리의 아들을 기억하던가?

저들이 잘못된 조언을 따라 가축 순례 한답시고
드와이따 숲에 왔을 때의 치욕적인 패배를,
비마세나와 아르주나가
적의 손아귀에 떨어진 어리석을 저들을 풀어준 일을,

내가 아르주나의 뒤를 지키고
쌍둥이와 비마가 그의 바퀴를 방어하는 동안
간다와 활잡이는 적을 평정하고
아무 탈 없이 돌아왔던 것을 저들은 기억하던가?

그러나 산자야여, 한 가지 좋은 수단만으로는
모든 것을 바로잡을 수 없다네.
우리의 마음을 다해서도 드르따라슈트라의 아들을
움직일 수 없다면 말일세.'

24

산자야가 말했다.

'빤다와여, 실로 당신이 말씀하신 그대로입니다. 그리고
당신은 꾸루의 수장과 꾸루들과 백성들에 대해 물으셨지요.
존경하는 빠르타여, 당신이 궁금해 하며 안부를 물으신
기개 높은 꾸루의 수장들은 무병하십니다.

빤다와여, 다르따라슈트라 곁에는 훌륭한 어른들이 계시고

정말로 나쁜 사람들도 있다는 것을 알아주십시오.
다르따라슈트라는 적에게도 베풀고 있습니다.
어찌 브라만들의 몫을 빼앗으리까?

그가 무고한 이에게 해를 끼치고
당신을 거칠게 대했던 것은 잘못된 일이었습니다.
당신이 옳음에도 드르따라슈트라가 아들과 함께 당신을
옳지 않게 대했다면 그것은 동지들을 배반한 것입니다.

그분은 당신을 잘못 대한 자신을 용서치 않고 괴로워하십니다.
유디슈티라여, 연세 드신 그분이 속으로 울고 계십니다.
그리고 모여든 브라만들에게서 듣고 계십니다.
동지를 배반하는 것이 가장 심각한 죄악이라는 것을요.

인간들의 왕이시여, 그들의 회합은 당신을 기억합니다.
소라고둥과 북이 울릴 때면 그들은
전투를 이끄는 아르주나를 기억합니다.
철퇴를 휘두르는 비마세나를 기억합니다.

또한 전장의 한가운데서
사방을 누비며 날아다니는 마드리의 아들들도 기억합니다.
전쟁에서 흔들리지 않는 대용사인 그들이
그침 없이 화살비를 쏟아내는 것을요.

왕이시여, 아직 오지 않은 날들이 인간에게
무엇을 가지고 올지는 누구도 모르는 것 같습니다.
빤다와여, 만덕을 구비하신 당신이
이렇듯 험한 고통을 당하시는 것을 보면 말입니다.

유디슈티라여, 당신의 지혜로
이 모든 것을 다시 풀어내십시오.
인드라 같은 빤두의 모든 아들들이
욕망을 위해 다르마를 버리지 않게 하십시오.

유디슈티라여, 당신만이 당신의 지혜로
빤다와들에게, 꾸루들에게, 스른자야들에게
그리고 그들과 맺어진 다른 왕들에게
쉴 수 있는 평화를 가져다줄 수 있습니다.

왕이시여, 이제 드르따라슈트라께서
밤에 제게 이르셨던 말씀을 들어보십시오.
유디슈티라여, 당신의 부친이신 그분께서
아들들과 책사들을 모아 두고 하셨던 말씀을요.'

25

유디슈티라가 말했다.

'빤다와들, 스른자야들, 그리고
끄르슈나, 유유다나, 위라타가 모여 있네.
마부의 아들 가왈가니여,
드르따라슈트라의 전갈을 말해보게.'

산자야가 말했다.

'유디슈티라께, 그리고 늑대 배 비마세나께,
다난자야와 마드리의 아드님들께
와아수데와 끄르슈나와 쩨끼따나께
그리고 위라타께 절을 올립니다.

연세 드신 빤짤라의 왕, 드르슈타듐나 빠르샤따,
그리고 야즈냐세니*께 절을 올립니다.
모두 소인의 말을 들어주십시오.
꾸루들의 이로움에 대해 말씀드리겠습니다.

야즈냐세니_ 드라우빠디.

드르따라슈트라 왕께서는 화평을 바라시며
서둘러 소인의 마차에 고삐를 매게 하셨습니다.
이것이 왕과 형제들과 아들들 그리고
친지들을 기껍게 하고 빤다와들에게 평화를 가져오기를!

빠르타들이시여, 당신들은 만덕을 구비하셨습니다.
단단함과 온화함과 올곧음을 갖추셨습니다.
가문 좋고 거짓을 모르며 도량 넓으십니다.
겸양의 고삐를 매셨고 거동에는 결단력이 있으십니다.

당신들께는 비천한 거동이 어울리지 않습니다.
비마세나들이여, 이런 것들이 당신들의 기개입니다.
새하얀 천에 떨어진 안자나 방울처럼
사소한 잘못도 당신들에게는 커 보일 것입니다.

모두의 완전한 파멸이 뻔히 보이는 짓을,
죄를 짓고 지옥 같으며 아무것도 남기지 않는,
승리가 곧 파멸인 그런 짓을
어느 누가 범하려고 하리까?

친지들을 위해 일하는 자는 다복할 것입니다.
당신의 아들들과 동지들과 친지들이 그러할 것이니,
꾸루의 번성이 확연히 보인다면

그들은 비참한 삶을 버릴 것이기 때문입니다.

쁘르타의 아들들이시여, 꾸루들을 계속 몰아가서
모든 적들을 주저앉히고 제압하신다면
당신들의 삶은 죽은 것과 다름없을 것입니다.
친지들을 죽이고 자기만 사는 것은 옳은 일이 아니기 때문입니다.

께샤와가 함께하고 쩨끼따나가 함께하는 당신을,
드르슈타듐나와 사띠야끼의 팔이 지키는
당신을 누가 물리치리까?
인드라가 신들과 함께 온들 승리를 얻으리까?

왕이시여, 드로나와 비슈마가 지키는 꾸루들을,
아쉬와타만과 샬리야와 끄르빠가 지키는 그들을,
까르나와 이 땅의 왕들이 함께 지키는 그들을
전장에서 누가 견뎌낼 수 있으리까?

누가 두료다나 왕의 대단한 병력을
스스로를 파멸시키지 않고 공격할 수 있으리까?
승리와 패배에서 무엇을 얻을지
소인은 어떤 확신도 할 수 없습니다.

그러할진대 빤다와들이 어찌 비천한 태생들처럼

다르마가 아닌 일을 범할 수 있으리까?
와아수데와께 납작 엎드려 절을 올립니다.
빤짤라의 나이 든 왕께 절을 올립니다.

두 손 모으고 귀의하며 간청합니다.
어찌하면 꾸루들과 스른자야들이 안전하리까?
당신의 말씀이라면 다난자야가
한 번도 거스른 적 없기 때문입니다.

현자시여, 다난자야는 목숨도 마다 않고 바칠 것입니다.
그래서 소인이 소임을 마칠 수 있게 감히 말씀드리는 것입니다.
비슈마의 인도를 받은 왕은
당신들 모두와 더 바랄 것 없는 화평을 원합니다.'

26

유디슈티라가 말했다.

'산자야여, 내가 한 말을 어찌 들었는가?
전쟁을 원한단 말을 내게 들어서 전쟁을 두려워하는 것인가?
벗이여, 전쟁하는 것보다 전쟁하지 않는 것이 낫다네.

마부여, 평화를 얻은 어떤 이가 전쟁하려 하겠는가?

산자야여, 마음에 품은 소망을
아무 노력 없이 이룰 수 있다면
아무 일도 하지 않을 것임을 나는 안다네.
전쟁을 하려는 것보다 더 경박한 짓이 어디 있겠나?

일부러 전쟁을 일으키려는 사람이 어디 있겠나?
어떤 운명의 저주를 받은 사람이 전쟁을 택하겠나?
행복해지려고 애쓰는 빠르타들은
다르마를 저버리지 않고 세상의 이로움 위해 행동한다네.

행위를 통해 행복을 꿈꾸는 자가
거친 수단을 쓴다면 그 행위는 고통일 뿐이지.
안락함을 얻고 고통을 피하려
감각을 만족시키는 노예가 되는 자는
욕망을 갈구하다 제 몸을 삼키고
결국은 고통을 얻을 뿐이라네.

타오르는 불길에 땔감을 넣으면
불꽃이 더욱 강해지는 불처럼
욕망도 한 번 채워지면 더욱 커지는 것이라네.
기이를 맛본 불길이 만족을 모르듯 말일세.✝

드르따라슈트라 왕의 저 거대한 욕망의 더미를 보게.
그리고 우리의 것과 비교해보게.

주인은 못난 자들의 불평을 듣지 않고
못난 자들의 찬가 소리를 듣지 않지.
못난 자들이 바치는 화환의 냄새를 맡지 않으며
그가 바친 연고를 바르지 않지.

못난 자의 의복도 입지 않는다네.
이러하거늘, 어찌 우리를 꾸루들에게 데려갈 것인가?
지금 이렇게 우리를 뒤흔들고도
그의 몸에는 여전히 욕망이 남아 가슴을 태우지 않던가?

왕 스스로 공평치 못하면서
타인에게 공평하길 바라는 것은 옳지 않지.
자신이 타인에게 하는 행위만큼
자신도 타인에게서 대접받는 것이라네.

차가운 계절이 끝나고 뜨거운 여름으로 치닫는 어느 날,
누군가 죽은 나무 가득한 깊은 숲에 불을 놓는다면
바람의 힘을 받은 불은 점점 거세질 터이고

~모르듯 말일세_ 희생제의 불은 정제된 우유기름인 기이를 부어 일으킨다. 아그니는
기이가 뿌려진 희생제의 불길에 너무 취한 나머지 칸다와 숲을 통째로 삼키고
싶어 했다.

빠져나가려는 사람은 고통을 맛보겠지.

산자야여, 권력을 얻은 드르따라슈트라 왕이
이제 와서 탄식하는 것은 무엇 때문인가?
아둔하고 어리석고 지혜 더딘 아들의 말을 받아들여
굽어 터진 기쁨이나 누리지 않았던가?

믿음 없는 수요다나는
믿을 만한 위두라의 좋은 말을 저버렸고
그걸 잘 알면서도 드르따라슈트라는
아들 귀한 마음에 아다르마를 취하고 말았지.

마부여, 꾸루들 중에서도 가장 사려 깊은 이,
많이 듣고 언변 좋고 덕 높은 위두라,
꾸루들의 안위를 염려한 그의 말을
아들만 귀히 여긴 드르따라슈트라 왕은 새겨듣지 않았네.

자긍심 잃고 자기만 아는, 시샘 많은 그의 아들은
성마른데다 다르마와 아르타의 도를 넘고,
거친 말을 일삼으며 분노에 사로잡혀서는
마음을 나쁘게 쓰고 격한 감정에 휘둘리는 자가 아니던가?

산자야여, 그는 고집불통에다 좋은 것엔 관심이 없으며

분노가 길고, 동지를 배반하는 마음 나쁜 자일세.
드르따라슈트라 왕은 그런 아들을 보면서도
사랑을 주고 다르마와 아르타를 퍼주었다네.

산자야여, 노름을 하며 내게 떠올랐던 생각은,
꾸루들에게 재앙이 닥치지 않았으면 하는 것이었네.
위두라의 지혜 담긴 말을
드르따라슈트라가 받아들이지 못했을 때 말일세.

저들이 집사 위두라의 생각을 따랐더라면
꾸루들에게 재앙은 닥치지 않았을 걸세.
저들이 위두라의 지혜를 따랐더라면
저들의 왕국은 번성을 누렸을 걸세.

재물에 눈이 어둔 두료다나의 책사들,
두샤사나, 샤꾸니, 마부의 아들 까르나에 관해
마부여, 이제 내 말을 새겨듣게.
가왈가니 산자야여, 그의 미혹함을 보게.

아무리 살펴봐도 꾸루들과 스른자야들이
무슨 수로 번성할지 볼 수 없었네.
드르따라슈트라가 타인에게서 영예를 빼앗고
멀리 보는 위두라를 멀리 보내고서 말일세.

드르따라슈트라는 아들과 함께 이제 이 땅에서
겨룰 자 없는 위대한 왕국을 꿈꾸고 있네.
그리 되면 평화는 완전히 사라지겠지.
내가 가졌던 풍요가 이제 자기에게 왔다고 생각하는 게지.

까르나가 만약 전투에서 아르주나와
무기 들고 싸우는 것을 만만히 여긴다면,
예전에 있어 왔던 저 수많은 대전투에서
그는 어찌 저들을 지켜주는 섬이 되지 않았다던가?

까르나도 알고 수요다나도 알지.
드로나도 알고 할아버지 또한 아시지.
다른 꾸루들 또한 알고 있네.
아르주나 같은 궁수는 없음을 말일세.

까우라와들 모두가 잘 알고 있지.
운집한 다른 왕들 또한 알고 있네.
적을 길들이는 아르주나가 나서지 않는다면
두료다나는 잘못된 길을 갈 수밖에 없음을 말일세.

드르따라슈트라의 아들은 빤다와들이 가진
정당한 재산을 뺏을 수 있으리라 생각하지만

왕관 쓴 아르주나는 그것을 알기에
딸라 나무만큼 큰 활을 들고 전장으로 갈 것이네.

드르따라슈트라의 아들들은 아직
간디와의 불꽃 튀는 소리를 듣지 못해 살아 있는 것이지.
비마의 성난 위력을 알지 못한 수요다나는
자기 목적이 이루어졌다고 생각하는 것이네.

벗이여, 비마가 살아 있는 한
인드라조차도 내 힘을 뺏을 수는 없다네.
마부여, 거기에 다난자야와 나꿀라,
그리고 나의 영웅 사하데와까지 있지 않은가?

마부여, 만약 나이 든 왕과 그의 아들이
이런 경우와 뜻을 받아들인다면
전장에서 빤다와들의 분노에 타지 않고, 산자야여,
그래야 다르따라슈트라들은 멸망에서 벗어날 것이네.

우리에게 닥쳐왔던 고난을 그대는 알고 있네.
산자야여, 그대를 존중하기에 저들을 용서하겠네.
예전에 우리가 까우라와들에게 어떤 일을 당했는지, 그리고
우리가 두료다나에게 어떻게 했는지 그대는 알고 있기에!

지금도 우리는 여전히 그대로 행동할걸세.
그대가 말했던 것처럼 나는 평화롭게 갈 것이네.
허나 내 왕국 인드라쁘라스타는 내가 취해야겠네.
바라따의 수장 수요다나가 그것을 허락하게 하게.'

27

산자야가 말했다.

'빤다와여, 당신의 행적은 늘 다르마에 바탕을 둡니다.
쁘르따의 아들이여, 그리고 세상이 그것을 듣고 보았습니다.
그러나 인생의 격한 흐름은 영구하지 않습니다.
빤다와여, 이를 알아 부디 자신을 파괴하지 마십시오.

아자따샤뜨루여, 만약 까우라와들이
싸우지 않고서는 당신 몫을 주지 않는다면
차라리 안다까 우르슈니 왕국에서 구걸할지라도
왕국을 차지하려 싸우지 않는 것이 나을 듯합니다.

인간의 삶은 짧습니다.
소용돌이 같고 늘 고통스러우며 변화무쌍합니다.

그런 인생에 싸움은 적절한 것이 아닙니다.
그러니 빤다와여, 죄를 짓지 마십시오.

욕망은 언제나 인간에게 들러붙어 있습니다.
인간의 왕이시여, 그것은 다르마를 뒤흔드는 뿌리랍니다.
사람이 먼저 그것을 뒤흔들어 내다버린다면
세상에서 칭송을 얻을 것이요, 비난을 피할 것입니다.

쁘르타의 아들이시여, 재물에의 갈망은 족쇄입니다.
그것을 갈구하는 자의 다르마는 시들어간답니다.
다르마를 택한 자는 깨인 자이나
욕망을 좇는 자는 재물에의 탐착 때문에 스러지고 만답니다.

경애하는 이여, 다르마를 앞에 두고 거동한다면
형형한 빛을 뿜는 태양처럼 빛날 것이나
온 세상을 얻을지라도 다르마가 모자라면
나쁜 생각과 더불어 가라앉고 말 것입니다.

당신은 베다를 익혔고 금욕을 실행했습니다.
희생제를 지내고 브라만들에게 베풀었습니다.
그것이 더 없는 최고의 재산임을 알면서도
여러 해 동안 자신을 안락함 속에 두기도 하셨습니다.

도를 넘는 안락함과 쾌적함을 즐기는 사람,
그리고 요가를 수행하지 않는 사람은
재물이 닳으면 도를 넘는 안락함을 앗기고
욕망의 힘에 떠밀려 고통으로 드러눕게 됩니다.

이처럼 재물을 모으는 데만 탐착하는 사람은
다르마를 버리고 아다르마를 일삼게 됩니다.
어리석게도 저 세상에의 믿음을 버린 사람은
몸을 떠난 뒤 저승에서 고통으로 신음하게 됩니다.

선업이건 악업이건 한 번 지은 업은
저승에서도 사라지지 않는답니다.
선악의 업은 행위자를 앞서가며
업을 지은 자가 그 뒤를 따른답니다.

당신의 거동은 의식을 제대로 갖춘 음식,
맛과 향과 믿음을 곁들여 의식을 치른 뒤
브라만들에게 닥쉬나로 바치는
쉬랏다 제사의 음식처럼 순수하다고 알려져 있습니다.

빠르타여, 당신이 해야 할 일은 이 들녘에서 모두 했습니다.
이승을 떠난 뒤 해야 할 일은 남아있지 않습니다.
다음 세상에서 해야 할 일까지 모두 마치셨습니다.

당신의 크신 공덕은 모두의 칭송을 받고 있습니다.

죽음과 늙음과 두려움을 버리면
배고픔도 목마름도, 마음에 기쁘지 않는 일도 없습니다.
감각을 기쁘게 하는 일 외에
당신의 일이라고 할 만한 것도 더 이상 없습니다.

인간의 왕이시여, 행위의 결실이란 것이 이러합니다.
빤다와여, 그것은 분노에서 치솟고, 환희에서 분출합니다.
마음을 매만지는 잠시의 기쁨을 위해
너무 오래 세상을 버려두지 마십시오.

행위의 끝에는 칭송과 진실과
자제와 올곧음과 자애가 뒤따를 것이며
아쉬와메다와 라자수야 희생제가 치러질 것입니다.
허나 다시 죄를 짓는 업으로 치닫지 마십시오.

이와 같음에도 빠르타들이여, 이 오랜 기간이 지난 뒤
다듬어지지 않은 마음으로 악업을 지으려 하십니까?
숲에서 여러 해를 지내신 까닭이 그것입니까? 이를 위해
다르마를 바탕으로 한 빤다와들이 고난을 겪으신 것입니까?

당신은 예전에 유배를 떠나지 않을 수도,

그리하여 병사들을 당신 휘하에 묶어둘 수도 있었습니다.
언제나 당신의 동맹이었던 빤짤라들,
자나르다나 끄르슈나와 영웅 유유다나,

황금 수레를 타고 있는 맛쓰야의 왕 위라타와
그의 용감한 아들들, 그리고
당신이 예전에 물리치셨던 왕들 또한
여전히 당신 곁에 머물고 있을 것입니다.

당신은 와아수데와와 아르주나를 위시한
빼어난 동지들과 함께 병사들 가운데 빛났을 터이고
아무리 뛰어난 적이라도 전장에서 물리쳤을 터이며
드르따라슈트라의 자만심을 꺾었을 것입니다.

빠르타여, 때 시든 이때 싸우기를 바라시는 것이라면
어찌하여 적의 군대를 키우고
어찌하여 동료들을 줄이셨습니까?
어찌하여 그리 여러 해를 숲에서 지내셨습니까?

빤다와여, 지혜가 모자란 사람이 싸우려 합니다.
다르마를 모르는 사람이 풍요로 가는 길을 저버립니다.
혹은 다르마를 아는 지혜로운 사람, 그마저도
분노에 휩쓸리면 풍요의 길을 흐트러뜨립니다.

빠르타여, 당신은 다르마 아닌 것에 마음을 둔 적도
혼돈으로 인해 잘못을 저지른 적도 없습니다.
헌데 어찌하여, 무슨 연유로 지혜를 거스르는
이런 일을 하려 하십니까?

질병에서 오는 것이 아닌 극심한 두통과
명예를 앗아가고 악업을 일으키는 것은 분노이기에
선인들은 그것을 삼키나 악인들은 그리 하지 않습니다.
대왕이시여, 화를 삼키시고 평온을 찾으소서.

악업으로 가는 것을 누가 바라겠습니까?
안락을 택하느니보다는 용서함이 낫지 않으리까?
샨따누의 아들 비슈마도 죽을 것이며
드로나도 아들과 함께 목숨을 잃을 것 아닙니까?

끄르빠도, 샬리야도, 위까르나도, 소마닷따의 아들도,
위윙샤띠도, 까르나도, 두료다나도
모두 죽은 뒤에 무슨 행복이 있으리까?
빠르타여, 또 무엇을 얻으리까? 말씀해보소서.

바다를 띠로 두른 이 땅을 모두 얻은 사람도
늙음과 죽음에서 도망칠 수는 없습니다.

싫고 좋음에서도, 행과 불행에서도 도망칠 수 없습니다.
왕이시여, 이것을 알아 싸우지 마소서.

당신이 하시고자 하는 일이
만약 책사들의 소망 때문이라면
당신이 지닌 모든 것을 나누어 주고 거기서 벗어나소서.
당신의 길, 신들의 길에서 멀어지지 마소서.'

28

유디슈티라가 말했다.

'산자야여, 다 맞는 말일세.
그대의 말대로 다르마는 업들 중에서 최상의 것이지.
그러나 산자야여, 내가 다르마를 행하는지
혹은 아다르마를 행하는지 안 뒤에 나를 비난하시게.

다르마의 옷을 입고 있는 아다르마를,
다르마가 아다르마처럼 보이는 것을,
다르마가 다르마의 모습을 올바르게 띠고 있는 것을
현인들은 지혜로 보았다네.

이처럼 다르마와 아다르마가 역경에 처하면
본질은 늘 같지만 형편에 따라 달리 적용되는 것이라네.
각자의 역량에 따라 첫 번째로 드러나는 현상이
역경에서의 다르마이니 산자야, 그것을 알아두게.

본래 나있는 길에서 벗어나 장애에 부딪힌 사람은
거기서 빠져나오기 위한 행동을 해야 한다네.
본래의 길이 뒤집혀 있음에도 평상시처럼 행동한다면
산자야여, 그 사람도 그 상황도 모두 비난받는 것이라네.

잘못된 것을 바로잡으려는 브라만들을 위해
조물주는 바로잡는 의식을 치르도록 정해두셨지.
역경에 처했음에도 그에 대처하지 않거나 혹은
잘못 대처한다면 산자야여, 그 또한 비난 받는 것이라네.

지혜로운 사람들은 사물의 본질을 꿰뚫어 알고 있지.
그것을 통해 알고 있는 모든 것은 옳다고 여긴다네.
그러나 베다를 알지 못하는 브라만 아닌 자들에게는
그들이 해야 할 바른 거동의 지침이 항상 정해져 있지.

우리 조상들과 그분들 이전에 사셨던 분들,
우리 조부들과 선조들이 그렇게 뜻하셨다네.

자신의 일을 충실히 했던 지혜를 찾는 이들도 그랬지.
그러니 나는 내가 하는 일이 아다르마가 아니라고 생각하네.

산자야여, 나는 지상에 있는 어떤 재물도,
또는 신들에 속하거나 저 세상에 있는 것,
쁘라자빠띠나 천상 혹은 브라흐마 세계에 있는
어떤 재물도 아다르마 때문에 탐하지 않네.

다르마의 주인이며 명민하신 분, 책략을 알고
브라만을 존중하는 사려 깊은 끄르슈나,
그분은 여러 모양을 띠고 있는 대용사들,
크샤뜨리야들, 그리고 보자족에게 조언하셨네.

그러니 싸워야 할 때가 왔음에도 내가 전쟁을 버리는 것이,
또 크샤뜨리야의 다르마를 버리는 것이 비난받을 일은 아닌지
명예로운 께샤와 와아수데와가 말씀하시게 하세.
그분은 양측 모두가 이롭기를 바라는 분이니 말일세.

쉬니, 짜이뜨라까 그리고 안다까,
까우꾸라, 스른자야, 우르슈니와 보자,
모두들 와아수데와의 마음을 따른다네.
그리하여 적을 제압하고 동지를 기쁘게 한다네.

우그라세나와 다른 모든 안다까 우르슈니들,
인드라 같은 모든 사내들이 끄르슈나의 인도 하에 있지.
저 마음 성성한 이는 진실의 위력을 지니고 있어서
야다와 대용사들이 영예를 누리는 것이라네.

끄르슈나를 형제이자 주인으로 얻은 뒤
까시의 왕 바브루는 더 없이 명예로워졌다네.
여름의 끝에 구름이 만생명에 비를 내리듯
와아수데와는 그에게 소망의 비를 내려 주었다네.

벗이여, 께샤와 끄르슈나는 이와 같다네.
어떻게 처신해야 하는지 아는 그분을 우리는 알고 있네.
덕 높은 끄르슈나는 우리에게 소중한 분이니
나는 그분의 말씀을 거스르지 않을 것이네.'

29

와아수데와가 말했다.

'산자야여, 나는 빤다와들이 잘되기를,
그들이 복되고 행복하기를 바라네. 또한 나는

드르따라슈트라 왕과 그의 수많은 아들들이
번성하기를 항상 바라고 있다네.

산자야여, 이것은 항상 내가 바라던 것이었네.
그리고 나는 그들에게 평화 이외의 것은 말하지 않았지.
나는 그것이 왕이 기뻐해 마지않는 것이라고 들었네.
그리고 그것이 빤다와들에게도 좋은 일이라고 생각하네.

산자야여, 빤두의 아들은
참으로 이뤄내기 어려운 평화를 보여주었네.
드르따라슈트라와 그의 아들의 그 같은 탐욕에
어찌 분란이 일지 않겠는가?

산자야여, 다르마의 진수를 여기서 확인하게.
나와 유디슈티라에게서 그것을 배우게.
산자야여, 자신의 일을 성취하는 데 온 힘을 다하는
유디슈티라를 어찌 흠내려 한단 말인가?
가장으로서의 삶을 잘 살아낸다고 알려진 그를,
예전부터 바르게 살아왔다고 알려진 그를 말일세.

지금 이 문제를 어떻게 다룰 것이냐에 대해서는
브라만들 간에도 여러 견해가 있다네.
혹자는 행위를 해야만 다음의 성취를 가져온다 하고,

혹자는 행위는 버려두고 앎으로 성취를 이룬다고 하지.
음식은 먹는 것이라고 알고는 있어도 실제로 먹지 못한다면
배고픔을 면치 못함을 브라만들은 알고 있다네.

앎은 행위를 동반해야만 결실을 얻을 수 있지.
달리는 얻을 수가 없다네.
이승에서의 행위 자체가 결실을 보여주는 것이라네.
목마름은 물을 마셔야만 가시는 것과 같은 이치이지.

산자야여, 의례는 행위에 따라 정해진다네.
행위가 그 안에 있는 것이지.
나는 행위보다 나은 것이 없다고 생각하네.
달리 지껄이는 것은 나약하고 헛된 일일 뿐이지.

행위로 인해 신들도 저 세상에서 빛난다네.
행위로 인해 바람도 여기에 불어오고
행위로 인해 태양도 밤과 낮이 정한 이치에 따라
쉼 없이 날마다 떠오른다네.

행위로 인해 달도 쉼 없이 별과 행성들을,
보름과 달들을 지나가는 것이며,
중생을 위해 피워진 불도
행위로 인해 쉼 없이 타오르는 것이지.

행위로 인해 대지의 여신도 저 무거운 짐을
자신의 힘으로 쉼 없이 짊어지고 있다네.
강도 쉼 없이 잰 걸음으로 물을 날라
만물을 지탱하는 것이라네.

행위로 인해 왈라를 처단한 인드라도
넘치는 기력으로 창공에서, 하늘에서
소리를 내지르며 쉼 없이 비를 내려주지.
그리고 최고신이 되길 바라며 청정수행 했다네.

안락함 버리고 마음의 욕심 버리고
샤끄라는 행위로써 최고신이 되었다네.
진리를 지키고 게으름 없이 다르마를 보살폈지.
자제, 인내, 평등, 기쁨,
이 모든 덕에 의지해 인드라는
빼어난 신들의 왕좌에 이른 것이라네.

브르하스빠띠도 청정수행하며
부지런히 마음을 갈고 닦았지.
안락함을 버리고, 감각을 절제했다네.
그래서 신들의 스승이 된 것이라네.

행위로써 별들도 빛나고
루드라, 아디띠야, 와수들, 위쉬와데와스,
야마 대왕, 꾸베라 와이쉬라와나,
간다르와, 약샤 그리고 압싸라스들도 빛난다네.
청정수행 지키고, 베다를 익히고 의례를 지켜
수행자들은 저 세상에서 빛나는 것이라네.

이것이 브라만과 크샤뜨리야와 와이샤를 위한
온 세상의 다르마임을 알면서,
아는 자들의 앎을 그대도 갖고 있으면서
산자야여, 어찌 그대는 까우라와들을 위해 수고하는가?

유디슈티라는 항상 성스런 말씀에,
아쉬와메다와 라자수야에 마음을 다함을 알게.
그는 또한 활과 갑옷에도, 코끼리와 말과 전차에도,
그리고 무기에도 마음을 쓰고 있음을 알아야 하네.

만약 빠르타들이 까우라와들을
죽이지 않고도 끝낼 방법을 알았다면
성스런 다르마를 지키려고 했을 것이네.
비마에게도 고결한 행위를 강요했겠지.

허나 그들이 조상들의 일을 하면서

자기들 일을 온 힘 다해 뜻을 이뤄가는 중에
운명적인 죽음을 맞이한다면
그 죽음 또한 칭송 받아 마땅하리.

그대가 모든 것을 아는 것 같으니
그대의 말을 듣고 싶네.
다르마가 왕에게 전쟁을 하게 하는지
아니면 다르마가 전쟁을 하지 말게 하는지 말일세.

산자야여, 네 계급 중에서 첫 번째로 꼽아야 할 것,
그리고 각자의 의무로 꼽아야 할 것을 헤아려 보고
빤다와들의 스와다르마를 들어본 뒤
그들을 칭송할지 비난할지 알아서 하게.

브라만은 공부하고 제사 지내야 하지.
또한 보시해야 하고 성지를 순례해야 한다네.
가르치고, 그릇이 되는 제주에게 제사를 지내게도 해야 하네.
사례는 자신이 가늠할 수 있는 것만 받아야 하지.

크샤뜨리야는 백성을 지키고
다르마에 따라 행동하며 깨인 마음으로 보시하고
제물을 바치고 베다 또한 모두 공부해야 하지.
아내를 얻어 가정을 덕으로 보살펴야 한다네.

와이샤는 공부하고 밭을 갈며 가축을 돌보고
장사하여 재산을 모으고, 정신 차려 그것들을 지켜야 하지.
브라만과 크샤뜨리야를 기쁘게 하고
법도에 따라 가정을 덕으로 보살펴야 한다네.

예부터 전해져온 슈드라의 다르마는
브라만을 섬기고 공경하는 것이라네.
공부를 해서도, 제사를 지내서도 안 되지.
잘 살기 위해 항상 부지런히 애써야 한다네.

왕은 항상 정신 바짝 차리고 이 모든 계급이
스와다르마에 따라 살도록 지켜봐야 한다네.
스스로 탐욕을 부리지 말고 백성을 공정히 대해야 하지.
옳지 않은 욕심을 내지도 말아야 한다네.

만일 만덕을 구족한 명망 높은 사람,
자신보다 뛰어나다고 알려진 사람이 있다면
왕은 백성을 그에게 인도해야 하지만
그를 탐해서는 안 된다네. 그것은 옳지 않은 일이지.

어떤 왕이 잔인하게 권력을 휘두르고
타인의 재산을 탐해 운명을 노엽게 한다면

왕들에겐 전쟁의 원인이 되는 것이라네.
그리하여 갑옷과 칼과 활이 나오는 것이지.
인드라는 다스유들을 처단하기 위해
갑옷과 칼과 활을 만드는 일을 했다네.

남몰래 타인의 재물을 훔치는 것,
강제로 혹은 공공연히 훔치는 것,
산자야여, 둘 모두 비난 받는 짓이라네.
드르따라슈트라의 아들이 이와 다른 점이 무엇인가?
그는 단지 탐욕 때문에 저 다르마를
제멋대로 생각하고 분노의 먹잇감이 되지 않았던가?

빤다와들에게는 정해진 몫이 있네.
타인이 왜 그것을 우리에게서 뺏어가려 하는가?
우리가 이 문제로 싸우다 죽더라도 칭송받을 일이지.
조상의 왕국을 찾는 일이 무엇보다 우선인 게지.
산자야여, 자기들의 왕국에 앉아 있는 까우라와들에게
이 오래된 다르마를 말해주게.

생각 느리고 아둔해 두료다나에게 모인 저들은
죽음의 사슬에 사로잡힌 것이라네.
그런 행위는 다시 한 번 죄를 범하는 것이지.
저들이 꾸루들의 회당 가운데서 저질렀던 짓을 보게.

빤다와들이 사랑하는 아내 드라우빠디,
덕과 행을 갖춘 명예로운 그녀가
저 악독한 놈에게 붙들려 울고 있을 때
비슈마를 비롯한 까우라와들은 못 본 척했었네.

어른 아이 할 것 없이 거기 모인 모든 꾸루들이
그 짓을 못하게 막으려고 했더라면
드르따라슈트라는 분명히 내게 좋은 일을 한 것이었겠지.
그리고 자기 아들들을 위해서도 좋은 일이었을 것이네.

두샤사나는 규범을 거스르며 끄르슈나아를
시아버지들의 회당 한가운데로 끌고 나왔지.
거기에 끌려나온 그녀는 처절하게 울부짖었건만
위두라 말고는 누구도 그녀를 지켜주지 못했네.

회당에 모인 왕들은 너무나 비겁해서
감히 거역하는 말을 하지 못했네.
다르마를 아는 집사 위두라만이
바른대로 말했고 그의 얕은 생각을 꾸짖었지.

그대 자신도 회당에서 아무 말 하지 않았거늘
지금 와서 빤다와들에게 어찌 다르마를 말하는가?

허나 드라우빠디는 순결한 마음으로 거동했지.
모두가 모인 회당에서 어려운 일을 해낸 것이네.
바다의 풍랑에서 배가 된 듯
저 곤경에서 자신과 빤다와들을 건져 올렸네.

끄르슈나아가 회당에 있는 시아버지들 앞에 서 있을 때
마부의 아들 까르나는 말했지.
"야즈냐세니, 당신이 갈 곳은 이제 없소.
드르따라슈트라 아들의 집으로 가시오.
당신의 남편들은 패했으니 없는 거나 같소.
빛나는 여인이여, 다른 남편을 골라 보시오"라고 말일세.

까르나가 내뱉었던 저 무례하고 거칠며
찌르듯 아픈 격앙된 말은
화살 되어 아르주나의 뼈를 가르고
심장 깊숙이 박혀있다네.

그들이 검은 사슴 가죽 두르려 했을 때
두샤사나가 가시 같은 말을 내뱉었지.
"그대들 모두 열매 못 맺는 깨 씨나 다름없다.
긴긴 세월 지옥에 떨어진 것이니!"

간다라의 왕, 협잡꾼 샤꾸니는

노름할 때 빠르타들에게 말했지.
"나꿀라를 잃었으니 내기로 걸 것이 또 있던가?
이제 끄르슈나아를 걸어보지 그런가?"

산자야여, 그대는 입에 담지 못할 이 말들이
노름할 때 쏟아져 나왔음을 알고 있네.
이제 길을 잃고 헤매는 이 문제를 해결하러
내가 직접 꾸루들에게 가야겠네.

빤다와들을 곤란하게 하지 않고
꾸루들에게 평화를 가져다줄 수 있다면
복을 짓는 고결한 일이 될 것이네.
또한 꾸루들은 죽음의 덫에서 벗어나게 되겠지.

내가 만약 다르마가 들어 있는 지혜로운 말
의미심장하고 해함 없는 말을 하면
꾸루들은 귀 기울여 내 말을 들으리.
드르따라슈트라의 사람들은 존중으로 내게 다가오리.

그리하지 않으면 아르주나는 전차를 몰고
비마세나는 전쟁 위한 갑옷을 입고
무가치한 드르따라슈트라의 사람들에게 불을 지르리.
아둔한 짓으로 타게 될 자 누구인지 알게 되리니.

드르따라슈트라의 아들은 패배한 빤다와들에게
거칠고 무서운 말을 서슴지 않고 내뱉었지.
그러나 때가 오면 정신 꼿꼿한 비마세나,
손에 철퇴 쥐고 두료다나에게 상기시켜 주리니.

분노 가득한 수요다나는 거대한 나무요,
몸통은 까르나, 가지는 샤꾸니라네.
두샤사나는 풍성한 꽃이요 열매이며
어리석은 드르따라슈트라 왕은 그 뿌리라네.

법다운 유디슈티라는 거대한 나무요,
몸통은 아르주나, 가지는 비마세나라네.
마드리의 두 아들은 풍성한 꽃이요 열매이며
뿌리는 브라만과 브라만의 정신이라네.

드르따라슈트라 왕과 그 아들들이 숲이라면
산자야여, 빠르타들은 호랑이들이라네.

호랑이들을 품고 있는 숲을 베지 말게. 숲에서 호랑이들을 내쫓
지 말게. 숲이 없으면 호랑이가 멸하고 호랑이 없이는 숲도 망가지고
만다네. 그래서 호랑이는 숲을 지키고, 숲은 호랑이를 보호하는 것
이라네. 산자야여, 드르따라슈트라의 아들들은 덩굴 같은 성질이 있

고 빤다와들은 샬라 나무와도 같네. 덩굴들은 큰 나무에 기대지 않고는 자랄 수가 없지.

　빤다와들은 말 들을 준비가 되어 있지만 또한 싸울 준비도 되어 있다네. 드르따라슈트라 왕이 해야 할 일을 하도록 하게. 다르마에 따라 처신하는 고결한 빤다와들은 아직은 평화롭네. 그러나 그들은 준비된 전사들이기도 하지. 지혜로운 이여, 돌아가서 사실을 있는 그대로 전하게.'

30

산자야가 말했다.

'왕 중의 왕이시여, 당신을 떠나야겠습니다.
행운 있으시길! 빤다와여, 소인은 가겠습니다.
소인의 마음이 기울어 행여 당신께 나쁜 말을 했거나
나쁜 거동을 하지 않았길 바랍니다.

끄르슈나, 비마세나, 아르주나, 그리고
마드리의 두 아들과 사띠야끼, 쩨끼따나께도
작별을 고하고 떠나려 합니다.
왕들이시여, 소인을 어여삐 보아주소서!'

유디슈티라가 말했다.

'산자야여, 우리를 떠나 잘 가시게.
그대는 우리에게 잘못한 것 아무것도 없다네.
모임의 한가운데서 말할 때 그대가
정직했음은 우리도 그들도 알고 있네.

산자야여, 그대는 바른 말 하는 사절이네.
좋은 말 하고 덕을 갖춘, 안목 있는 사람이지.
산자야여, 그대의 마음은 미혹에 빠진 적이 없네.
진실을 말했어도 그대는 화내지 않았네.

약점을 건드리거나 거친 말은 하지 않았지.
가시 달린 말도 신랄한 말도 하지 않았네.
마부여, 그대의 말이 바르고 의미심장하며
남을 해하지 않음을 우리는 알고 있네.

그대는 우리가 가장 좋아하는 사절이지.
그대 말고는 위두라만이 이 자리에 있을 수 있겠지.
우리는 전부터 그대를 봐 왔네. 그대는
다난자야에게 자기 자신만큼이나 절친한 벗이 아니던가?

산자야여, 어서 여기에서 떠나
섬길 만한 브라만들을 섬기게.
순수한 용기를 지니고 학덕 높은 브라만들,
가문 좋고, 만덕 갖춘 브라만들을 섬기게.

학문에 정진하고 탁발하는 브라만들,
고행하며 항상 숲에 사는 브라만들을 섬기고
모든 어른들께 내 대신 인사 올리게.
또한 다른 이들에게도 안부 전해주게.

드르따라슈트라 왕의 왕사를 만나고
스승을 만나고 제사장을 만나게.
벗이여, 만날 가치가 있는 그들을 만나거든
마부여, 모두에게 내 안부를 전하게.

자기 일에 그름 없고 베다를 염원하며
청정수행 지키는 우리의 스승,
우리가 존경해마지 않는 드로나
날탄의 네 가지†에 달통하신 그분께 절을 올려주게.

배움을 익히고 바른 거동 갖춘 이
날탄의 네 가지에 달통한 이,

날탄의 네 가지_ 만뜨라(진언), 우빠짜라(사용법), 쁘라요가(적용), 상하라(철회).

간다르와의 아들인 듯 결기 굳은
아쉬와타만께 안부나 전해주게.

무기 아는 이들 중에 최고인 대전사,
샤라드와따 끄르빠의 거처에 가서
나에 대해 거듭 말한 뒤 산자야여,
그분의 발에 머리 대고 절을 올려주게.

용맹과 자비를 겸비하고 고행하신 분,
지혜와 덕과 학식과 진실과 올곧음 갖추신 분,
꾸루들의 수장 비슈마의 발에 대고
내 안부를 거듭 전해주게.

지혜의 눈으로 꾸루를 이끄시는 분,
많이 듣고 어른들을 잘 섬기며 마음 살아 있는 분,
저 연세 드신 드르따라슈트라 왕께
산자야여, 내가 잘 있노라고 말 전해주게.

산자야여, 드르따라슈트라의 맏아들,
지혜 느리고 아둔하며 속임수 쓰는 성정 못된 이,
지금은 온 세상을 다스리는 수요다나에게
벗이여, 안부를 물어주게.

역시 지혜 느린 그의 아우,
산자야여, 그도 항상 형과 같은 성정이었지.
꾸루의 대궁수이며 최고 용사인 두샤사나에게
벗이여, 안부나 물어주게.

빼어나게 지혜롭고 모든 일에 영리하며
만덕을 구비한 혼돈 없는 대지혜인,
어떤 경우에도 전쟁을 싫어했던 이,
벗이여, 저 와이샤의 아들†에게 안부 전해주게.

베고 노름하는데 둘째가라면 서러운 이,
주사위에 미쳤으나 속임수를 감춘 괜찮은 노름꾼,
노름판 벌어지면 도저히 이길 수 없는 이,
벗이여, 저 찌뜨라세나에게 안부 전해주게.

바라따들의 평화 말고는
어떤 것도 바란 적 없는 이,
마음 살아 있는 저 발히까의 영웅이
예전처럼 내게 축복 내려 주시기를!

빼어난 덕을 수없이 갖춘 이,
많이 알고 잔인하지 않은 이,

와이샤의 아들_ 드르따라슈트라가 와이샤 여인에게서 낳은 아들 '유유뜨수'

언제나 애정으로 분노를 참아내는 이,
저 소마닷따는 우러를 만한 분이라네.

가장 빼어난 꾸루인 소마닷따의 아들,
산자야여, 그는 우리의 형제이며 벗이라네.
대궁수이자 빼어난 전차몰이꾼인 그에게
그리고 책사들에게 안부를 전해주게.

그리고 꾸루의 빼어난 다른 젊은이들,
우리에게 아들이자 손자며 형제인 이들,
행여 그들을 만나거든 어디에서건
내 대신 안부를 물어주게.

드르따라슈트라 왕이
빤다와들과 싸우려고 불러온 왕들,
와사띠, 살와까, 께까야,
암바슈타, 그리고 뜨리가르타의 수장들,

동쪽의 용사들, 북쪽, 남쪽, 서쪽의 용사들
그리고 그들과 더불어 온 산악 지역의 왕들,
잔인하지 않고 바른 거동 갖춘 이들,
벗이여, 그들 모두에게 안부를 물어주게.

코끼리병, 전차병, 기병,
보병, 수많은 아르얀들,
모두에게 내가 잘 있음을 알려주고,
모두에게 안부를 물어주게.

또한 왕의 이권에 얽인 모든 책사들,
문지기들, 병사를 이끄는 대장들,
수입과 지출을 셈하는 이들,
복지에 대해 생각하는 높으신 분들,

산악 지대를 다스리는 간다라의 왕 샤꾸니,
자르고 노름하는데 둘째가지 않는 이,
드르따라슈트라 아들의 자만을 키워준 이,
벗이여, 저 거짓 가득한 그에게 안부나 전해주게.

벗이여, 무적의 빤다와를
전차 하나로 이기려 드는 영웅,
혼돈에 싸인 자를 혼돈으로 몰아넣는 데 첫째가는 이,
저 태양의 아들 까르나에게 안부 전해주게.

우리에게 마음을 다하는 스승이자 시종인 유일한 분,
아버지이자 어머니며 우리의 벗인 분,
먼 곳을 보는 끝없는 지혜인 위두라,

벗이여, 우리의 조언자이신 그분께 안부 전해주게.

어른들, 여인들, 덕을 갖춘 이들,
우리가 어머니로 알고 있는 분들,
저 나이 든 여인들 모두를 만나
내 이름으로 절을 올려주게.

"자식이 살아 있는 분들이여, 그들이
당신들께 바르게 거동하고 제대로 대해주나요?"
산자야여, 그분들께 이렇게 여쭌 뒤,
유디슈티라와 아들들은 모두 잘 있다고 말해주게.

산자야여, 우리의 아내들이라고 그대가 알고 있는 이들,
벗이여, 그들 모두에게 잘 있는지 물어주게.
보살핌은 잘 받는지, 향은 받는지, 비난 받지는 않는지,
집안일은 정신 차려 살피고 있는지 물어주게.

시부모들께 잘 대하고 있는지,
자신들은 편안한지, 남을 편안히 대하는지,
살 길은 마련되어 있는지,
그래서 남편들을 기쁘게 할 만한지 물어주게.

우리의 며느리들이라고 그대가 알고 있는,

가문 좋고 덕 있는 그들을 만나거든
산자야여, 유디슈티라가 자식 있는 여인들에게
안부 전하노라고 말해주게.

그리고 산자야여, 그들의 거처에서
어린 여자아이들을 보거든 내 대신 보듬어주게.
그들을 사랑하는 좋은 지아비 만날 것이라고,
그들도 지아비를 사랑할 것이라고 말해주게.

곱게 치장하고, 좋은 향 쓰며 고운 옷 입은 여인들,
두려움 없고 편안하며 안락함을 찾는 여인들,
움직임 가볍고, 아름다우며 말이 많지 않은 여인들,
벗이여, 저 기녀들에게도 안부 전해주게.

시녀의 자식들과 꾸루의 시종들,
의존해 사는 많은 사람들, 꼽추와 절름발이들,
그들에게 내가 여전히 잘 있음을 알리고
그들의 병고는 괜찮은지 물어주게.

예전에 하던 일을 지금도 할 수 있는지,
두료다나가 편안히 대해 주는지,
사지를 잃은 이들, 곤궁한 이들, 난장이들에게
드르따라슈트라의 아들이 친절한지 물어주게.

눈 먼 이들, 노인을 위시한 모든 이들,
단지 손으로 먹고 사는 많은 이들에게
나는 아직 잘 있노라고 말해주게.
그리고 그들의 병고는 괜찮은지 물어주게.

전생의 악업이었음이 분명한
삶의 고통을 두려워 말라고,
적을 물리치고 동지를 건사한 뒤,
내가 거처와 음식을 마련해 보살펴주겠노라고,

내게는 브라만들에게서 받은 축복이 있고,
앞으로도 계속 그러할 것이니
그들이 적절한 육신을 갖게 될 날을 보리라고,
그러면 그들의 성공을 왕께 알리라고 전해주게.

의지할 이 없고 나약하며 어느 때나
자신만 생각하는 어리석은 이들,
언제나 참담하게 지내는 이들에게도
벗이여, 내 말을 전하고 내 안부를 전해주게.

마부의 아들이여, 두료다나에 의지해
여러 나라에서 온 다른 이들을 보거든

혹은 가치 있는 모든 이들을 보거든
그들이 탈 없이 잘 있는지 물어주게.

그곳에 온 사람들, 올 사람들,
왕들, 사방에서 모여든 사절들,
마부여, 그들 모두에게 안부를 묻고
내가 잘 있노라고 전해주게.

드르따라슈트라의 아들이 얻은 용사 같은
그런 용사는 이 땅에는 없다네.
허나, 다르마는 영원한 것이고, 위용 넘치는 나의 다르마는
나의 모든 적을 처단하는 것이라네.

산자야여, 다시 한 번 드르따라슈트라의 아들
수요다나에게 이 말을 전해주게.
적 없이 모든 꾸루들을 다스리겠노라는,
그의 몸을 태우는 그런 욕망은

어떤 근거도 이유도 없다고,
우리는 그가 바라는 대로 해줄 수 없는 사람들이라고,
그러니 우리에게 인드라쁘라스타를 돌려주든가
바라따들의 용맹스런 수장인 그가 우리와 싸우라고!'

31

유디슈티라가 말했다.

'산자야여, 조물주는 선인이거나 악인이거나, 아이거나 어른이거나, 약한이거나 강한 이거나 모든 이를 다스린다네. 신은 아이에게 박학함을 주기도 하고 박학한 이에게 아이 같은 면을 주기도 하지. 애초부터 씨앗에 다 부어놓는 것이라네. 전할 말은 그만 되었네. 그대가 보고 들은 대로 저들에게 말하게. 이제 기쁜 마음으로 서로 논의를 해야겠군. 가왈가나의 아들이여, 꾸루들에게 가서, 힘센 드르따라슈트라께 가서 발에 대고 인사 올린 뒤 안부를 묻게. 그분이 꾸루들에게 에워싸여 자리 잡고 앉거든 이렇게 전하게.

"왕이시여, 당신의 위력으로 빤다와들은 잘 살고 있습니다. 적을 길들이는 분이시여, 당신의 은총으로 그들은 일찍이 왕국을 얻었습니다. 한 번 왕국에 앉혀놓고서 이제 와서 스러지게 놔두지 마십시오. (산자야여, 누구도 혼자서 모든 것을 차지할 수는 없는 것이라네) 아버님, 우리는 모두 함께 살아야 합니다. 적의 손에 휘둘리지 마십시오"라고 말일세.

그리고 바라따들의 할아버지이신 샨따누의 아들 비슈마께 내 이름으로 머리 숙여 절을 올려주게. 우리의 할아버지께 절을 올린 뒤 이렇게 말씀드리게. "할아버지께서는 가라앉았던 샨따누의 왕국을 일으켜 세우신 적이 있습니다. 존경하는 할아버지, 이번에도 할아버지가 직접 나서서 당신의 손자들이 서로 화목하게 지낼 수 있도록 해 주십시오"라고 말일세.

꾸루들의 책사인 위두라께도 "온화하신 분이여, 유디슈티라가 잘 사는 길인 화평에 대해 말씀해 주십시오"라고 말씀드린 뒤 꾸루들 사이에 앉아 분노로 들끓고 있는 수요다나 왕자를 거듭거듭 설득해주게. "홀로 회당에 들어온 드라우빠디를 못 본 척 무시해야 했던 고통을 우리는 참고 또 참고 있으니 꾸루들의 파멸을 부르지 말라. 또한 빤다와들이 더 강하면서도 이전과 이후의 고통을 참고 있다는 것은 꾸루들도 다 알고 있느니. 그대가 사슴 가죽 입혀 내쫓았으나 우리는 그 고통마저 참고 있으니 꾸루들의 파멸을 부르지 말라. 두 샤사나가 그대의 승인 하에 끄르슈나아의 머리채를 잡아끌고 회당에 들어온 것도 우리는 모른 척했었다. 적을 태우는 이여, 허나 우리의 몫은 받아야겠다. 황소 같은 사내여, 타인의 재물을 탐하는 욕심을 버려라. 왕자여, 그리하면 서로가 화목하게 지낼 수 있으리라. 화친을 바라는 우리에게 왕국의 한쪽 귀퉁이라도 떼어다오. 수요다나여, 꾸샤스탈라, 우르까스탈라, 아산디, 와라나와따 혹은 그대가 마지막 다섯 번째로 어디를 택하건 우리 다섯 형제에게 다섯 마을을 다오"라고 전해주게.

지혜로 가득한 산자야여, 그리하면 우리들 간에, 친지들 간에 평화가 있을 것이네. 형제는 형제를 따르고, 아버지는 아들과 화합할 것이며, 빤짤라들과 꾸루들이 웃으며 함께할 걸세. 나는 꾸루와 빤짤라가 서로를 해치지 않는 걸 보고 싶네. 벗이여, 그러면 우리 모두 맘 편히 평화를 즐길걸세. 산자야여, 나는 평화로울 수 있지만 또 그

만큼 전쟁을 할 수도 있네. 다르마만큼 아르타를 취할 수도 있고 유
순한 만큼 거칠 수도 있다네.'

32

와이샴빠야나가 말했다.

"고결한 드르따라슈트라의 명을 모두 수행한 산자야는 빤다와들
과 작별하고 떠났습니다. 하스띠나뿌라에 이른 그는 서둘러 안으로
들어갔지요. 내궁으로 간 그가 문지기에게 말했답니다.

'드르따라슈트라께 내가 왔음을 알려주게.
문지기여, 나는 빤다와들을 만나고 왔다네.
집사여, 왕께서 깨어 있으시거든
내가 들어가 뵙고자 한다고 먼저 고해주시게.'

문지기가 말했다.

'왕이시여, 문안드리옵니다. 여기 산자야가
문 앞에서 마마를 뵙고자 하나이다.
마마의 사절이 빤다와들을 만나고 왔나이다.
왕이시여. 그가 어찌해야 할지 명을 내리소서.'

드르따라슈트라가 말했다.

'나는 괜찮다고, 그를 볼 수 있다고 전하여라.
산자야더러 걱정 말고 들어오라 하여라.
그를 보고 싶지 않다고 한 적 없거늘
문지기여, 그가 어찌 문 앞에 서 있단 말이냐?'"

와이샴빠야나가 말했다.
"그리하여 마부의 아들은 왕의 허락으로
지혜롭고 용맹스런 아르얀이 지키는 큰 방에 들어와
어좌에 앉아 있는 드르따라슈트라 왕 가까이 와서
두 손을 모으고 말했답니다.

산자야가 말했다.

'왕이시여, 소인 산자야가 문안드리옵니다.
인간들의 신이시여, 빤다와들에게 다녀왔나이다.
마음 성성한 빤두의 아들 유디슈티라가
절을 올리며 당신께 안부 여쭈었습니다.

그가 기쁜 마음으로 마마의 아들들에 대해 여쭈었습니다.
당신이 아들과 손자들에게 흡족한지 여쭙더이다.

또한 동지들과 책사들은 어떠하신지,
마마를 의지해 살아가는 이들은 어떠한지 여쭙더이다.'

드르따라슈트라가 말했다.

'나의 벗 산자야여, 그대가 왔구나.
쁘르타의 아들 유디슈티라에게 잘 다녀왔구나.
왕과 그의 아들들은 편안하더냐?
책사들과 꾸루의 아우들은 잘 있더냐?'

산자야가 말했다.

'빤두의 아들과 책사들은 잘 있었나이다.
마마께서 전에 알던 것보다 더 충실히
다르마와 아르타에 매진하고 있었나이다.
많이 듣고 보았으며 덕을 갖추었더이다.

빤두의 아들에겐 다르마를 앞서는 자비가 있었고
재물을 쌓는 것보다 다르마를 우선하고 있더이다.
바라따시여, 쁘르타의 아들은 안락함과 기쁨을 위해
다르마가 덜어지는 것을 원치 않았음을 알아주소서.

사람은 줄에 매달린 나무인형처럼

타인의 뜻에 좌우되어 행동하나이다.
유디슈티라의 자제력을 보니
그의 처신은 인간의 운명을 능가하는 것이라 여겨지더이다.

마마께서 지으신 악업을 보고
색 없는 형상으로 나타난 무서운 결실을 보니
사람이란 적정한 것을 염원할 때
비로소 명성을 얻는 듯하옵니다.

뱀이 낡고 쓸모없는 허물을 벗어버리듯
유디슈티라는 악을 버렸더이다.
타인의 행위를 따라 하지 않는 저 영웅은
죄는 마마께 쏟아버리고 그저 빛나기만 하더이다.

왕이시여, 마마께서 무슨 일을 하셨는지 깨달으소서.
다르마와 아르타가 빠진 고결치 못한 일을 하셨나이다.
이승에서 마마는 비난 받는 왕이 되셨을 뿐입니다.
저승이라고 그 죄가 없어지리까?

아들의 뜻에 굴복하신 마마께서는
그들은 생각지 않고 불확실한 이득만 챙기려 합니다.
온 땅에 아다르마의 소리만 들리나이다.
바라따의 후예시여, 이것은 옳은 일이 아닙니다.

지혜 짧고 천박하며 잔혹하고 적개심 길며
크샤뜨리야의 율법을 모르는 처사이옵니다.
그런 사람은 장애를 극복할 수 없나이다.
용기가 부족하며 제대로 공부하지 않은 자입니다.

태생 좋고 다르마를 갖춘 명예로운 이,
많이 듣고 편안하며 자신을 다스리는 이,
다르마와 아르타를 잘 엮어 사는 이,
그런 이는 운명 말고는 누구도 건드릴 수 없습니다.

최고의 책사를 둔 마음 바른 이,
고난 속에서도 다르마와 아르타를 앞세우는 이,
이런 것을 갖추고 모든 책략에서 뒤지지 않으며
어리석지 않은 이가 어찌 잔혹한 짓을 하리까?

마마 앞에는 책략을 아는 이들이 모여
언제나 모두 함께 마마의 일을 하려 합니다.
그들이 늘 확신처럼 품고 있는 생각은
꾸루의 지옥 같은 파멸이 다가왔다는 것입니다.

만일 유디슈티라가 모든 악을
마마께 쏟아버리고 악을 악으로 대했다면

꾸루들은 이내 없어졌을 터이고
그 탓은 마마께 쏟아졌을 것입니다.

빠르타가 본 저 세상은
신들의 땅 아니면 무엇이리까?
저 너머의 세계에서 존중 받을진대
인간의 일이야 더 말해 무엇하리까?

발리 왕은 행위의 결실을 살펴보았는데
존재거나 비존재거나 현재하거나 무상하거나
저 건너편에 이르지 못하는 것은
시간 외의 다른 어떤 원인도 찾지 못했다고 하더이다.

눈, 귀, 코, 피부 그리고 혀,
인간은 이들을 수단으로 인지합니다.
목마름이 가시면 감각들은 편안해집니다. 그러기에
괴로움과 아픔이 덜하도록 이들을 끌어가는 것입니다.

어떤 이들은 달리 생각합니다. 인간이 업을
잘 짓는다면 뜻하는 대로 굴러간다고 하더이다.
아비와 어미의 업으로 자식이 태어납니다.
아이는 보통 음식을 먹으며 자라지요.

왕이시여, 좋고 싫음, 행과 불행 그리고
칭송과 비난은 그 사람 몫입니다.
누군가 잘못하면 다른 사람이 그를 비난하고
행동거지가 바르면 칭찬합니다.

바라따들의 불화에 소인은 마마를 탓하나이다.
이는 필시 마마 자손들의 종말이 될 것입니다.
마마의 이 죄업이 숲을 태우는 검은 불처럼
꾸루들을 태우지 않을 수 있겠나이까?

인간들의 왕이시여, 이 세상에 단 한 사람, 마마만이
자신에게서 태어난 아들의 손아귀에 잡혀있나이다.
노름할 때 마마께서는 저 탐욕스런 자를 부추기셨습니다.
보소서. 화친하지 않고서는 그의 참상이 있을 뿐입니다.

인간들의 왕이시여, 믿을 수 없는 자를 끌어안고
믿을만한 이를 내치셨으니, 까우라와 왕이시여,
끝없이 펼쳐지는 마마의 땅을 다스리기엔
마마께서 이제 너무나 약해지셨나이다.

수레의 속도가 소인을 뒤흔들어 몹시 고단하오니
마마의 허락으로 이제 소인은 침상에 눕고자 합니다.
꾸루들은 내일 아침 회당에서

유디슈티라의 전갈을 들을 것입니다.'"

드르따라슈트라의 불면

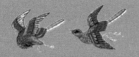

33

와이샴빠야나가 말했다.

"사려 깊은 이 땅의 주인 드르따라슈트라는 집사에게 위두라를 보고 싶으니 어서 데려오라고 일렀습니다. 드르따라슈트라가 보낸 사절은 집사 위두라에게 '우리의 주인이신 사려 깊은 대왕께서 당신을 보고자 하십니다'라고 말했지요. 위두라는 그의 전갈을 받고 왕의 거처로 가서 말했습니다. '집사여, 내가 왔노라고 드르따라슈트라 왕께 고해주게.'

문지기가 고했지요.

'인드라 같은 왕이시여, 마마의 명을 받고 위두라가 여기 와 있나이다. 그가 마마의 발치를 뵙고자 하나이다. 어찌 하오리까? 명을 내려 주소서.'

드르따라슈트라가 말했습니다.

'멀리 보는 대지혜인 위두라를 들게 하라. 위두라는 언제라도 나

를 볼 수 있는 사람이니라.'

문지기가 말했습니다.

'집사 위두라여, 생각 많은 대왕의 안가로 들어가십시오. 당신은
언제라도 왕을 뵐 수 있다 말씀하십니다.'"

이어지는 와이샴빠야나의 이야기는 이러하다.

위두라는 드르따라슈트라의 거처로 들어서서 손을 모으고 걱정
많은 왕에게 말했다.

'지혜 높은 왕이시여, 소인 위두라입니다. 마마의 명을 받고 왔습
니다. 해야 할 일이 있으시거든 소인이 여기 있습니다. 하명하소서.'

드르따라슈트라가 말했다.

'위두라여, 산자야가 와서 나를 책망하고 돌아갔다. 내일 그가 회
당 한가운데서 유디슈티라의 말을 전한다고 하는구나. 저 꾸루의 영
웅 유디슈티라의 말이 무엇인지 나는 알 수 없었다. 그것이 내 사지
를 태우고 나를 밤새 깨어있게 했느니라. 벗이여, 잠들지 못하고 고
열에 신음하는 자가 무엇을 들어야 좋을지 그대는 알리라. 다르마와
아르타를 꿰뚫어 아는 그대가 말해다오.

빤다와들에게서 산자야가 돌아온 그때부터
내 마음은 평온을 얻지 못했느니.
그가 오늘 무엇을 말할까 곱씹어보다가
내 모든 감관이 흐트러졌구나.'

위두라가 말했다.

'강한 자에게 공격받고도 방책이 부족한 약한 자, 빼앗긴 자, 욕정에 사로잡힌 자, 그리고 도둑질하는 자에게 잠은 찾아오지 않는 법입니다. 인간의 주인이시여, 이들 큰 실책이 마마를 건드리진 않았더이까? 마마께서 혹여 타인의 재물에 탐착하여 괴로운 것은 아니더이까?'

드르따라슈트라가 말했다.

'궁극의 선에 이르게 할 그대의 바른 말을 듣고 싶구나. 이 선인 왕들의 왕가에서 현자들의 우러름을 받는 이는 그대가 유일하지 않더냐?'

위두라가 말했다.

'칭송받을 일에 마음을 두고 비난받을 일에 마음을 두지 않는 이, 이단이 아닌 믿음 깊은 이, 그런 이가 현자의 표식을 지닌 이입니다. 자신이 가는 길에서 성냄과 기쁨과 자만과 거짓된 겸양, 그리고 헛된 자만심을 거둬들인 이, 그런 이를 현자라고 부릅니다. 하는 일과 의도와 책략을 적이 알지 못하고, 정작 끝낸 일만 알 때 그를 현자라고 부릅니다. 추위와 더위와 두려움과 애착, 그리고 풍요와 빈곤 때문에 자신이 하는 일을 방해받지 않는 이, 그런 이를 현자라고 부릅니다. 윤회하는 넋이 다르마와 아르타를 따르는 지혜로운 이, 까마†보다 아르타†를 택하는 이, 그런 이를 현자라고 부릅니다. 황소 같은

까마_ 욕정, 욕망, 세상에 대한 욕심.
아르타_ 세상사, 재물, 풍요.

바라따의 후예시여, 힘닿는 만큼 원하고 힘닿는 만큼 일하는 이, 어떤 것도 무시하지 않는 이, 그런 이가 현자입니다.

빨리 알아듣고 오래도록 들으며
욕심 아닌 앎으로 아르타를 좇는 것,
청하지 않은 타인의 일에 끼어들지 않는 것,
이것이 현자의 제일가는 표식이라네.

지혜로운 생각을 가진 사람은 얻을 수 없는 것을 갈망하지 않으며, 잃어버린 것에 탄식하지 않고, 곤경에 처해도 미혹에 빠지지 않습니다. 결정을 내리면 행동을 취하고, 일을 함에 있어 움츠려들지 않으며, 시간을 헛되이 쓰지 않고 자신을 잘 다스리는 이를 현자라고 부릅니다. 황소 같은 바라따의 후예시여, 현자는 고결한 일에 끌리고, 풍요를 낳는 일에 매진합니다. 이로운 일에 투덜거리지 않습니다. 존경을 받아도 들뜨지 않으며 무시당해도 괴로워 않고, 강가의 호수처럼 흔들림 없는 이를 현자라고 부릅니다. 만물의 실상을 알고 모든 행위를 실천할 줄 아는 이, 인간들의 여러 방편을 아는 이를 현자라고 부릅니다. 항상 준비된 말을 하고, 다양한 대화를 하며, 빨리 알아듣고, 상상력이 풍부하며, 어떤 논의에서도 곧장 말할 수 있는 이를 현자라고 부릅니다. 앎이 지혜를 따르며 또한 지혜가 앎을 따르는 이, 선자들의 경계를 허물지 않는 이가 현자의 칭호를 얻습니다.
　들은 것 없음에도 허상만 많은 자, 가진 것 없음에도 스스로 고결하다 여기는 자, 일하지 않음에도 풍요를 바라는 자, 그를 일컬어 현자들은 어리석은 자라 부릅니다. 자신의 아르타를 버리고 타인의 아르타 위에 서 있는 자, 동지를 위하는 일에 거짓으로 행하는 자, 그런 자를 어리석다 일컫습니다. 바람직하지 않은 것에 욕심을 품고, 바람직한 것은 멸시하며 강한 사람을 미워하는 자를 어리석은 자라 합니다. 적은 동지로 대하고, 동지는 미워하고 해치며, 악행을 일삼는 자를 일컬어 어리석은 자라 합니다. 황소 같은 바라따여, 할 일을 미루고 모든 일에 주저하며, 빨리 해야 할 일을 느리게 처리하는 자가 어리석은 자입니다. 청하지 않은 곳에 가고, 묻지 않은 일에 많은 말을 하며, 마음 흐린 자에게 믿음을 주는 자는 천박하디 천박한 어리석은 자입니다. 자신의 결점을 못보고 타인의 결점만 탓하는 자, 아무 힘도 없으면서 성내는 자는 더 없이 어리석은 자입니다. 제 힘이 어느 정도인지 모르고, 다르마와 아르타도 모자라면서 아무것도 하지 않고 얻지 못할 것을 탐하는 자를 어리석은 생각을 가진 자라 일컫습니다. 왕이시여, 가르치지 말아야 할 자를 가르치고 허황된 자를 섬기며 천박한 것을 좇는 사람을 일컬어 어리석은 자라 합니다. 그러나 엄청난 부와 학식과 권위를 얻고도 자신을 치켜세우지 않는 이는 현자라고 합니다.

혼자서 잘 먹고, 혼자서 좋은 옷 입으며 아랫사람과 나눠 갖지 않는 것보다 더 잔인한 일이 어디 있으리까? 한 사람이 죄를 지으면 많은 사람이 그의 과보를 겪습니다. 과보를 겪는 이들이야 죄에서는 자유롭지만 죄를 지은 사람은 비난을 피할 길이 없지요. 궁수가 쏜 한 개의 화살은 사람을 죽일 수도, 죽이지 않을 수도 있지만 영리한 사람이 그 영리함을 풀어놓으면 한 왕국과 왕을 망칠 수 있습니다.

하나†로 둘†을 결정하고, 넷†으로 셋†을 제압하며, 다섯†을 다스리고, 여섯†을 이해하며, 일곱†을 피한다면 행복해질 수 있습니다. 한 사람을 겨냥한 독이 든 음식은 한 사람을 죽이고, 한 사람을 겨눈 칼도 한 사람을 죽이지만 새어나간 책략은 왕과 왕국과 백성을 죽입니다. 달콤한 음식을 혼자 먹어서는 안 되며, 혼자 잘 살겠다는 생각을 해서도 안 됩니다. 홀로 길을 가서도 안 되고, 자는 사람들 사이에 홀로 일어나서도 안 됩니다. 왕이시여, 둘도 없는 오직 한 가지, 당신이 이해하지 못하는 것은 진실입니다. 그것은 하늘을 오르는 계단이기도 하고, 드넓은 바다의 배와 같은 것이기도 하지요. 용서하는 것에는 단 한 가지 흠이 있을 뿐 다른 것은 찾아볼 수 없습니다. 사람들이 그가 나약하기 때문에 용서하는 것이라고 생각한다는 것입니다. 한 번의 다르마는 최고의 선이며, 한 번의 용서는 궁극의 평화이고, 한 가지의 지혜는 더 없는 통찰이며, 하나를 해치지 않는 것은 평화로 이어지는 길입니다.

뱀이 구멍에 들어 있는 짐승을 삼키듯 대지는 둘을 삼켜버립니다. 전투하지 않는 왕과 순례를 떠나지 않는 브라만이 그들이지요. 이 세상에는 사람을 빛내는 두 가지 행위가 있습니다. 거친 말을 하지 않

하나_ 명민함.
둘_ 해야 할 것, 하지 말아야 할 것.
넷_ 화친, 선물, 이간, 벌.
셋_ 동지, 적, 무관심한 사람.
다섯_ 다섯 감각.
여섯_ 동맹, 분쟁, 행군, 앉을 자리, 분열법, 기댈 자리.
일곱_ 노름, 술, 거친 말, 심한 벌, 사냥, 금전의 낭비, 시간의 낭비.

는 것과 악한에게 어떤 것도 바라지 않는 것입니다. 범 같은 왕이시여, 타인을 신뢰하는 데에는 두 부류가 있습니다. 사랑 받는 사내를 사랑하는 여인들, 그리고 타인이 우러르는 이를 우러르는 사람들입니다. 날카로운 가시 같은 두 가지는 사람의 몸을 찌릅니다. 빈곤한 자의 욕망과 힘없는 자의 분노가 그것입니다. 두 부류의 사람은 하늘보다 높습니다. 용서함이 오히려 힘이 되는 왕, 그리고 가난하나 베푸는 이들입니다. 정당하게 얻은 부를 잘못 쓰는 데는 두 가지가 있습니다. 받을 그릇이 아닌 자에게 주는 것, 그리고 그릇이 되는 이에게 베풀지 않는 것입니다.

황소 같은 바라따시여, 사람은 세 가지 방법으로 등급을 매긴다고 합니다. 베다를 아는 박학한 이들은 사람을 비천한 사람, 중간쯤 되는 사람 그리고 최상에 속하는 사람으로 구분했습니다. 왕이시여, 이 세 부류의 사람들, 즉 상인ㄴㅅ, 중인, 천인들에게는 세 부류 각자에 맞는 일이 주어져야 합니다. 왕이시여, 아내와 종과 아들, 이 셋은 재산을 가져서는 안 됩니다. 이들이 가진 것은 무엇이든 이들을 소유한 사람의 것입니다.

위력 넘치는 왕이 넷을 피해야 함을
학덕 놓은 이들은 알아야 한다네.
지혜가 부족한 자, 느려터진 자, 게으른 자, 그리고
떠버리 시인들과 책략을 논하는 것이라네.

벗이여, 만약 당신에게 행운이 깃든다면

가정생활을 함에 있어 이 넷을 당신 집에 머물게 하시라.
나이 든 친지, 태생은 좋으나 고난에 처한 이,
가난한 벗 그리고 아들 없는 누이가 그들이지.

대왕이시여, 천상의 인드라가 물었을 때 브르하스빠띠는 다음 네 가지가 즉각적인 결실을 준다고 답했으니 소인의 말을 들어보소서. 신들의 의도, 현자의 앎, 박학한 자의 겸양 그리고 악한 자의 파멸이 바로 그것이랍니다. 황소 같은 바라따시여, 다섯 가지 불은 마음을 다해 보살펴야 합니다. 아버지, 어머니, 불, 자기·자신, 그리고 스승이 그들입니다. 또 다음의 다섯을 잘 섬기면 이 세상에서 명예를 얻습니다. 신, 조상, 사람, 탁발수행자, 그리고 손님이 그들입니다. 당신이 어디를 가든 다음의 다섯은 당신을 따라다닙니다. 동지, 적, 중개인, 당신을 의지해 사는 사람, 당신이 의지해 사는 사람이 그들입니다. 죽음 있는 인간의 오감 중 하나에 결함이 있다면 마치 낮은 곳의 구멍으로 물이 새나가듯 지혜도 그곳을 통해 새나갑니다. 풍요를 바라는 사람은 다음의 여섯 가지 흠은 반드시 없애야 합니다. 잠, 게으름, 두려움, 성냄, 나태함 그리고 꾸물거림이 그것입니다. 바다에서 부서진 배를 버리듯 다음의 여섯은 반드시 버려야 합니다. 가르치지 않는 스승, 공부하지 않는 사제, 지켜주지 않는 왕, 거친 말하는 아내, 온 마을을 탐하는 소몰이꾼, 숲을 탐하는 이발사가 그들입니다. 다음의 여섯 가지 덕목은 어떤 경우에 처해도 버리지 말아야 할 것들입니다. 진실, 보시, 깨어 있는 마음, 시기 없는 마음, 인내, 올곧음이 그것입니다. 이 여섯을 언제라도 온전히 다스릴 수 있고 감각을 다스릴 수 있는 사람은 악에 물들지 않습니다. 어찌 장애가 올 수 있으리까? 다음의 여섯은 다른 여섯이 있어야 살 수 있으며, 일곱은 없습니다. 도둑은 조심성 없는 사람이 있어야 살며, 의원은 병자가 있어야 살고, 정숙치 않은 여인은 탐하는 자들이 있어야 삽니다. 사제는 제주가 있어야 살며 왕은 분쟁이 있어야 살고, 현자는 항상 아둔한 자가 있어야 삽니다.

왕은 탐닉에서 오는 일곱 가지 악을 피해야 합니다. 아무리 굳건한 왕이라도 대부분 이들로 인해 패망하기 때문입니다. 여인과 노름, 사냥과 술, 그리고 다섯 번째는 거친 말입니다. 잔혹한 형벌 그리고 부와 관련된 잘못도 여기에 속하는 것들입니다.

다음의 여덟 가지는 파멸해가는 사람의 전조입니다. 첫째가 브라만을 미워하는 것이며, 브라만을 거스르는 것, 브라만의 재산을 앗아가는 것, 브라만을 해치려는 것, 브라만의 잘못을 즐기는 것, 브라만에 대한 칭송을 달가워하지 않는 것, 일을 함에 있어 브라만을 떠올리지 않는 것, 브라만의 탁발을 싫어하는 것이 그것입니다. 생각 있는 지혜로운 사람은 이 여덟 가지 잘못을 알아 반드시 피해야 합니다. 바라따시여, 다음의 여덟 가지는 새로 만든 기이를 맛보는 것 같은 기쁨입니다. 이것들을 얻으면 엄청난 행복을 얻습니다. 벗을 만나는 것, 막대한 부를 얻는 것, 아들을 껴안는 것, 몸을 합치는 것, 알맞은 시간에 즐거운 이야기를 하는 것, 자신이 속한 무리들 중에 높은 자리를 차지하는 것, 소망하던 목표를 얻는 것, 많은 사람들의 우러름을 받는 것이 그것입니다.

마음을 다스리는 아홉 개의 문†과 세 개의 기둥†. 그리고 다섯 개의 지켜보는 것들†이 어디 머무는지를 아는 지혜로운 사람이야말로 뛰어난 성자임을 알아야 합니다. 다르마를 모르는 자에는 열 부류가 있습니다. 그들이 누구인지 들어보소서. 주정뱅이, 게으름뱅이, 제정신 아닌 사람, 피로한 사람, 성난 사람, 배고픈 사람, 서두르는 사람, 겁 많은 사람, 탐욕스런 사람 그리고 욕정에 찌든 사람이 그들입니다. 현명한 사람이라면 이 열 가지 부류에 끼어서는 안 된답니다. 이것과 관련해서 아수라 대왕 수단완이 아들을 위해 읊었다는 옛 시구가 전해지고 있지요.

욕망과 분노를 버리고
그릇이 되는 사람에게 재물을 베푸는 왕,
특별함을 알고, 많이 들으며, 빨리 움직이는 왕,
만백성이 그에게 권위를 준다네.

백성을 어떻게 다독일지 아는 왕,
잘못이 분명한 자에게만 벌을 내리고
그 벌이 얼마쯤인지 알며 용서할 줄 아는 왕,
온전한 영광은 그런 왕에게 간다네.

아홉 개의 문_ 다섯 감각, 마음, 정신, 자아, 신체.
세 개의 기둥_ 머리, 목, 가슴.
다섯 개의 지켜보는 것들_ 안이비설신(눈, 귀, 코, 혀, 몸).

아무리 하찮은 적도 무시하지 않고
먼저 지혜로 다스리며
힘 있는 자와 겨루기를 즐겨하지 않고
적당한 때가 오면 용기를 보이는 이, 그가 바로 현자라네.

어떤 어려움이 닥쳐도 흔들리지 않으며
힘을 다해 부지런히 자신이 할 일을 찾고
자신을 다스림에 고통의 시간을 참아내는 이
그런 빼어난 이는 적을 누른다네.

이로움 없이 집을 나서지 않으며
악한 자와 교유 않고 타인의 아내를 범하지 않는 이,
교만하지 않고 도둑질, 배신, 술주정을 하지 않는 이,
그런 이는 언제나 행복하다네.

현자는 혼돈으로 재물을 좇지 않고
취문에는 오로지 진실만 말하며
사소한 일에 다툼을 벌이지 않고
존중받지 않아도 성내지 않는다네.

시기하는 대신 연민을 갖고
약한 이를 거칠게 대하지 않으며
말을 아끼고 다툼을 견뎌낸다면

칭송의 말이 사방에 자자하다네.

분에 넘치는 옷을 입지 않으며
용맹하나 타인에게 뽐내지 않고
격앙되어 거친 말을 하지 않으면
사람들도 그를 항상 다정하게 대한다네.

잠잠해진 문제를 다시 들추지 않고
거만을 떨지도, 왜소해지지도 않으며
"내가 곤란해졌다!"라고 성내지 않으면
사람들은 그가 더 없이 고결하게 거동한다고 여긴다네.

고결한 이는 자신의 행운에 들뜨지 않으며
타인의 불운을 즐기지 않고
베푼 다음에는 후회하지 않으며
자신의 선행을 떠벌이지 않는다네.

무엇이 높고 무엇이 낮은지를 알아
때와 장소와 태생의 율법에 맞게 거동하고
언제나 필요한 곳에 있는 이, 그런 이는
많은 사람의 수장이 된다네.

교만과 미혹과 질시와 악행을 버리고

왕이 싫어하는 것, 배신, 대중과의 갈등을 피하며
취한 사람, 미친 사람, 나쁜 사람과 말을 섞지 않는,
그런 영리한 사람은 최고의 자리를 차지한다네.

자제하고 청빈하며 신을 찾고,
상서로운 거동에 속죄의 의례를 하는 이,
여러 세상사를 그침 없이 두루 행하는 이,
그런 이는 신들도 우러러 칭송한다네.

동등한 이와 혼인하고, 낮은 자와 하지 않으며
동등한 이와 우정을 맺고 거래하며 대화하고,
덕 높은 이를 앞에 세우는 이는 지혜롭기에
그의 길은 탄탄하다네.

의존하는 이들에겐 베풀지만 스스로는 음식을 절제하며
잠은 절제하나 일은 절제하지 않는 이,
적이 요구해도 기꺼이 주는 이,
의식 맑은 이에게 장애는 찾아가지 않는다네.

계책이 잘 지켜지고 시행된다면
비록 의도가 해로울 수 있어도
사람들은 그가 무엇을 하는지 알 수 없고
목적을 이루는데 조금도 해를 끼치지 못한다네.

자신이 머무는 곳의 만물이 평화롭기를 염하고
진실하고 부드럽고 자비로우며 무구한 생각을 하는 이,
그런 이는 친지들 사이에서
귀한 보석처럼 존중 받는다네.

스스로를 몹시 조심스러워하는 사람은
세상의 스승이 된다네.
무량한 빛과 좋은 마음, 다정함을 지닌 이는
스스로의 빛으로 태양인 듯 빛난다네.

숲에서 태어난 다섯 인드라† 같은 다섯 아들들,
저주에 타버린 빤두왕에게 태어난 그들을
어려서부터 당신이 기르고 가르쳤습니다.
암비까의 아들이시여, 그들이 당신의 명을 기다립니다.

당신이 만약 그들에게 돌아가가야 할 왕국을 돌려준다면
당신은 아들들, 동지들과 함께 편안할 것입니다.
인드라 같은 왕이시여, 그러면 신들에게도 인간들에게도
더 이상은 의혹을 사지 않을 것입니다.

다섯 인드라_ 다섯 빤다와들의 전신이라고 알려진 다섯 인드라. 3장에 위슈누에게
오만하게 굴었던 벌로 인간 세상에 태어나게 된 그들 이야기가 나와 있다.

34

드르따라슈트라가 말했다.

'그대는 잠들지 못하고 활활 타오르는 사람이 무엇을 할 수 있을 것으로 보느냐? 말해보거라. 아우여, 우리들 중엔 그대가 다르마와 아르타를 더 능히 알고 더 순수하지 않더냐?

위두라여, 나를 제대로 가르쳐다오.
꼿꼿한 이여, 그대의 지혜로 잘 생각해보고
무엇이 유디슈티라에게 이로울지, 또한
무엇이 까우라와들에게 최선일지 말해다오.

나는 죄 지을까 염려되고 악을 예견한다.
혼란스런 심정으로 그대에게 묻느니
현인이여, 유디슈티라가 마음에 품고 있는 바를
있는 그대로 모두 말해다오.'

위두라가 말했다.

'패하기를 원치 않는 사람에게는 그것이 좋은 것인지 나쁜 것인지, 미움인지 다감함인지를 묻지 않아도 말해야 하는 법입니다. 그러니 왕이시여, 소인은 꾸루의 이로움을 위해 말씀드려야겠습니다. 다르마에 따른 복된 말씀을 드릴 터이니 잘 들어주소서.

바라따의 후예시여, 거짓된 방편이나 옳지 않은 수단으로 일을 이루어 보려는 행위에 마음을 둬서는 안 됩니다. 왕이시여, 옳은 방법을 제대로 쓰고도 일을 그르친 것이라면 지혜로운 이는 마음이 가라앉지 않습니다. 행위에는 결과가 있기 마련이니 적절한 행동을 취하고 결과를 지켜봐야지 서둘러서는 안 됩니다. 사려 깊은 사람은 일이 미칠 여파와 결과를 살피고, 자신이 해낼 수 있는지 생각해본 뒤에 일을 할지 말지 결정합니다. 적절한 장소, 성장과 쇠퇴, 재물과 사람과 처벌에 관한 것들을 제대로 알지 못하는 왕은 왕국을 제대로 지켜낼 수 없습니다. 소인이 다르마와 아르타의 지식에 근거해 말씀드린 정도를 있는 그대로 보는 왕은 왕국을 얻을 것입니다. "내가 왕국을 얻었구나!"라고 생각하고 함부로 행동해서는 안 됩니다. 겸양의 부족은 마치 늙음이 몸의 자태를 앗아가듯 영광을 앗아가기 때문입니다.

그저 겉모양에 홀려 맛난 미끼가 꿰어진 미늘에 덥석 달려든 물고기는 뒤를 보지 못합니다. 번성을 바라는 자는 무엇을 먹을 수 있을지 보고, 먹고 나서 소화될 것을 보고, 소화된 다음에 이로울지를 봅니다. 익지 않은 열매를 나무에서 따는 자는 맛을 느낄 수 없고 씨마저 말리고 맙니다. 적절한 때가 되어 잘 익은 열매만을 따는 자는 열매의 맛을 알고 씨도 얻을 수 있습니다. 벌이 꽃은 그대로 둔 채 꿀만 빨아먹듯 왕은 백성에게 해를 가하지 않고서 세금을 걷어야 합니다. 뜰에서 꽃을 꺾고 또 꺾어도 뿌리는 자르지 않는 뜰 가꾸는 사람처럼 해야 하는 것이지, 숯 만드는 사람처럼 해서는 안 되는 것입니다.

내가 이 일을 하면 어찌될 것이며, 또 하지 않으면 어찌될 것인지에 대해 곰곰이 생각해본 뒤 일을 하거나 하지 말아야 합니다. 시작하지 말아야 할 일도 있고 때로는 그냥 그대로 놔둬야 하는 일도 있습니다. 아무리 애써 봐도 소용없는 일도 있기 때문입니다. 뿌리가 튼실하지 못하나 좋은 결과를 내는 일도 있습니다. 지혜로운 이는 그런 일을 재빨리 해내서 아예 장애를 만들지 않지요.

눈으로 들이마시듯 모든 것을 똑바로 본다면 비록 가만히 앉아 있어도 사람들이 흠모할 것입니다. 눈과 마음과 말과 행동, 이 네 가지로 세상을 기쁘게 하면 세상도 그를 좋아합니다. 그러나 짐승이 사냥꾼을 두려워하듯 만물이 두려워한다면 그 사람은 바다로 둘러싸인 온 세상을 다 얻어도 버려진 거나 같습니다.

조상들의 왕국을 자기 힘으로 얻고도 옳지 않은 방법으로 통치한다면 그는 마치 구름을 몰아내는 바람인 듯 왕국을 무너뜨리고 말 것입니다. 선자들이 처음부터 행해왔던 바른 법을 지키는 왕의 땅은 풍요로 가득차고 더욱 더 커져갈 것입니다. 그러나 바른 법을 버리고 옳지 않은 법을 고집한다면 그 사람은 마치 불 위에 내던져진 가죽처럼 쭈그러들고 맙니다. 자기 왕국을 지키는 데에도 적국을 누르려는 것과 같은 노력을 기울여야 합니다. 다르마에 따라 왕국을 얻고, 다르마에 따라 이를 지키며, 다르마에 근거해 영예를 얻은 왕은 잃지도, 버림받지도 않습니다.

미친 사람에게서도 말을 건겨낼 수 있고, 어린아이에게서도 기어다님을 볼 수 있으며, 돌에서도 금을 찾을 수 있듯 어떤 것에서든 무엇인가는 얻을 수 있지 않던가요? 지혜로운 이라면 이삭 줍는 사람이 이삭을 줍듯 자리에 앉아 사려 깊은 이의 좋은 말과 바른 거동을 모읍니다. 소는 코로 보며 브라만은 베다로 봅니다. 왕은 첩자들의 눈으로 보며 여타의 사람들은 그냥 눈으로 보지요. 왕이시여, 젖을 쉽게 주지 않는 소는 더 고통을 당하지만 젖을 쉽게 내주는 소는 누구도 벌하지 않습니다. 사람들은 열을 가하지 않고도 휘어지는 것에는 열을 가하지 않고, 이미 휘어져 있는 나무를 억지로 휘려 하지 않습니다. 지혜로운 이는 이를 잘 알아 강한 자 앞에서 잘 굽힐 줄 압니다. 강한 자에게 자신을 굽히는 것은 인드라에게 엎드려 절하는 것과 같습니다. 가축들은 비를 주인으로 삼으며 왕은 친지를 벗으로 둡니다. 남편은 여인에게 의지하며 브라만은 베다에 기댑니다. 다르마는 진리에 의해 보존되며, 지식은 수행함으로써 지켜집니다. 아름다움은 씻음으로써 간직되며 가족은 선행에 의해 지켜집니다. 곡식은 재어놓아야 지켜지고 말은 등급을 매겨야 지켜집니다. 소는 끊임없이 살펴보아야 지켜지며 여인은 허름한 옷을 입혀야 지켜집니다. 거동이 바르지 못할 때는 가문이 아무런 잣대가 되지 않는다는 것이 소인의 생각입니다. 가장 미천한 가문에서 태어난 자들 가운데서도 거동이 훌륭한 자가 있기 때문이지요. 타인의 재물과 미모, 용기와 혈통, 그리고 행복과 따뜻한 환대를 시기한다면 그 사람의 병은 끝이 없을 것입니다.

하지 말아야 할 일을 할까 봐, 혹은 해야만 하는 일을 피해서 갈까 봐 두렵다거나 또는 적절치 못할 때 말이 새 나갈까 봐 두렵다면 취하게 하는 것을 들이켜서는 안 됩니다. 지식에 빠져드는 것, 재물에 홀리는 것, 혈통에 도취되는 것, 이것들 모두가 취하기 쉬운 것이라고 할 수 있습니다. 현자는 이런 것들을 다스립니다. 선한 이가 선하지 않은 이에게 그저 도움을 한 번만 청해도 선하지 않기로 소문난 이는 자신이 마치 선한 이인 듯 착각하기도 하지요. 선한 이는 마음이 살아 있는 이들의 목표가 되고, 선한 이는 선한 이들의 지향점이 되며, 선한 이는 또한 선하지 않은 이들의 목표가 되지만 선하지 않은 이는 어떤 경우에도 선한 이들의 지향점이 되지는 않습니다. 의복을 갖춰 입은 이는 군중을 제압하고, 소를 가진 이는 나눠 먹는 이들을 압도하며, 수레를 가진 이는 길을 점령하지만 덕 있는 이는 모든 것을 정복합니다. 인간에게 가장 우선 되는 것은 덕이며 그것을 잃으면 삶의 의미도 재물도, 그리고 친지도 모두 잃는 것입니다.

황소 같은 바라따시여, 부유한 이들에게는 고기가, 보통사람들에게는 우유가 그리고 가난한 사람들에게는 소금이 가장 중요한 음식이지요. 그럼에도 주어지는 음식은 가난한 이들이 더 잘 먹습니다. 배고픔이 밥맛을 좋게 해주기 때문입니다. 부유한 이들에게서 이런 일은 찾아보기 어렵지요. 부유한 이들에게 소화력이 없음은 흔히 볼 수 있습니다. 그러나 인드라 같은 왕이시여, 가난한 이들은 나무토막이라도 소화시킬 수가 있답니다. 천민들의 가장 큰 두려움은 일이 없는 것이며, 평민들의 두려움은 죽음이고, 최상층 사람들의 가장 큰 두려움은 불명예입니다. 권력에 취하는 것은 술에 취하는 것보다 더 지독해서 한 번 권력에 취한 사람은 권력이 땅바닥에 곤두박질칠 때까지 제정신을 차리지 못한답니다.

욕망을 쟁취하기 위해 감각을 절제하지 않는 사람은 별들이 혹성들로 인해 시달리듯 감각들로 인해 고초를 겪게 됩니다. 자신이 갖고 태어난 다섯 감각의 희생양이 되어 질질 끌려 다니게 되면 상현 때의 달이 커가듯 고난은 점점 커져갈 것입니다. 자신을 다스리지 못한 채 책사를 다스리려고 한다거나 자신의 책사들을 다스리지 못한 채 적을 다스리려고 하는 사람은 결국 파멸을 맞이하고 맙니다. 우선은 왕국을 닮은 자기 자신을 다스린 뒤 책사와 적을 이기려 한다면 헛됨이 없을 것입니다. 감각을 절제하여 자신을 이기고 악을 행하는 자에게 지팡이를 들어 올리는 이, 모든 일을 잘 살펴 알맞게 행하는 이에게 영광은 항상 함께한답니다.

왕이시여, 수레는 사람의 몸과 같습니다.
이를 모는 것은 혼이요 감각은 말들입니다.
현자는 성성한 마음으로 항상 이것들을 잘 살펴
길 잘든 수레인 듯 편안히 몸을 끌고 갑니다.

그러나 길들지 않은 말이 재주 없는 마부를 길 위에서 해치듯 감각을 절제하지 못하면 이는 사람을 상하게 하고도 남습니다. 감각이 가자는 대로 끌려가는 어리석은 이는 무익한 것은 유익한 것으로, 유익한 것은 무익한 것으로 보아 더없는 고통을 행복이라고 여기지요. 다르마와 아르타를 버리고 감각의 놀음에 놀아나는 이는 이내 영광과 생명과 풍요와 아내로부터 버림받을 것입니다. 부의 주인이나 감각의 주인이 되지 못한 이는 감각에 점령되어 결국 부를 잃고 맙니다. 마음과 정신과 감각을 다스림으로써 자아에서 자기 자신을 찾아야 합니다. 자아는 자신의 친지가 되기도 하지만 또한 자신의 적이 되기도 하기 때문입니다. 왕이시여, 욕망과 분노는 촘촘한 그물에 걸린 두 마리의 커다란 물고기와 같습니다. 다르마와 아르타를 잘 살펴 필요한 것들을 모아야 합니다. 그렇게 모은 것들은 당신을 늘 행복하게 해줄 것입니다. 지혜를 좀먹는 내부의 다섯 적*을 물리치지 못한 이가 다른 적을 이기려 한다면 자신이 도리어 당하고 맙니다. 우리는 사악한 왕이 자기 자신의 행위로 말미암아 파멸에 이르는 것을 봅니다. 자신의 감각을 다스리지 못하기 때문에, 그리고 왕국에 대한 탐심 때문에 그리되는 것입니다.

마른 것과 섞이면 젖은 것도 불에 타듯
선인이 악인을 멀리 않고 어울리다 보면
악인과 함께 벌을 면치 못한다네.
그러기에 악인과는 어울리지 말아야 한다네.

어리석음으로 인해 내면의 다섯 적을 원인과 함께 다스리지 못한다면 재앙이 그를 덮쳐 삼켜버리고 말 것입니다.

시기 없는 마음, 올곧음, 순수함, 만족감, 다정한 말, 절제, 진실함, 그리고 편안함이 악인에게는 없습니다. 바라따의 후예시여, 또한 천박한 자에게는 자아에 대한 앎, 편안함, 인내, 굳건한 다르마, 자신의 말을 지키는 것, 그리고 보시하는 마음이 없습니다. 무지한

다섯 적_ 까마(색욕), 끄로다(분노), 로바(탐욕), 마다(도취) 혹은 마뜨사라(시샘), 그리고 모하(어리석음).

자는 성냄과 비난으로 현자를 해치려 듭니다. 죄는 말을 하는 자에게 돌아가며 입을 다문 자에게는 자유로움이 찾아듭니다. 바르지 않은 자에게는 폭력이 힘이고 왕에게는 벌이 힘이며 여인에게는 말 잘 듣는 것이 힘이 되고 덕 있는 이에게는 용서가 힘이 됩니다. 말을 절제하는 것은 참으로 힘들고도 힘든 것으로 여겨지지요. 의미 있고도 다양한 말을 하기는 거의 불가능한 것입니다. 다양하고도 좋은 말은 복을 가져다줍니다. 그러나 같은 말이라도 나쁘게 한다면 장애가 찾아들지요. 화살에 맞은 상처는 치유되고 도끼에 찍힌 숲도 아물기 마련입니다. 그러나 거친 말에 입은 상처는 아물지 않습니다. 온갖 종류의 화살은 몸에서 빼낼 수 있으나 말의 가시는 뽑히지 않습니다. 그것은 심장에 박히기 때문입니다.

> 말의 화살은 입에서 뿜어져 나와
> 그에 맞은 사람은 밤낮으로 운다네.
> 지혜로운 이는 타인에게 치명상을 입힐
> 그런 화살은 날리지 않는다네.

패퇴시키고자 하는 사람에게 신들은 생각을 빼앗아 세상을 거꾸로 보게 만든답니다. 생각이 망가지면 파멸이 가까워지지요. 옳지 않은 것을 옳은 것으로 보는 망상이 마음에서 떠나질 않는답니다.

바라따의 후예시여, 지금 당신 아들의 생각은 빤다와들에 대한 적개심 때문에 뒤틀려있으나 당신은 깨닫지 못합니다. 유디슈티라는 삼계의 왕이 될 만한 표식을 지니고 있습니다. 드르따라슈트라시여, 당신의 제자인 그가 왕이 되게 하소서. 운명의 선택으로 인해 그는 빛으로 보나 지혜로 보나 다르마와 아르타를 꿰뚫어 아는 것으로 보나 당신의 모든 아들을 능가합니다. 훌륭한 왕이시여, 다르마를 지키는 가장 빼어난 이인 그는 관용과 자비와 당신을 존중하는 마음으로 숱한 역경을 견뎌왔나이다.'

35

드르따라슈트라가 말했다.

'대 지혜인이여, 다르마와 아르타에 연관된 말을 좀 더 해다오. 그대의 다양한 말은 아무리 들어도 질리지 않는구나.'

위두라가 말했다.

'모든 성지에 목욕재계의 터가 있다면 만생명에는 올곧은 심성이 있습니다. 이 둘이 같은 것일 수도 있고, 어쩌면 올곧은 심성이 더 나은 것일 수도 있습니다. 주인이시여, 자식들에게 항상 올곧은 행동을 보이셔야 합니다. 그렇게 함으로써 당신은 이승에서는 최상의 명예를, 저승에서는 하늘을 얻을 것입니다. 범 같은 분이시여, 인간 세상에서 회자되는 명예로운 이름은 하늘 세계에서도 추앙받습니다. 이와 관련해서 사람들은 옛 이야기를 하곤 하지요. 께쉬니를 위한 위로

짜나와 수단완*의 담화랍니다.'

이어지는 위두라의 이야기는 이러하다.

께쉬니가 말했다.

'위로짜나여, 브라만들이 뛰어납니까, 아니면 다이띠야*들이 더 뛰어납니까? 수단완께서는 누구와 침상에 앉고 싶지 않으십니까?'

위로짜나가 말했다.

'께쉬니여, 쁘라자빠띠의 자손들인 우리가 뛰어나다오. 실로 이 세상은 우리들의 것이라오. 누가 신이고 누가 브라만이란 말이오?'

께쉬니가 말했다.

'위로짜나여, 여기 계십시오. 여기에서 기다렸으면 좋겠습니다. 내일 아침 수단완이 오실 것입니다. 그러면 당신들 두 분을 함께 뵙고 싶습니다.'

위로짜나가 말했다.

'복스런 이여, 그렇게 하지요. 겁 많은 여인이여, 그대가 말한 대로 하리다. 그대는 내일 아침 나와 수단완을 함께 볼 수 있을 것이오.'

수단완이 말했다.

'쁘라흘라다의 아들이여, 그대에게 황금 의자를 하나 얻어야겠

위로짜나와 수단완_ 위로짜나는 아수라 왕인 쁘라흘라다의 아들이며, 수단완은 아수라들의 스승인 앙기라스의 아들이다.

다이띠야_ 디띠의 아들들. 이들은 다누의 아들들인 다나와들과 더불어 아수라로 불린다.

소. 지금 나는 그대와 만나긴 했으나 같이 앉진 않을 것이오.'

위로짜나가 말했다.

'판자대기나 풀 다발 혹은 풀방석을 가져오게 함이 좋으리. 수단완이여, 그대는 나와 함께 자리할 가치가 없소.'

수단완이 말했다.

'나와 함께 있을 때면 그대의 아비도 내 아래 앉았거늘! 그대는 집에서 멋모르는 철부지로 자란 게로군.'

위로짜나가 말했다.

'수단완이여, 금이건 소건 말이건 아수라들이 가진 어떤 재물이건 내기에 걸지. 그렇게 내기에 걸고 나서 이를 아는 사람에게 묻도록 합시다.'

수단완이 말했다.

'위로짜나여, 금이건 소건 말이건 다 그냥 두시오. 우리 목숨을 걸고 아는 사람에게 묻도록 합시다.'

위로짜나가 말했다.

'우리 목숨을 걸고 어디로 가지? 나는 신들이나 인간들 앞에는 서지 않을 터이니!'

수단완이 말했다.

'우리 목숨을 걸고 그대의 부친에게로 갑시다. 쁘라흘라다라면 자기 아들의 목숨이 걸려 있어도 거짓을 말하진 않을 터이니!'

쁘라흘라다가 말했다.

'전에 함께한 적 없던 두 사람이 같이 오는구나. 마치 성난 두 마리 큰 뱀처럼 이곳을 향해 같은 길로 오는구나. 어찌하여 둘이 같이

오는 걸까? 한 번도 같이 걸은 적 없잖은가? 위로짜나여 묻노니, 어찌 수단완과 벗이 되었느냐?'

위로짜나가 말했다.

'소인은 수단완과 벗이 된 게 아닙니다. 목숨을 걸고 내기를 했습니다. 쁘라흘라다시여, 아버님께 진실을 묻습니다. 거짓 없이 말씀해 주소서.'

쁘라흘라다가 말했다.

'수단완에게 바칠 물과 마두빠르까를 가져오게 하라. 브라만이여, 당신을 환대하오. 흰 소가 살이 올랐군요†.'

수단완이 말했다.

'쁘라흘라다여, 물과 마두빠르까는 길에서 받았습니다. 당신은 그저 우리의 물음에 진실을 말씀해주셨으면 합니다.'

쁘라흘라다가 말했다.

'한쪽은 아들이요, 다른 쪽은 브라만인 당신입니다. 둘이 모두 내 눈 앞에 있습니다. 둘이 격론을 벌인다면 내가 누구를 위해 답을 해야 합니까? 수단완이여, 묻습니다. 진실을 말하지도 거짓을 말하지도 않는 격론에 대해 결정을 잘못 내린 자가 머물 곳은 어디입니까?

수단완이 말했다.

'격론의 결정을 잘못 내린 자는 시앗에게 밤을 앗긴 여인, 가진 것을 노름에서 잃은 사내, 혹은 무거운 짐을 지고 지친 몸을 이끈 자가 보내는 것과 같은 밤을 보낼 것입니다. 성에 들어오지 못한 채 배고픔을 안고 성 밖에서 숱한 적을 마주하고 서 있는 자와 같은 날을

~ 올랐군요_ 살 오른 소를 잡아 브라만에게 바치겠다는 뜻이다.

보낼 것입니다. 염소에 관해 거짓을 말한 자는 다섯을 죽인 것과 같고, 소에 관해 거짓을 고한 자는 열을 죽인 것과 같으며, 말에 관해 거짓을 말하면 백을 죽인 것과 같고, 사람에 관해 거짓을 말한 자는 천을 죽인 것과 같습니다. 만약 금 때문에 거짓을 고한다면 태어나고 태어나지 않은 것들을 죽인 것이며, 땅 때문에 거짓을 말한다면 모든 것을 죽인 것입니다. 땅에 관해서는 절대로 거짓을 말하지 말아야 합니다.'

쁘라흘라다가 말했다.

'위로짜나여, 앙기라스는 나보다 뛰어나고 수단완은 너보다 뛰어나구나. 그의 어머니는 네 어미보다 뛰어난단다. 그러니 너는 그에게 졌다. 위로짜나여, 수단완이 네 목숨의 주인이구나. 수단완이여, 당신께 위로짜나를 달라고 청해도 되리까?'

수단완이 말했다.

'당신은 사랑 때문에 거짓을 말하지 않고 진실을 택했으니, 쁘라흘라다여, 나는 당신께 얻기 어려운 아들을 다시 드리겠습니다. 쁘라흘라다여, 여기 당신의 아들 위로짜나를 드립니다. 왕자들이 보는 앞에서 그가 내 발을 씻기게 하십시오.'

이어지는 위두라의 이야기는 이러하다.

위두라가 말했다.

'대왕이시여, 이런 연유로 땅에 관한 거짓을 말해서는 안 되는 것이랍니다. 두료다나의 뒤를 좇다가 아들들 그리고 책사들과 함께 파멸하지 마십시오. 소몰이꾼이 작대기로 소를 지키듯 신은 우리를 지켜주지 않습니다. 신은 자기가 지키고자 하는 사람에게 지혜를 주어 보살핍니다. 좋은 곳에 마음을 쓸 때 사람의 일은 모두 성사되는 것이니 그에 의혹을 품어서는 안 됩니다.

미혹에 빠져 속임수로 일을 꾀하는 자를
어떤 찬가도 고난에서 벗어나게 해주지 않는다네.
깃털 돋은 새가 둥지를 박차버리듯
죽음이 다가오면 찬가도 그를 버리고 만다네.

취하게 하는 술, 싸움, 이로운 일과의 적대,
배우자와의 불화, 친지와의 갈등,
왕에게 해를 끼치는 것, 남녀 간의 언쟁,
잘못된 길을 가는 것은 피해야 한다고 말들 한다네.

관상쟁이, 도둑이었던 상인,
새잡이, 의원,
적, 동지 그리고 배우,
이 일곱을 증인으로 세워서는 안 됩니다.

자긍심 깃든 아그니호뜨라, 자긍심 가득한 침묵,
자긍심으로 하는 학문, 자긍심으로 지내는 제사,
이 넷은 어떤 두려움도 일게 하지 않는다네.

그러나 이를 잘못 행하면 두려움을 일으킨다네.

방화범, 독을 준 자, 매춘업자, 소마를 파는 자, 무기 만드는 자, 점치는 자, 벗을 해하는 자, 타인의 아내와 지내는 자, 태아를 죽인 자, 스승의 아내를 범한 자, 술을 마시는 브라만, 할퀴는 말을 하는 자, 까마귀처럼 속 검은 자, 신념 없는 자, 베다를 비난하는 자, 숟가락으로 떠내듯 타인의 재물을 조금씩 축내는 자, 배교자, 게으른 부자, 그리고 도움을 청할 때 해를 가하는 자는 모두 브라만을 죽인 죄에 맞먹습니다.

금은 짚불로, 덕인은 지고 있는 짐으로,
선인은 자신의 행위로 알아봅니다.
위험 속에서 영웅을, 곤경 속에서 꿋꿋한 이를,
극한 장애에 부딪칠 때 적과 동지를 알 수 있습니다.

늙음은 아름다움을, 희망은 당당함을 앗아가고
죽음은 생명을, 시샘은 올곧음을 앗아가며
분노는 영예를, 무지한 자를 섬기는 것은 덕을,
욕정은 수치를, 거만함은 모든 것을 앗아갑니다.

영예는 선행에서 비롯되고 당당함으로 커집니다.
명민함으로 뿌리를 이루고 절제로 단단히 섭니다.

여덟 가지 덕이 사람을 빛내는데
지혜, 좋은 태생, 자제, 배움,
용기, 과묵함, 힘을 다해 베풂 그리고
은혜를 아는 마음이 그것입니다.

대단히 큰 힘을 지닌 이런 자질들은
한 가지가 다른 것들도 함께 벼립니다.
왕이 존중으로 사람을 대하면
이 덕은 다른 것을 앞질러 빛납니다.

왕이시여, 인간 세상에 있는 이 여덟 덕목은
하늘 세상을 보여주는 것들입니다.
이들 중 앞의 넷은 선자들이 갖고 태어난 것이며,
뒤의 넷은 선자들이 노력으로 얻는 것들입니다.

희생제, 보시, 배움 그리고 고행,
이 넷은 선자들에게 본디 있는 것들이며
절제, 진실, 올곧음 그리고 자애로운 마음,
이 넷은 선자들이 얻으려 애쓰는 것들입니다.

어른 없는 곳에 모임도 없고
다르마를 말하지 않는다면 어른도 없습니다.
진실이 없는 곳에 다르마가 없으며

거짓을 내지른다면 진실도 없습니다.

진실, 풍모, 배움, 학식, 태생, 덕, 힘, 재물, 용기, 능변, 이 열 가지가 좋은 만남으로 얻어지는 것들입니다. 악으로 이름을 얻은 사람은 악을 행하고 악업을 쌓습니다. 덕망으로 이름을 얻은 사람은 선을 행하고 선업을 쌓습니다. 거듭해서 악을 저지르다 보면 지혜가 죽고, 지혜가 떠난 사람은 나쁜 일만 일삼게 됩니다. 덕을 거듭 행하다 보면 지혜가 늘고, 지혜가 익으면 항상 좋은 생각만 하게 됩니다. 시기심 많은 사람, 독뱀 같은 사람, 잔인한 사람, 적개심 많은 사람은 나쁜 짓을 하다가 머지않아 큰 장애를 맞습니다. 시기심 없는 사람, 지혜가 익은 사람, 언제나 선업을 지어가는 사람은 선행을 하다가 장애를 만나지 않으며 행복을 얻고 사방을 비춥니다.

지혜로운 이를 통해 지혜를 얻은 사람이 현인입니다. 다르마와 아르타를 지혜로 얻은 사람은 행복을 얻을 수 있습니다. 사람은 밤에 편안히 쉴 수 있는 일을 해야 하고, 우기†를 편안히 지낼 수 있는 일을 여덟 달 동안 해야 하며 늙어서 편히 지낼 수 있는 일을 젊어서 해야 하고, 저승에 편히 갈 수 있는 일을 살아 있는 동안 해야 합니다. 사람들은 소화가 된 뒤에 음식을 칭찬하고, 젊음이 지난 뒤 아내를 칭송하며, 더 이상 싸울 수 없는 영웅을 찬탄하고, 궁극에 이르러서 수행자를 우러릅니다. 잘못 얻은 재물로 덮은 구멍은 여전히 뚫려 있어서 또 다른 구멍을 파내고 맙니다.

스승은 차분한 사람을 가르치고 왕은 나쁜 사람을 가르칩니다. 몰

우기_ 우기는 대체로 네 달 동안 지속된다.

래 죄지은 사람은 위와스와따의 아들 야마가 가르칩니다. 선인과 강과 고결한 가문의 근원은 감추어지지 않습니다. 여인과 행동거지 바르지 못한 자의 근본 또한 그러합니다. 왕이시여, 브라만들을 항시 공경하고 친지들에게 올곧고 아량 넓은 크샤뜨리야가 하늘을 차지하고 땅을 다스립니다. 세 종류의 사람이 이 땅에 핀 황금 꽃을 딸 수 있습니다. 영웅, 학문 깊은 사람 그리고 타인을 섬길 줄 아는 사람이 그들입니다. 바라따의 후손이시여, 머리로 하는 일이 최고이며, 팔로 하는 일은 중간이고 발로 하는 일은 최악입니다. 짐을 나르는 일은 그보다 더 못한 것이지요.

저 어리석은 두료다나, 샤꾸니, 두샤사나 그리고 까르나에게 권력을 주고 어찌 번성을 바라십니까? 황소 같은 바라따시여, 빤다와들은 모든 덕을 갖추었고 당신을 아버지로 여기고 있습니다. 그들을 아들처럼 대해주소서.'

36

위두라가 말했다.

'이와 관련해서 아뜨레야와 사드야에 관한 옛 이야기를 들은 적이 있지요. 오랜 옛날 사드야 신들은 계행 청정하고 지혜 높은 대선인이 백조로 모습을 바꾸고 유랑할 때 이렇게 물었답니다.'

이어지는 위두라의 이야기는 이러하다.

사드야 신들이 말했다.

'대선인이시여, 우리는 사드야 신들입니다.
당신을 보고 있으나 누구인지 가늠할 수가 없습니다.
당신이 당당하고 지혜로운 분이라는 것을 압니다.
지혜가 담긴 고결한 말씀을 들려주십시오.'

백조가 말했다.

'신들이여, 사람이 추구해야 할 일은 꿋꿋함, 차분함,
진실함, 그리고 다르마를 추구함이라고 알고 있습니다.
마음속에 맺힌 모든 사슬을 끊은 뒤
기쁘고 아니 기쁜 일들은 자신의 통제 하에 둬야 합니다.

비난을 받고도 맞받아 비난하지 않고 참아낸다면 화는 비난한 자
에게 돌아갈 것이요, 당신은 선업을 거둘 것입니다.

비난하지 말고 타인을 비하하지 말 것이며
벗을 배반하지 말고 미천한 자를 섬기지 마십시오.
교만해서도 안 되며 천박한 거동 또한 삼가십시오.
거친 말과 험한 언사는 피해야 합니다.

거친 말은 생명력과 뼈와 심장,
그리고 목숨마저 앗아갑니다.
그러니 고결한 삶을 살고자 하는 사람은
언제라도 거칠고 험한 말은 삼가야 합니다.

약점을 건드리는 거칠고 메마른 말,
가시 돋친 말은 사람들을 잘라냅니다.
그런 말은 사람을 해하는 몹쓸 짓인 줄 알아야 합니다.
그런 사람은 죽음을 입에 달고 다니는 것과 같습니다.

불처럼 훨훨 타고 태양처럼 타오르는
적이 쏜 날카로운 화살에 맞아
심하게 상처입고 몹시 괴로워도 현자는
적이 내게 공덕을 짓게 한다고 생각합니다.

선한 이를 섬기거나 악한 이를 섬긴다면
혹은 수행자를 섬기거나 도둑을 섬긴다면
마치 옷감에 물이 들 듯
그렇게 자신도 그들에게 물이 듭니다.

언쟁을 하거나 언쟁을 하게 하지 않는 사람
당해도 반격하거나 반격하게 하지 않는 사람

자신을 해치려는 이에게 악의를 품지 않는 사람
그런 사람이 오기를 신들은 애타게 기다립니다.

말하지 않는 것이 말하는 것보다 더 낫고
말해야 한다면 진실을 말해야 함이 다음이며,
셋째는 기쁨을 주는 말을 하는 것이고
넷째는 바른 말을 하는 것이라고들 말합니다.

어떤 사람에게 말하고 누구를 섬기며 어떤 사람이 되고자 하는가
에 따라 사람은 그렇게 되는 것입니다. 사람은 어떤 것으로부터 자신
을 거두어들일 때 가장 자유롭기에 모든 것에서 자신을 거두어들일
수 있다면 작은 고통도 받지 않을 것입니다.

패하지 않으나 이기려 하지도 않으며
적의를 품지 않고, 반격하지 않으며
비난과 칭찬에 평정심을 유지하는 사람은
비난에 고통 받거나 칭찬에 흔들리지 않습니다.

모든 이가 잘되기를 바라고 누구의 파멸도 마음에 품지 않으며,
진실을 말하고 유순하며 자제력 있는 사람은 수승한 사람입니다. 무
가치한 사람에게 위안을 주려 하지 않고, 약조한 일은 지키며, 잘 해
야 하는 일과 그렇지 않은 일을 안다면 평범한 사람이라고 할 수 있
습니다.

가르치기 어렵고 배움 대신 공격을 택하는 것,
분노에 휘둘려 제멋대로 굴며 고마움을 모르는 것
누구의 벗도 되지 않고 마음을 나쁘게 쓰는 것,
이런 것들이 천박한 이들의 표식입니다.

　타인의 선한 일을 믿지 않고 자기 자신을 의심하며 동지들을 멀
리하는 사람은 가장 나쁜 유형이라고 할 수 있습니다. 자신이 잘 되
기를 바라는 사람이라면 빼어난 사람을 섬길 것이며, 적절할 때는
평범한 사람과 어울리기도 하지만 천박한 사람과 섞이지는 않아야
합니다.

바르지 않은 힘으로 재물을 얻고
늘 과욕을 부리며 때로는 교활하게 구는 사람,
그런 사람의 행위는 칭송을 얻을 수 없고
좋은 가문의 거동을 취할 수도 없습니다.'

드르따라슈트라가 이어 말했다.

'신들, 다르마와 아르타가 성숙한 사람들,
많이 배운 사람들은 훌륭한 가문을 칭송하지.
위두라여, 내 그대에게 묻노니
훌륭한 가문이란 것이 무엇이던가?'

위두라가 말했다.

'고행, 절제, 브라흐만에 대한 배움, 희생제,
덕을 쌓는 것, 좋은 혼인, 항시 음식을 베푸는 것,
이 일곱 가지 자질을 갖추는 것이
바르게 처신하는 훌륭한 가문입니다.

처신으로도 출신으로도 타인을 아프게 않고
훌륭한 처신에 힘입어 다르마의 길을 가며
가문에 특별한 명예를 바라고
거짓된 것은 버리는 것이 훌륭한 가문입니다.

제사를 지내지 않고, 격에 맞지 않는 혼인을 하며, 베다를 따르지
않고, 다르마를 거스르면 가문이 기울어집니다. 신에게 속한 재물을
망치고, 브라만의 것을 빼앗거나, 브라만을 거스르면 가문이 기울어
집니다. 바라따의 후예시여, 브라만을 업신여기고 비난하며, 자신에
게 맡겨놓은 것을 망치면 가문이 기울어집니다. 소와 말과 사람을 다
갖춘 가문이라도 거동이 미천하다면 가문이라는 이름을 갖지 못합니
다. 거동에 부족함이 없으면 재물이 부족하더라도 가문이라는 이름
을 얻고 큰 명예를 거두어들입니다.

적의에 찬 사람이 우리 가문에 없게 하소서.

왕의 대신들이 남의 재산을 빼앗지 않게 하소서.

동지를 배신하거나 속이거나 거짓을 말하지 않게 하소서.

조상과 신과 손님들보다 먼저 먹는 일이 없게 하소서.

우리들 중 누구라도 브라만을 해치거나 브라만을 미워하는 자, 농사를 짓는 자†는 우리와 함께 어울려 갈 수 없습니다. 풀†과 땅†과 물, 그리고 넷째로 다정한 말은 언제나 선자들의 집을 떠나지 않습니다. 크나큰 지혜를 지닌 왕이시여, 선업을 쌓는 올곧은 사람의 따뜻하고도 선한 거동은 최상의 신뢰를 줍니다.

스얀다나 나무는 비록 작아도

다른 거목들이 견디지 못한 무게를 견디듯

훌륭한 가문의 사람은 타인이 질 수 없는

짐을 짊어질 수 있답니다.

당신의 화를 두려워하는 자는 벗이 될 수 없고

농사를 짓는 자_ 상당히 애매한 문장이다. 농사는 와이샤(평민)들의 담당이기는 했으나 브라만들도 종종 농사를 짓는 일에 종사했음이 문헌 곳곳에 보이기도 하거니 불교 문헌 등에서는 왕들이 농사를 장려하기 위해 직접 씨를 뿌리는 행사를 하는 등 농사가 천한 직업이라는 인식은 좀처럼 찾아볼 수 없기 때문에 농사를 짓는 이와 함께 갈 수 없다는 논리는 이해하기 어렵다. 대화의 상대가 무사 계급인 크샤뜨리야임을 참조하면 다른 직업(계급)을 가진 사람들과 함께 가지 않는다는 뜻인지도 모르겠다.

풀_ 방석을 만들 풀.

땅_ 앉을 자리.

194

의심을 품고 대해야 하는 자도 벗이 될 수 없습니다.
아버지처럼 믿을 수 있는 자는 벗이 되지만
다른 이들은 그저 아는 사람들일 뿐입니다.

비록 친지가 아니라도 따뜻한 마음으로 대하는 이가 있다면 그가
바로 친지요 벗이며 피난처이자 끝까지 의지할 수 있는 이입니다. 마
음이 변덕스럽다거나 어른을 잘 섬기지 못하는 사람 그리고 마음이
늘 소용돌이치는 사람과는 친분을 맺기가 어렵습니다. 마음이 안정
되지 못하고 감각에 휘둘려 자신을 통제하지 못하는 사람에게 풍요
는 백조가 마른 못을 떠나듯 그의 곁을 떠나고 맙니다. 별 일 아닌 것
에 화냈다가도 별다른 이유 없이 잠잠해지는 것은 옳지 못한 사람의
성향입니다. 그들은 마치 바람에 흩날리는 구름과 같은 자들입니다.
벗을 잘 살피지 못하고 벗을 제대로 만족시켜주지 못하며, 고마움을
모르는 자는 생고기 먹는 짐승들조차 그 시체를 먹지 않습니다. 재
물이 있건 없건 벗에게는 청을 해봐야 합니다. 청을 해보지 않고서
는 그 벗이 좋은지 나쁜지 알 수 없기 때문입니다. 고통은 아름다움
을 빼앗고, 고통은 힘을 잃게 합니다. 고통은 지혜를 앗아가며 또한
질병을 가져옵니다. 몸이 괴로울 뿐 슬픔으로 얻어지는 것은 아무것
도 없습니다. 당신의 슬픔은 적을 기쁘게 할 뿐이니 쓸데없이 마음이
슬픔에 젖게 두지 마소서.

인간은 죽고 태어나기를 거듭하며
인간은 망하고 흥하기를 거듭합니다.

인간은 요청하고 요청받기를 거듭하며
인간은 또한 슬퍼하고 슬프게 하기를 거듭합니다.

행복과 불행, 행운과 불운,
얻음과 잃음, 삶과 죽음은
모든 이를 번갈아 찾아옵니다.
그러니 기뻐할 것도 슬퍼할 것도 없답니다.

여섯의 감각[*]은 그지없이 변덕스러워
이들이 어디로 흘러가든
새는 항아리에서 물이 새어나가듯
인간의 정신도 그렇게 흘러갑니다.'

드르따라슈트라가 말했다.

'가느다란 불꽃처럼 높게 타오르는 유디슈티라 왕을 나는 잘못 대했느니. 그가 내 어리석은 아들들을 전장에서 끝장낼 것이다. 모든 것이 항상 뒤죽박죽이고 내 마음은 항상 흔들리는구나. 대지혜인이여, 내 마음이 흔들리지 않을 만한 어떤 말이든 해다오.'

위두라가 말했다.

'무고한 분이시여, 배움과 고행 이외의 어떤 것에서도, 감각의 절제 이외의 어떤 것에서도, 탐욕을 모두 버리지 않고는 어디에서도 소인은 평화를 보지 못했나이다. 바른 지식으로 두려움을 쫓고 고행으

여섯의 감각_ 안이비설신의(눈, 귀, 코, 혀, 몸, 마음).

로 큰 것을 얻습니다. 스승을 섬김으로써 지혜를 얻고 버림으로써 평화를 찾습니다. 해방을 구하는 사람은 보시의 공덕에 기대지 않고 베다 수행의 공덕에 의지하지 않으며 사랑과 미움을 놓고 자유롭게 유랑합니다. 배움이 깊고 전투에 능하며 일을 잘 처리하고 수행에 철저한 수행자에게는 결국 행복이 찾아옵니다.

아무리 귀한 침상에 누워도
친지와 분란 있는 이, 잠을 이루지 못합니다.
왕이시여, 그는 여인과도 즐겁지 아니합니다.
궁정시인, 음유시인들의 찬가에도 즐겁지 아니합니다.

친지와 분란 있는 이, 다르마를 행하지 못하며
친지와 분란 있는 이, 행복을 얻지 못합니다.
친지와 분란 있는 이, 존중받지 못하며
친지와 분란 있는 이, 마음이 고요하지 못합니다.

인간들의 인드라시여, 친지와 분란 있는 이는
길을 말해도 받아들이지 못하고
얻고 지키는 것도 온당치 않게 합니다.
그들의 피난처는 죽음 외엔 어디에도 없답니다.

소에게는 우유를 바라고 브라만에게는 고행을 기대하며 여인에게는 변덕을 내다보듯 친지들에게는 위험을 감지해야 합니다. 선자들은 가늘고 긴 무더기의 실에 관한 비유를 들곤 합니다. 실이 수적으로 많이 모이면 웬만한 무게는 견뎌낼 수 있기 때문이지요. 황소 같은 바라따 드르따라슈트라시여, 친지는 횃불과도 같아서 따로 떨어져 있을 때는 연기가 날 뿐이지만 함께 있으면 환한 불길을 일으킵니다. 드르따라슈트라시여, 브라만과 여인과 친지와 소를 위협하는 자는 익은 과일이 줄기에서 떨어지듯 몰락하고 맙니다. 홀로 서 있는 나무는 제아무리 크고 강하고 뿌리 깊어도 거센 바람이 불면 가지와 줄기가 꺾여버립니다. 그러나 뿌리 깊은 나무가 여럿이 함께 서 있다면 아무리 거센 바람이 불어도 서로서로 의지하며 오래도록 버티어 서 있을 수 있습니다. 이처럼 바람이 홀로 있는 나무를 쓰러뜨리듯 아무리 빼어난 자질을 타고난 사람이라도 혼자 있으면 쓰러뜨릴 수 있겠다고 적은 생각합니다. 서로 마주보고 서로를 지탱해주면 마치 연못의 연꽃들처럼 친지들은 점점 더 번성합니다. 브라만과 소와 여인과 어린아이와 친지, 자신이 음식을 얻어먹고 사는 이, 자기에게 의지해온 이를 죽여서는 안 됩니다. 아무리 재물이 많아도 인간에게는 무병한 것보다 더 좋은 덕은 없습니다. 병든 자는 죽은 자와 다름없기 때문이지요. 당신께 행운이 함께하시기를!

분노는 병 아닌 것에서 오는 극심한 두통 같은 것,
잘못을 범하게 하는 것으로 거칠고 날카로우며 흉측합니다.
선자들은 그것을 삼키나 악인들은 삼키지 못합니다.
대왕이시여, 이런 분노를 삼키고 침잠하소서.

병에 시달리는 자들은 결실에 개의치 않습니다.
그들은 사물의 참맛을 얻어내지 못합니다.
질병에는 늘 고통이 따르기에
풍요와 행복의 맛을 알지 못한답니다.

왕이시여, 이런 것들은 내기에 진 드라우빠디를 보고
소인이 예전에 말씀드렸으나 당신이 듣지 않았나이다.
노름판에서 두료다나를 막아야 한다고,
현자는 노름을 피하는 것이라고 말씀드렸더이다.

온화함을 거스르는 것은 힘이 아닙니다.
오묘한 다르마는 온 힘을 다해 섬겨야합니다.
잔혹함에 기댄 영예는 이내 사라지지만
온화하면서도 힘찬 다르마는 자손만대 이어져갑니다.

당신의 아들들이 빤두의 아들들을 지키게 하소서.
빤두의 아들들이 당신의 아들들을 지키게 하소서.
그들이 같은 적과 같은 동지와 같은 책사를 갖게 하소서.
왕이시여, 그리하여 그들이 행복하고 풍요롭게 살게 하소서.

당신은 지금 까우라와, 아자미다의 기둥입니다.
꾸루의 가문이 당신 어깨에 달려 있습니다.
숲속 생활에 지친 어린 빤다와들을 보살피소서.

공경하는 왕이시여, 당신의 명예를 지키소서.

까우라와들과 빤다와들이 합쳐지게 하소서.
적이 이들의 분열을 노리게 하지 마소서.
인간들의 신이시여, 그들 모두 진실을 토대로 살고 있나이다.
인드라 같은 왕이시여, 두료다나를 멈추게 하소서.'

37

위두라가 말했다.
'위찌뜨라위르야의 아들이시여, 인드라 같은 왕이시여, 스와얌부 마누께서는 허공에 대고 주먹을 휘두른다거나 본디 휘어져 있는 무지개를 휘려고 하는, 혹은 휘어지지 않는 태양빛을 휘려고 하는 열일곱 가지 유형의 인간들에 대해 말씀하신 적이 있습니다.

가르쳐지지 않는 자를 가르치려는 자, 화내는 자,
자신에게 적대적인 사람을 떠받드는 자,
여인을 지켜주지 못한 자, 아아! 행운이 함께하시기를!
청하지 말아야 할 것을 청하는 자, 허풍쟁이,

좋은 혈통임에도 하지 말아야 할 일을 일삼는 자,

무력하면서도 힘센 자에게 겁 없이 덤벼드는 자,
자신을 믿지 않는 자에게 조언하는 자, 그리고
왕이시여, 탐하지 말아야 할 것을 탐하는 자,

며느리에게 농지거리 하는 시아비,
아내와 살면서도 존경받기를 바라는 자,
타인의 밭*에 씨를 뿌리는 사내,
정도 이상으로 여인을 비난하는 사내,

받고 나서 기억하지 못하노라고 말하는 자,
주고 나서 청 받은 것에 대해 떠벌이는 자,
진실하지 않은 자에게서 진실을 구하는 자,
이런 자들은 손에 쥔 사슬로 바람을 잡으려는 자들입니다.

어떤 사람이 자기에게 어떤 일을 했는지에 따라
그에 맞게 거동하는 것, 그것이 곧 다르마입니다.
속임은 속임으로 대해야 하며
선은 선으로 대해야 합니다.'

드르따라슈트라가 말했다.
'모든 베다는 인간의 수명이 백 살이라고 말한다. 허나 모두들 그
런 나이가 되도록 살지는 못한다. 이유가 무엇인가?'

타인의 밭_ 다른 사람의 부인.

위두라가 말했다.

'인간들의 군주시여, 너무 많은 말, 과한 자신감, 버리지 못함, 분노, 지나치게 알려고 드는 것, 동지를 배반하는 것, 이것들은 몸을 가진 인간의 생명을 줄이는 여섯 가지 날카로운 칼입니다. 이것들이 인간을 죽이는 것이지 죽음이 인간을 파괴하는 것이 아닙니다. 왕이시여, 행운 있으소서! 바라따의 후예시여, 자신을 믿는 스승의 아내에게 가는 자, 스승의 침상을 더럽히는 자, 정숙치 못한 여인 혹은 술 마시는 여인과 혼인한 브라만, 자신에게 의지해 온 이를 저버리는 사람은 브라만을 죽인 자와 같아서 반드시 속죄하는 제사를 지내야 한다고 경전은 말하고 있습니다.

관대하고, 마음을 다치게 하는 말은 하지 않으며
남은 음식을 먹고, 타인을 해치지 않으며, 무익하지 않고,
불화를 버리며, 고마움을 알고, 진실하며 온화한 가장,
현자들은 그런 이가 바로 하늘에 이른다고 말합니다.

왕이시여, 당신께 늘 좋은 말 하는 사람을 얻기는 쉽습니다. 허나 이롭지만 듣기에 거북한 말을 하는 사람을 얻기는 어렵습니다. 주인이 좋아하고 싫어하는 것을 무시하고, 다르마에 의지해 이롭다고 여기면 왕이 기뻐하지 않을 말일지언정 해주는 사람, 그가 바로 동지입니다. 가족을 위해서는 한 사람을 버리고, 마을을 위해서는 가족을 버리며, 나라를 위해서는 마을을 버리고, 자신을 위해서는 온 세상을 버립니다. 재난이 올 것을 대비해 재산을 모으고, 재산을 버려서

라도 아내를 지키며, 재산과 아내를 희생해서라도 자신을 지킵니다.

왕이시여, 쁘라띠빠의 후손이시여, 주사위가 던져질 때
소인은 이미 이것이 옳지 않노라고 말씀드렸습니다.
위찌뜨라위르야의 아들이시여, 그러나 당신은 마치
병든 자가 쓴 약을 버리듯 그 말을 듣지 않았나이다.

아름다운 깃털 가진 공작을 까마귀들이 몰아내듯
당신은 아들들과 함께 빤다와들을 물리셨습니다.
사자를 버리고 자칼을 숨겨주는 격이 되었습니다.
왕이시여, 때가 오면 당신은 이를 슬퍼하게 될 것입니다.

주인 잘되기를 바라며 헌신하는 종들에게
항상 화를 내지 않는 주인은
종들의 신뢰를 얻기에
어려움이 닥쳐도 종들은 그를 버리지 않습니다.

자신을 위해 일하는 사람들의 급여를 중단하고
바깥의 낯선 이들을 떠받들어서는 안 됩니다.
아무리 정이 든 종이라도 살기가 막막하여
좌절하게 되면 주인을 버리는 것입니다.

해야 할 모든 일을 우선 살펴보고

수입과 지출에 따라 적절한 일을 도모하여
그에 맞는 동지를 구한다면
어려운 일도 그들의 도움으로 이룰 수 있습니다.

주인이 뜻하는 바를 알고
모든 일을 게으름 없이 처리하며
이로운 말을 하고 헌신적이며 기품 있는 이,
자신의 힘을 아는 이에게 자비로워야 합니다.

조언을 들어도 귀 기울이지 않고
일을 맡겨도 대거리 해대며
스스로 지혜롭다 자만하여 대드는 종은
한시라도 빨리 내보내야 합니다.

사절은 여덟 가지 자질을 갖춰야 한다고들 합니다.
거만하지 않으며, 유약하지 않고, 꾸물대지 않으며,
관대하고, 풍모가 말쑥하며, 뇌물에 흔들리지 않고,
강건하며 말에는 기품이 있어야 한다고 합니다.

지각 있는 사람이라면 때 아닌 때
타인의 집에 들락거리지 않고,
밤에 몸을 감춘 채 사거리에 서 있지 않으며,
또한 왕실의 여인을 탐하지 않습니다.

본색을 감추고, 온갖 사람에게서 자문을 구하며
나쁜 이와 어울리는 사람에게 대놓고 반박하지 마십시오.
'나는 당신을 믿지 않노라'고 말하지 말고
이런저런 핑계와 이유를 대셔야 합니다.

자비로운 사람, 왕, 몸 파는 여인, 왕의 시종,
아들, 형제, 어린아이가 있는 과부,
군사 일로 먹고 사는 사람 혹은
권력이 흥해가고 있는 사람과는 거래하지 마십시오.

다음의 열 가지는 몸을 정갈히 하는 사람이 취하는 덕입니다.
힘, 아름다움, 청아한 목소리, 고운 피부,
좋은 느낌, 향기로운 냄새, 정갈함, 명예,
섬세함, 그리고 빼어난 여인을 갖는 것이 그것입니다.

음식을 절제하는 사람이 취하는 여섯 가지 덕은
무병, 장수, 안락함, 힘,
자손에게 질병을 물려주지 않는 것, 그리고
그가 탐욕스럽다고 누구도 비난하지 않는 것입니다.

일하지 않는 사람, 많이 먹는 사람, 잔인한 사람,
세상이 싫어하는 사람, 속임수가 많은 사람,

시와 때와 장소를 모르는 사람, 옷이 단정치 않은 사람은
집에 머물게 해서는 안 되는 사람들입니다.

구두쇠, 중상모략 하는 사람, 무지몽매한 사람,
비루해진 사람, 무가치한 이를 우러르는 사람,
잔인한 사람, 원한 있는 사람, 고마움 모르는 사람에게는
아무리 어려워도 청을 해서는 안 됩니다.

매사에 문제를 일으키는 사람, 비난을 일삼는 사람,
거짓말투성이인 사람, 무엇에도 헌신하지 못하는 사람,
욕정에 찌든 사람, 자만심으로 꽉 찬 사람,
천박하기 그지없는 이 여섯 종류의 사람을 섬겨서는 안 됩니다.

물질적 풍요로움은 어떤 사람과 어울리느냐와 상관이 있고, 또한
어울려 다니는 사람들을 보면 그 사람의 물질적 풍요와 관련이 있습
니다. 이들은 서로 꽁꽁 엮여 있어 하나 없이 다른 하나로는 일을 이
루기가 어렵습니다. 아들을 낳으면 빚에서 헤어나는 것이니†, 그들
에게 적절한 일자리를 장만해주고 딸들에게 모두 좋은 혼처를 마련
해준 뒤에는 숲으로 떠나 수행자로서의 삶을 살아야 합니다. 주인된
자는 만생명에게 이로운 일을 하고 자신이 행복해지는 일을 해야 합
니다. 그것을 토대로 다르마와 아르타가 제대로 익을 수 있기 때문입

~ 것이니_ 가정생활 하는 사람들에게는 신과 조상과 스승에게 진 빚이 있어 신과
　　스승에게는 스스로 갚아야 하지만 조상은 아들을 낳음으로서 갚아야 한다고 한다.
　　아들을 낳지 못하면 조상들이 지옥에 떨어진다고 믿는다.

니다. 박학하고 위풍당당하며 기력 넘치는 데다 진실하고 꿋꿋한 결단력이 있다면 살아갈 길 없다고 왜 두려워하겠나이까?

인드라와 신들마저 무서워 떠는
빤다와들과의 갈등에서 오는 잘못을 보소서.
자식과의 적대는 늘 불안정한 삶을 살게 하고
명예를 앗아가며 적들의 기쁨을 키워주는 것입니다.

인드라 같은 왕이시여, 비슈마와 드로나,
그리고 유디슈티라 왕의 분노를 키우면
혜성이 하늘을 가로질러 나타날 때처럼
온 세상을 다 태워버리고 말 것입니다.

당신의 백 명의 아들들과 까르나와 다섯 빤다와들은 바다를 띠로 두른 세상을 다 다스릴만한 이들입니다. 왕이시여, 다르따라슈트라들이 숲이라면 빤다와들은 호랑이라고 여겨집니다. 숲과 호랑이를 모두 쳐내지 마십시오. 숲에서 호랑이를 몰아내지 마십시오. 호랑이 없는 숲은 있을 수 없고, 숲 없는 호랑이 또한 있을 수 없습니다. 숲은 호랑이가 지키고, 호랑이는 숲이 지킵니다.

선하지 않은 이는 타인의 덕을 알려고 하지 않습니다. 이는 악한 이가 타인의 부덕을 찾아내려고 하는 것과 같습니다. 아르타가 온전히 성사되기를 바라는 사람은 반드시 다르마를 따라야 합니다. 아므르따가 하늘 세계를 떠날 수 없듯이 아르타는 다르마에 기대고 있기 때문입니다. 악한 것으로부터 자신을 거두어들이고 선한 것에 마음을 쏟으면 본성과 본성을 거스르는 것에 관한 모든 것을 알게 됩니다. 다르마, 아르타, 까마에 제때 마음을 쏟는 사람은 이승과 저승 모두에 모여 있는 다르마와 아르타와 까마를 누릴 수 있습니다. 왕이시여, 분노와 환희에서 일어나는 기세를 조절하는 사람이야말로 영광을 차지할 만한 그릇입니다. 그들은 재난이 닥쳐도 흔들림이 없습니다. 소인의 말씀을 들어보십시오. 사람에게는 다섯 가지 힘이 있습니다. 그중 팔심은 가장 낮은 종류의 힘이라고 할 수 있습니다. 축복 있으시길! 훌륭한 조언자를 얻는 것이 두 번째요, 승리를 구하는 자에게 힘이 되는 재물을 취하는 것은 세 번째입니다. 왕이시여, 아버지와 할아버지에게서 태생적으로 물려받은 힘, 말하자면 좋은 태생의 힘은 네 번째 힘이라고 알려져 있습니다. 바라따의 후예시여, 그러나 이 네 가지 것을 모두 뛰어 넘는 최상의 힘, 힘 중의 힘은 지혜의 힘이라고 말들 하지요. 타인의 마음을 상하게 하고 짓누르려 하는 사람은 상대에게 적개심을 일으켜 상대가 먼 곳에 있을지라도 결코 안전하다고 할 수 없습니다. 어떤 지혜로운 사람이 여인에게, 왕에게, 뱀에게, 자신의 배움에, 적이 잘되기를 바라는 사람에게, 안락함에 그리고 수명에 믿음을 줄 수 있으리까?

지혜의 화살에 꿰인 이에게는
의원도 약초도 필요치 않습니다.
제물도, 진언도 그리고 축원도
마법 부리는 자도, 약도 필요치 않습니다.

바라따의 후손이시여, 뱀과 불과 사자와 태생 좋은 사람들은 모두 기가 충만하기에 무시해서는 안 된답니다. 불은 세상에 있는 것들 중 가장 기가 충천합니다. 그러나 그것은 나무 안에 감추어져 있어 누가 지피지 않는 한 타오르지 않습니다. 나무를 비벼 지폈을 때 불을 뿜고, 그 기세로 나무와 숲과 여타의 것들을 삽시간에 태워버립니다. 이와 마찬가지로 좋은 가문에서 태어난 사람은 불의 위력을 가졌답니다. 그들은 마치 나무 안의 불처럼 참을성 있고 무해하게 누워있지요.

당신과 당신의 아들들은 덩굴과 같고, 빤두의 아들들은 샬라 나무와 같습니다. 덩굴은 샬라처럼 큰 나무에 달라붙지 않고는 크지 못한답니다.

암비까의 아들이시여, 당신과 아들들은 숲이요,
빤두의 아들들은 숲에 사는 사자들임을 아소서.
왕이시여, 사자 없는 숲은 이내 파괴됨을 아소서.
친애하는 이여, 사자는 숲 없이 살 수 없음을 아소서.'

38

위두라가 말했다.

'나이 든 사람이 오면 젊은이의 마음은 솟아올랐다가 일어서 절을 올린 뒤 다시 잠잠해집니다.

가까이 다가온 선자에게 자리를 내주고
물을 길어다 발을 씻겨줍니다.
안부를 여쭙고 자신이 평안함을 알립니다.
그 뒤 정성을 다해 음식을 바칩니다.

진언을 아는 자가 자기 집에 왔는데도
탐욕과 두려움 그리고 수전노 기질로 인해
물도, 마두빠르까도, 소도 바치지 못했다면
고결한 사람은 그의 삶이 헛된 것이라 이릅니다.

의원, 활 만드는 자, 부도덕한 자, 도둑,
잔인한 자, 술주정꾼, 태아를 죽인 자, 병사,
베다를 팔아 생계를 유지하는 자에게는
당신과 아무리 가까워도 물을 바치지 말아야 합니다.

소금, 익힌 음식, 다디, 우유,
꿀, 기름, 기이, 참깨, 고기,
뿌리와 열매, 채소, 물감 든 옷,
향료, 당밀은 팔아서는 안 되는 것들입니다.

분노를 버린 이, 흙덩이와 황금을 같이 대하는 이,
슬픔을 버린 이, 맺음도 분란도 넘어선 이,
비난과 칭송에도, 좋고 싫음에도 흔들리지 않는 이,
그처럼 무심히 방랑하는 이가 진정한 수행자입니다.

들에 나는 쌀과 뿌리와 잉구디†와 풀로 연명하는 이,
자신을 온전히 다스리며, 불에 관해 재촉할 일 없는 이†,
숲에서 지내며, 찾아온 이를 소홀히 대하지 않는 이가
맡은 일 다 하는 공덕 많은 수행자입니다.

명민한 이를 거스른 뒤 "나는 멀리 있으니 괜찮으리라"는 생각은
버리십시오. 명민한 이들은 팔이 길어 상처 입으면 상처 입히기 때
문입니다. 믿지 못할 사람을 믿지 말고, 믿을 만한 사람도 너무 믿지
마십시오. 믿음에서 위험이 오면 뿌리가 뽑혀버리고 말기 때문입니
다. 질시에서 자유롭고, 아내를 잘 살피며, 재물을 나누고, 다정하게
말하며, 여인에게 상냥하고 달콤하게 말하는 사람은 여인들의 진언
에 걸려들지 않습니다. 공경할 만하고 다복하며 성스런 여인들은 가
정의 빛이며 명예이니 집안을 꾸려가는 이는 그들을 특별히 잘 보살
펴야 합니다. 내실은 아버지에게 맡기고 찬간은 어머니에게 맡기며
소는 자신과 동등한 사람에게 일임하고 농사는 자기가 직접 지어야

잉구디_ 기름기 많은 일종의 견과.
~없는 이_ 일반적인 수행자와 브라만이 행하는 아그니호뜨라에 매이지 않는 수행자.
　　어떤 것에도 얽매이지 않는 수행자를 뜻한다.

합니다. 거래는 시종들을 통해 살펴야 하고 브라만은 아들들이 섬기게 해야 합니다.

아그니는 물에서, 크샤뜨리야는 브라만에서, 쇠는 돌에서 나왔습니다. 그들의 빛은 사방에 퍼져 있으나 자신들의 근원에 이르면 수그러듭니다. 좋은 가문에서 태어나 늘 덕을 쌓는 사람은 아그니와 같은 빛을 지니지만 마치 나무 안에 든 불처럼 참을성 있고 무해하게 살아갑니다. 밖으로도 안으로도 비밀이 새어 나가지 않고 오로지 자기 자신만 알며, 사방에 눈을 두고 있다면 그러한 왕은 오래도록 왕국을 누릴 것입니다.

어리석음 때문에 비난받을 거동을 한 사람은 그러한 거동이 사라지지 않는다면 목숨을 잃을 수도 있습니다. 칭송받을 거동을 하면 편안함이 따라옵니다. 그러나 칭송받을 일을 하지 않으면 후에 크게 후회하지요. 왕이시여, 흥망성쇠를 알고 여섯 가지 덕을 알며, 멸시당할 짓을 하지 않는다면 세상은 그의 것입니다. 분노와 기쁨의 표현이 헛되지 않고, 자신의 일은 스스로 살피며, 자신의 재물이 어느 정도인지 명확히 아는 왕에게 재물을 담고 있는 이 땅은 재물의 주인이 되게 합니다. 땅의 주인인 왕은 그저 이름과 자신이 드리우는 그늘만으로 만족해야 하며, 재물은 시종들에게 나누고 모든 것을 혼자 차지하는 일은 없어야 합니다.

브라만은 브라만을 알고, 지아비는 아내를 알며, 왕은 재상을 알고, 왕은 또한 왕을 알아봅니다. 죽어 마땅한 적이 품안에 들었으면 풀어줘서는 안 됩니다. 그를 처단하지 않은 왕에게는 머지않아 두려움이 찾아올 것이기 때문입니다. 신들에게, 왕들에게, 브라만들에게,

나이 든 이들에게, 나이 어린 이들에게 그리고 병든 이들에게는 항상 분노를 삭여야 합니다. 사려 깊은 사람은 어리석은 자들이 따르는 무의미한 논쟁을 피합니다. 그리하여 이 세상에서 명예를 얻고 자신에게 덮칠 장애를 면합니다. 베푼 호의는 결실이 없고, 성을 내어도 의미 없는 자를 주인으로 섬기는 것은 마치 여인이 내시를 지아비로 삼고자 하는 것과 다름없습니다.

영리함이 항상 재물을 얻게 한다거나 무지함이 항상 가난으로 이어지지는 않습니다. 지혜롭다는 것은 세상을 안다는 것이지 다른 것이 아닙니다. 바라따의 후예시여, 어리석은 자는 박학하고 덕 높으며 나이 든 어른, 지혜가 익은 사람, 풍족하고 가문 좋은 사람을 늘 경시합니다. 하는 짓이 천박하고 지혜가 없으며 시기심 많은데다 바른 법이 무엇인지 모르는 사람, 거친 말 하고 화 잘 내는 사람에게는 이내 재앙이 닥치게 됩니다. 조화로운 거동, 보시, 약속 지킴, 그리고 바른 말은 만물을 자기편으로 끌어당깁니다. 조화롭게 사는 사람, 명민한 사람, 고마움을 아는 사람, 생각 깊은 사람, 올곧은 사람은 재물이 줄어도 곁에 사람이 찾아듭니다. 당당하고 차분하며 절제할 줄 알고, 순수하며 자애롭고 다정하게 말하며 동지를 배반하지 않는 것이 명예의 불꽃을 일게 하는 일곱입니다.

인간들의 군주시여, 나눌 줄 모르는 사람, 마음을 바르게 쓰지 않는 사람, 고마움을 모르는 사람, 부끄러움을 모르는 천박하디 천박한 사람은 세상에서 추방당해 마땅한 사람들입니다. 자기가 잘못했으면서도 집안의 죄 없는 다른 사람에게 화를 내면 마치 집에 뱀이 있는 것처럼 잠을 편안히 잘 수가 없습니다. 바라따의 후손이시여,

상처 입었을 때 당신의 번성과 평안을 해할 수 있는 사람은 마치 신을 달래듯 달래야 합니다. 여인에게, 조바심치는 사람에게, 혹은 천박한 사람에게 붙어 있는 재물은 모두 의심해봐야 합니다. 돌로 만든 뗏목이 강에 가라앉듯 여인과 노름꾼과 아이가 지배하는 왕국은 어쩔 수 없이 가라앉고 맙니다. 바라따의 후손이시여, 특별한 목적에 매이지 않고 일 하는 사람을 소인은 현자라고 부를 것입니다. 특별함에 매이다 보면 갈등이 일어나기 때문입니다. 노름꾼들이 좋아하고 노랫꾼이 칭송하며 기녀들이 찬미하는 사람은 더 이상 살아있다고 보기 어렵습니다.

저토록 빼어난 궁수들, 빛이 넘치는 빤다와들을 버리고 당신은 저 거대한 바라따의 땅을 두료다나에게 넘기셨습니다. 권력에 눈먼 발리가 삼계에서 떨어지듯 머지않아 이 땅이 망하는 꼴을 당신도 보게 될 것입니다.'

39

드르따라슈트라가 말했다.

'존재하고 아니 존재함은 인간의 권한이 아니지.
인간은 그저 줄에 꿰어 놀아나는 나무인형일 뿐.
조물주는 그가 운명에 따르도록 만들어 놓았지.

그러니 말하라, 나는 그대 말에 귀 기울일 채비가 되었느니.'

위두라가 말했다.

'바라따의 후예시여, 때 아닌 때 말을 하면 브르하스빠띠라 할지라도 지혜를 의심받을 수 있습니다. 어떤 이는 보시로, 어떤 이는 다정한 말로, 또 어떤 이는 진언과 약초의 힘으로 누군가의 총애를 받습니다. 미움을 가진 사람은 좋은 사람이거나 영리한 사람이거나 혹은 박학한 사람이라고 할 수 없습니다. 바라따의 후예시여, 좋은 사람과는 좋은 일을, 미운 사람과는 나쁜 일을 하기 마련입니다. 대왕이시여, 풍요를 가져오는 손실이라면 손실이 아닙니다. 더 큰 손실을 불러오는 손실이야말로 손실로 생각해야 하는 것이지요. 어떤 사람은 덕이 많아 부유하고 또 어떤 이는 재물이 많아 부유합니다. 그러나 드르따라슈트라시여, 재물은 많으나 덕이 부족한 것만은 피해야 합니다.'

드르따라슈트라가 말했다.

'그대가 말한 모든 것은 앞날을 위해 적절하고 현자들이 우러를 만하다. 그러나 나는 다르마 있는 곳에 승리 있음을 알면서도 아들을 차마 버릴 수가 없구나.'

위두라가 말했다.

'타고난 덕이 있는 사람, 겸양을 갖추고 있는 사람은 생명 있는 것들에게 아주 작은 해도 끼치지 않습니다. 타인을 비난하는 데서 기쁨을 얻는 사람은 타인의 고난을 바탕으로 뛰어오를 기회를 잡거나 혹은 늘 상대방의 갈등을 부추겨 자신의 번성을 꾀합니다. 보는 것만으로도 잘못 가득한 사람, 말을 섞으면 매우 큰 위험이 따르는 사람에게 뭔가를 받는 것은 큰 실책이며 그들에게 뭔가를 주는 것 또한 크나 큰 위험이 따르는 일입니다. 사악하다고 알려져 있고, 말을 섞으면 세인의 비난을 받으며, 다른 큰 잘못과 관계되어 있는 사람은 피해야 합니다. 교우가 끝나면 미천한 사람의 애정도 끝을 맺습니다. 또한 교분에서 왔던 결실과 행복도 끝을 맺습니다. 그는 그저 헐뜯으려 하고 파멸시키려고 애씁니다. 가해진 상처가 비록 적어도 어리석기 때문에 평온을 유지하기 어렵습니다. 잔인한데다 자신마저 다스리지 못하는 그런 사람과의 교분을 멀리 함으로써 현자는 지혜롭게 자신의 일을 살핍니다.

곤궁하고 불쌍하고 병든 친지를 잘 보살피는 사람은 자손과 가축이 늘어나고 오래도록 명예를 누립니다. 자신이 잘 되고 가문이 번성하기를 바라는 사람은 친지들이 잘 살 수 있도록 돕습니다. 대왕이시여, 그러니 바른 처신으로 자신을 살피소서. 왕이시여, 친지가 잘 살 수 있도록 도와서 번성의 끈을 매소서. 황소 같은 바라따시여, 덕 없는 친지라도 보살펴야 하거늘 당신의 후의를 애타게 기다리는 덕을 갖춘 친지라면 더 말해 무엇하리까? 백성들의 주인이시여, 곤궁한 빤다와들에게 후의를 베푸소서. 주인이시여, 지낼 만한 작은 마을 몇 개를 그들에게 하사하소서. 인간들의 수호자시여, 그리하면 당신은 세상에서 명예를 얻을 것입니다. 친애하는 분이이시여, 당신은 어른입니다. 자식들을 보호하소서. 소인은 다만 당신이 잘 되기를 바라는 마음으로 당신께 이로운 말씀을 드리는 것입니다. 친애하는 바라따의 후손이시여, 세상의 번성을 꾀하는 사람이라면 누구라도 친지와 분쟁하지 말고 그들과 행복을 나눠야 합니다. 친척이라면 같이 먹고, 서로 기쁨을 나눠야 하며 어떤 경우에도 싸워서는 안 됩니다. 친지는 이 세상에서 우리를 건네줄 수도, 가라앉게 할 수도 있습니다. 선행을 하는 이는 건너게 할 것이요, 악행을 하는 이는 가라앉게 할 것입니다. 대왕이시여, 자긍심 높여주는 빤다와들을 잘 대해주소서. 그들에게 에워싸여 적이 감히 당신을 넘보지 못하게 하소서. 잘 사는 친척이 있음에도 다른 친지에게 고난이 닥친다면 짐승 앞에서 피 묻은 손을 하고 있는 사냥꾼처럼 피해는 잘 사는 이에게 돌아갈 것입니다.

위없는 분이시여, 그들이 죽거나 당신의 아들들이 죽었다는 말을 들으면 결국 나중에 후회하실 것입니다. 그것을 생각하셔야 합니다. 침상에 누워 괴로워할 일이라면 애초에 하지 말아야 합니다. 삶은 불안정한 것이 아니더이까? 브르구의 아들 슈끄라 말고는 누구도 도덕적으로 온전히 바른 사람은 없습니다. 그러나 생각 있는 사람이라면 누구라도 결과에 대한 인식은 있는 법입니다. 두료다나가 예전에 나쁜 짓을 저질렀다면 당신은 가문의 수장으로서 그를 바로잡아야 합니다. 위 없는 분이시여, 잘못된 것을 이 세상 제 자리에 갖다놓으면 당신은 죄에서 벗어나고, 생각 있는 사람들의 칭송을 받을 것입니다.

결과에 관한 현자들의 말씀을 곰곰 생각하고 그에 따라 해야 할 일을 하는 사람은 오래도록 명성을 누릴 것입니다. 절제는 방만함을 죽이고, 용기는 장애를 없애며, 인내는 분노를 삭게 하고, 선행은 나쁜 징조를 몰아냅니다. 왕이시여, 한 사람의 가문은 주변을 둘러싸고 있는 것들, 아내, 주거지, 시종들, 음식, 그리고 의복으로 살펴볼 수 있습니다. 마음과 마음을 함께하고, 비밀과 비밀을 나누며, 지혜와 지혜가 같으면 우정은 삭지 않습니다. 현자는 풀로 덮인 우물처럼 무용한 지혜를 가진 생각 어두운 사람을 피해야 합니다. 그런 사람과의 우정은 이내 사라져버리기 때문입니다. 생각 있는 사람이라면 거만하고 어리석으며 폭력적이고 생각 없는 사람, 바른 법을 따르지 않는 사람과의 우정을 피해야 합니다. 고마움을 알고 올곧으며 진실하고 천박하지 않은 사람, 당당하고 헌신적이며 감각을 다스리고, 자기가 있을 자리를 아는 사람과의 우정을 바라야 합니다. 감각을 침잠시키는 것은 죽는 것과 다르지 않습니다. 감각의 완전한 침잠은 신들마저 넘어뜨릴 수 있습니다.

만물을 부드럽게 대하고 시기하지 않으며 인내심 많고 당당하며 벗을 존중하면 장수할 수 있다고 현자들은 말합니다. 자신의 단단한 마음에 의지해 빼앗긴 것을 좋은 수단으로 되찾으려 하는 것이 선자들의 서약입니다. 앞날을 어떻게 마주할 것인지 알고, 지금 살아가는 것에 대해 단단한 결심이 서 있으며, 지나간 날에 미처 하지 못했던 일이 무엇인지 아는 사람은 재물에 부족함이 없습니다. 행위와 마음과 말로 뭔가를 추구하면 추구하는 대로 되어갑니다. 그러기에 늘 바른 것을 추구해야 하는 것입니다. 상서로운 것을 접하고, 될 만한 것을 얻으며, 학식과 당당함과 곧은 마음을 지니고, 항상 선자들을 마주하면 풍요를 불러들입니다. 풀죽어 있지 않는 것, 그것이 바로 영예로움의 뿌리가 되며 고통을 몰아내고 행복을 불러오는 것입니다. 풀이 죽지 않는 사람은 위대해지며 한없는 행복을 누립니다.

친애하는 분이여, 힘을 가진 사람이 언제, 어느 때라도 인내하는 것보다 명예롭고 바른 일은 어디에도 없습니다. 힘이 없는 사람은 항상 참을 수밖에 없습니다. 힘이 있는 사람은 다르마가 이유가 될 때 인내합니다. 손익이 같다면 항상 인내하는 것이 이롭습니다. 다르마와 아르타를 멀리하지 않고 안락함을 추구한다면 자신이 하고자 하는 것을 즐겨도 되지만 어리석은 사람이 하는 행동을 취해서는 안 됩니다.

고통에 허덕이는 사람, 안일한 사람, 믿음이 없는 사람, 나태한 사람, 절제할 줄 모르는 사람, 그리고 의욕이 없는 사람에게는 영광이 머물지 않습니다. 생각이 천박한 사람은 올곧음에서 우러나는 올곧은 사람의 겸손을 나약한 것으로 여겨 헐뜯습니다. 지나치게 고절한 사람, 도에 넘치게 보시하는 사람, 지나치게 용감한 사람, 과하게 계율을 지키는 사람, 그리고 자신의 지혜를 자만하는 사람에게 풍요는 감히 가까이 가기를 두려워합니다. 베다는 아그니호뜨라에서 결실을 찾고, 학문은 덕과 바른 거동에서 결실을 맺으며 아내는 즐거움과 아들을 결실로 가져다주고, 부는 보시와 소비에 결실이 있습니다. 바르지 못하게 모은 재물로 장례 의식을 치르면 나쁘게 얻은 재물 때문에 저 세상에서의 결실을 즐기지 못합니다. 허허벌판에서도, 지나기 어려운 숲에서도, 장애와 난관에 부닥쳐서도, 혼란스러울 때도, 그리고 무기 든 사람들 사이에 있을 때도 기력이 남아 있는 사람이라면 두려워할 필요 없습니다.

열의, 자제, 명민함, 나태하지 않음, 당당함, 기억력, 곰곰이 살펴본 뒤 이행하는 것, 이런 것들이 잘 산다는 것의 뿌리가 됨을 아셔야 합니다. 고행자들에게는 고행이 힘이고, 브라흐만을 아는 자들에게는 브라흐만이 힘이며, 악한 자들에게는 폭력이 힘이고, 덕 있는 자들에게는 용서가 힘입니다. 물, 뿌리, 열매, 우유, 제물, 브라만에게 잘 대하는 것, 스승의 말, 약, 이 여덟 가지가 서약을 지키게 하는 것들입니다. 자신이 좋아하지 않는 것을 타인에게 강요해서는 안 됩니다. 짧게 말해 이것이 다르마입니다. 여타의 것은 자신의 뜻에 따라 하면 됩니다.

화는 온화함으로 극복하고, 악은 선으로 제압하며, 인색함은 후함으로 이기고, 거짓은 진실로 다스려야 합니다. 여인, 속임수 쓰는 사람, 나태한 사람, 겁 많은 사람, 잔인한 사람, 자만심 가득한 사람, 도둑, 고마움 모르는 사람, 그리고 신념 없는 사람을 신뢰해서는 안 됩니다. 제대로 예의를 갖추고 어른을 잘 섬기는 사람에게는 명성, 수명, 명예, 힘, 네 가지가 항상 커나갑니다.

극심한 고통으로 얻어지거나 다르마를 거슬러야만 얻어지는 부, 혹은 적을 섬겨서 얻어야 하는 부에는 쓸데없이 마음을 두지 마십시오. 배움 없는 자는 서럽고, 자식 없는 부부는 서글프며, 음식 없는 백성은 탄식하고, 왕 없는 왕국은 통탄합니다. 여행은 몸 가진 자를 쇠잔케 하고, 물은 산을 쇠하게 하며, 관계를 갖지 않는 것은 여인을 늙게 하고, 거친 말은 마음을 삭게 합니다. 베다는 익히지 않으면 먼지가 끼고, 브라만은 지계를 지키지 않으면 혼탁에 빠지며, 정숙한 여인은 호기심으로 망가지고, 집에서 멀어진 여인에겐 더러움이 낍니다. 금에 은을 입히면 순수함을 잃고, 은에 주석을 더하면 더러움이 끼며, 주석은 납이 섞이면 불순해지고, 납에 먼지가 앉으면 더러워집니다. 꿈으로 잠을 이기려 말고, 욕정으로 여인을 정복하려 말며, 불로 불을 잠재우려 말고, 술을 술로 이기려 마십시오. 줌으로써 벗을 사고, 싸워 적을 이기며, 먹을 것과 마실 것으로 아내의 마음을 사는 사람은 인생에 좋은 결실을 맺습니다.

천 번의 삶을 사는 사람이나 백 번의 삶을 사는 사람이나 사는 것은 같습니다. 드르따라슈트라시여, 그러니 욕망을 놓아버리소서. 사람은 어떤 상황에서도 살 수 있답니다. 세상에 있는 쌀과 보리와 금과 가축과 여인을 다해도 한 사람을 채워주지 못합니다. 이것을 잘 살피시어 부디 미혹에 빠지지 마소서. 왕이시여, 다시 한 번 말씀 올리나이다. 아들들을 공평히 대하소서. 당신의 아들들을 대하듯 빤두의 아들들을 대하소서.'

40

위두라가 말했다.

'사욕 없이, 힘을 잃지 않고
선자의 청을 이행하는 선자에겐
이내 명예가 찾아듭니다.
선자가 기뻐하면 행복을 불러오기 때문이지요.

재물이 아무리 커도 아다르마에 물들었다면
기꺼이 버리고 얻으려 하지 않습니다.

그리하면 낡은 허물 벗어버린 뱀처럼
괴로움 버리고 편안히 잠들 수 있습니다.

자신을 추어올리기 위한 거짓말, 왕 앞에서의 중상모략, 스승 앞에서의 근거 없는 비방은 브라만을 살해한 것과 같습니다. 한 마디 질시의 말은 죽음과 다름없고, 도 넘는 논쟁은 영예로움을 죽입니다. 스승을 제대로 섬기지 않는 것, 조급함, 자화자찬은 배움의 세 가지 적입니다. 편안함만 찾는 자에게 배움이 어디 있을 것이며 배움을 찾는 자에게 편안함이 어디 있으리까? 편안함을 찾는 자는 배움을 버릴 것이며 배움을 찾는 자라면 편안함을 버려야 할 것입니다. 불은 땔감에 대한 갈증이 풀리지 않고, 대양은 강물에 만족하지 않습니다. 죽음은 만 가지 생명을 취해도 여전히 허덕이고, 사내는 고운 눈의 여인이 아무리 많아도 물리지 않습니다.

희망은 당당함을 죽이고 죽음은 풍요를 죽입니다.
분노는 영예를 죽이고 인색함은 명예를 죽입니다.
왕이시여, 보살피지 않음은 축생을 죽게 하고
성난 브라만 한 명은 온 나라를 죽입니다.

염소와 청동그릇과 수레,
꿀과 해독제와 새와 베다의 사제,
어른과 친지와 곤경에 빠진 벗,
이 모든 것이 항상 집에 있어야 합니다.

바라따의 후예시여, 마누께서는 신과 브라만과 손님을 섬기기 위해 염소, 소, 전단향, 위나⁺, 거울, 꿀, 기이, 청동그릇, 소라고둥, 금, 사향, 그리고 안료를 집에 두면 유용하다고 말씀하셨습니다.

친애하는 이여, 소인은 이제 공덕의 자리이며
무엇보다 우선하는 최상의 말씀을 드리려 합니다.
욕망 때문에, 두려움 때문에, 탐욕 때문에, 심지어
목숨 때문에라도 다르마를 버려서는 안 됩니다.

다르마는 영구하나 행불행은 무상합니다.
삶은 영구하나 육신은 영구하지 않습니다.
무상한 것을 버리고 항상한 것에 굳건 하소서.
만족은 최상의 얻음이니 만족할 줄 아소서.

강력하고도 위력적이던 왕들을 보소서.
재물과 곡식 가득한 땅을 다스리고도
왕국을 버리고 크나큰 영화를 버린 뒤
그들도 죽음의 사슬에 걸려들었더이다.

왕이시여, 갖은 고생 다해 키운 자식도 죽으면
부모는 그를 들어 올려 집에서 내보냅니다.

위나_ 기타처럼 생긴 악기로 지혜의 여신인 사라스와띠가 들고 다닌다.

머리를 풀어헤치고 애절하게 울부짖지만
화장터 한가운데에다 나무처럼 자식을 던져 넣습니다.

다른 누군가는 저승간 자의 재물을 누리고
새와 불길은 죽은 자의 몸뚱이를 삼킵니다.
그리하여 그는 공덕과 죄악,
둘을 벗 삼아 저승으로 갑니다.

친지들도 벗들도 자식들도 그를 두고 돌아오지만 스스로 지은 업
보만이 불 위에 내던져진 그 사람을 따라옵니다.

이 세상 너머, 그리고 저 세상 이후에는
감각의 대혼돈을 일으키는
눈 먼 어둠이 짙게 깔려있습니다.
왕이시여, 이를 알아 그에 끌려가지 마소서.

지금 했던 이 모든 말씀을
제대로 듣고 그대로 행하신다면
생명 있는 이 세상에서 최고의 명예를 얻고
이승도 저승도 두려워할 필요 없을 것입니다.

바라따의 후예시여, 자아는 강이요 공덕은 성지이며,
진실은 물이요 용기는 강변이며 절제는 물살입니다.

자아는 신성하고, 영원한 물은 물이기에
선업 있는 이가 그곳에서 씻으면 심신을 맑힙니다.

용기라는 배를 지어 욕정과 분노라는 악어, 오감이라는 물을 담
고 있는 강, 태어남의 거센 바다를 건너소서.

하고 하지 말아야 할 일을
지혜 익고 다르마 높은 자신의 친지들께,
배움 깊고 나이 지긋한 어른들께
예를 다해 묻는 이는 혼돈에 휩쓸리지 않습니다.

감각과 배는 결의로 살피고 손과 발은 눈으로 지키며,
눈과 귀는 마음으로 보살피고 말은 행위로 지켜야 합니다.

언제나 성수 지니고 항상 제사의 실[†]을 매며
늘 배우고 스승께 진실을 말하는 사람,
바닥에 떨어진 음식을 먹지 않는 사람은
브라흐마의 세계에서 추락하지 않습니다.

베다에 정진한 뒤 제화 피워 제사 올리며
백성 보살피고 가축과 브라만 위해 무기 드는 이,

제사의 실_ 크샤뜨리야와 와이샤도 성스런 제사의 실을 매지만 일반적으로는
브라만임을 표시하는 것이다.

자신의 내면 맑혀 전장에서 죽는,
그런 크샤뜨리야는 천상에 오릅니다.

배움 있는 와이샤가 브라만과 크샤뜨리야와
자신을 의지한 사람들에게 제때 재물을 나누고
세 제화祭火†로 맑힌 신성한 연기를 쐬면
사후에 천상에서 신들의 행복을 누립니다.

의례에 따라 브라만과 크샤뜨리야와
와이샤를 제대로 섬겨 그들을 흡족게 하는 슈드라는
이승의 몸을 버린 뒤에는 죄를 태워 없애고
천상의 행복을 누릴 수 있습니다.

소인은 네 계급의 다르마를 말했습니다.
이제 그 연유를 말씀드리오니 들어보소서.
빤두의 아들은 크샤뜨리야의 다르마와 떨어져 있나이다.
왕이시여, 그에게 왕의 다르마를 내려주소서.'

드르따라슈트라가 말했다.
'그대는 늘 내게 이런 말들을 하지. 여린 이여, 나도 그대가 말한
그런 생각을 갖고 있구나. 내 마음은 항상 빤다와들을 향해 있으나

세 제화_ 가정생활을 하는 사람의 가정에서 대대로 모시는 성스런 불로 희생제를 지낼
때 여기에서 채화한다. 세 제화는 아하와니야, 가르하빠띠야, 닥쉬네야이다.

두료다나를 만나면 그 마음이 다시 사라져 버리는구나. 운명의 힘을 거스를 인간은 누구도 없지. 모든 것은 운명일 뿐 인간의 노력이란 게 아무짝에도 쓸모없구나.'

41

드르따라슈트라가 말했다.

'위두라여, 아직 말하지 않은 것이 있더냐? 말하라. 듣고 싶구나. 그대는 참으로 능변이로다.'

위두라가 말했다.

'바라따의 후손 드르따라슈트라시여, 오래되고 영원한 젊은이 사나뜨수자따께서는 '죽음은 없다'라고 말씀하셨습니다. 대왕이시여, 숨겨진 것이건 드러난 것이건 당신의 맘속에 있는 모든 것은 지혜 가진 모든 이들 중에서도 가장 빼어난 그분께서 말씀해주실 것입니다.'

드르따라슈트라가 말했다.

'저 영원한 젊은이가 내게 무엇을 말할지 그대는 모르던가? 위두라여, 그대에게 남은 지혜가 있거든 내게 말하라.'

위두라가 말했다.

'소인 또한 저 젊은이의 영구한 지혜는 알고 있으나 슈드라의 뱃속에서 태어났기에 이 이상을 말할 수는 없나이다. 허나 브라만의 뱃속에서 태어난 이라면 오묘한 것을 말한다 해도 신들의 비난을 듣지

않을 것입니다. 그러기에 이렇게 말씀드리는 것입니다.'

　와이샴빠야나가 말했다.
　"바라따의 후손 자나메자야 왕이시여, 위두라는 서약에 철저한
저 선인을 염하기 시작했습니다. 그러자 그의 의중을 알아차린 선인
이 모습을 드러냈지요. 위두라는 예를 갖춰 그를 맞았고 선인이 휴식
을 취한 뒤 편안히 자리에 앉자 말했답니다. '성스런 분이시여, 소인
이 말씀드릴 수 없는 의혹이 드르따라슈트라 왕의 마음에 자리하고
있나이다. 그러니 성자님께서 말씀해주소서. 당신의 말씀을 들은 인
간들의 왕이 행과 불행을 넘고 얻음과 잃음을 건너며 애와 증을 넘어
늙음과 죽음이 그를 덮치지 않게 하소서. 두려움과 미움이 그를 찾지
않게 하시고 배고픔과 목마름이, 중독과 권력이, 미움과 나태가, 욕
망과 분노가, 흥함과 쇠함이 그를 덮치지 않게 하소서.'"

사나뜨수자따의 가르침

42

와이샴빠야나가 말했다.
"그리하여 사려 깊은 드르따라슈트라 왕은
위두라가 한 말을 예로써 받아들였습니다.
고결한 왕은 더없는 일깨움을 얻으려는 생각으로
사나뜨수자따께 은밀히 여쭈었답니다."

이어지는 와이샴빠야나의 이야기는 이러하다.

드르따라슈트라가 말했다.

'사나뜨수자따시여, 죽음은 없노라고
당신이 말씀하셨음을 저는 들었습니다.
그러나 신도 아수라도 여전히 죽음 없음을 염원하며

브라흐만을 공부합니다. 무엇이 진실입니까?'

사나뜨수자따가 말했다.
'어떤 이는 죽음 없음이 행위로 얻어지는 것이라고 말하고, 어떤
이는 죽음이란 본디 없는 것이라고 말합니다. 왕이시여, 이제 당신이
품은 의혹을 설명해드릴 테니 내 말을 들어보십시오.

크샤뜨리야여, 태초부터 이 두 가지 진실이 있었답니다.
현인들은 죽음이 혼돈에서 오는 것이라고 했습니다.
나는 나태함이 곧 죽음이라고 말하려 합니다.
나태하지 않음이 곧 죽음 없음이라고 말하려 합니다.

아수라들은 나태했기에 길을 잃었고, 또한
나태하지 않기에 스스로 브라흐만이 되었습니다.
죽음은 생명을 삼키는 범 같은 것이 아닙니다.
죽음의 형상은 잡히지 않는 것이랍니다.

누구는 야마가 죽음이라 하고 또 누구는 다르게 말합니다.
영혼 깊숙이 자리 잡은 금욕수행은 죽음 없음과 같습니다.
조상들의 땅에서는 신이 왕국을 다스립니다.
선한 자는 선하게 악한 자는 악하게 다스리지요.

죽음은 인간들의 입을 통해

분노, 나태, 혼돈의 형상으로 나온 것입니다.
그에 혼동되어 휘둘리다
이승을 떠나 다시 저승에 떨어지는 것이지요.

신들도 죽은 자를 따라 흘러갑니다.
그러기에 죽음이 죽음이라 불리는 것입니다.
업이 일어날 때 그 결실에 탐착한다면 업은
저승까지 따라오고 결국 죽음은 건널 수 없는 것이 되고 맙니다.

그것의 일어남을 누르고 꿰뚫어 살피는 이,
그 일어남을 개의치 않으며 반응하지 않는 이,
그는 스스로 죽음이 되어 죽음을 삼켜버립니다.
그러기에 현자들은 욕망을 떨쳐냅니다.

욕망을 따르는 사람은 욕망과 함께 파멸합니다. 욕망을 한편에
치워둘 수 있다면 어떤 번뇌도 떨쳐버릴 수 있습니다. 생명 가진 이
들에게 욕망이라는 빛 없는 어둠은 지옥이지만 모두들 마치 홀린 듯
그 구덩이를 향해 짓쳐 달려갑니다.

탐착이 맨 처음 그를 죽이고
그 위로 욕망과 분노가 또 그를 사로잡습니다.
이것들은 어리석은 이를 죽음으로 몰아가지만
당당한 이는 그 당당함으로 죽음을 건너갑니다.

크샤뜨리야여, 죽음은 마치 지푸라기 호랑이인 듯
어떤 욕망도 마음에 담아두지 않는 이는 덮치지 못합니다.
분노와 탐욕과 무지로 내면이 가득하다면
그것이 바로 몸속에 깃든 죽음입니다.

죽음이 이렇게 생겨남을 알고
지혜로 우뚝 선다면 죽음은 두려운 것이 아닙니다.
죽음이 대상을 얻으면 죽음이 있지만
대상이 사라지면 죽음도 사라집니다.'

드르따라슈트라가 말했다.

'이 세상 어떤 이는 다르마를 따르지 않는 반면
또 어떤 이는 다르마를 잘 따릅니다.
다르마가 악으로 인해 파괴되는 것입니까,
아니면 다르마가 악을 물리치는 것입니까?'

사나뜨수자따가 말했다.

'여기서는 두 가지 결실을 맛볼 수 있습니다.
다르마와 그에 반하는 것의 결실이지요.
현자는 다르마로 아다르마를 물리칩니다.

그의 다르마가 강성하기 때문임을 아십시오.'

드르따라슈트라가 말했다.

'선업을 지은 브라만들의 다르마를 통해
영원한 세상을 얻는다고 사람들은 말합니다.
현자시여, 그들은 또한 자기가 지은 업에서 오는
또 다른 경계가 있다고도 말하더이다.'

사나뜨수자따가 말했다.
'브라만은 힘센 자들이 싸우는 것처럼 힘으로 싸우지 않습니다.
그들은 저 세상에서 하늘을 밝히지요. 풀과 곡식이 비 오는 철에 풍
성하듯 브라만은 먹을 것과 마실 것이 풍성하다고 생각되는 곳에서
살아야 후회하지 않습니다. 상서롭지 못한 일이 생길지도 모르는 위
험 앞에서 입을 다물고 있거나 자기는 개의치 않는다는 듯 아무것도
하지 않고 가만히 있다면 그 사람도, 그 외의 다른 어떤 누구도 훌륭
하다고 할 수 없습니다. 아무 말도 하지 않는 사람을 쓸데없이 도발
하지 않고 브라만에게 속한 것을 취하려고 하지 않는 사람, 그런 사
람의 음식을 선자의 음식으로 간주합니다. 항상 탈이 나면서도 자기
가 토한 음식을 먹는 개처럼 자신의 권력만 믿고 살아가는 사람은 자
기가 토한 음식을 먹는 것과 같습니다. 브라만이 '항상 내 거동이 알
려지지 않게 하리라'라고 생각하면, 비록 친지들 가운데 살더라도 그
가 한 거동은 아무것도 드러나지 않을 것입니다. 어떤 브라만이 자

신의 내면은 파괴됨이 마땅하다고 하리까? 크샤뜨리야여, 그러기에 브라만 안에는 무언가 신성한 것이 머물고 있노라고 보는 것입니다.

브라만은 지치지 않아야 하고, 취하지 않아야 할 것을 취하지 않아야 하며, 존경받아야 하고, 방해받지 않아야 하며, 브라흐만을 아는 것 같은 현자로 보이기보다는 정말로 학식을 갖춘 배운 사람이어야 합니다. 두 번 태어난 이[*]는 세상에서 말하는 부자가 아닌 베다에 있어서의 부자를 뜻합니다. 범접키 어렵고 뒤흔들기 어려운 그들이 바로 브라흐만의 화신임을 알아야 합니다. 아무리 모든 신을 알고 그에 맞는 제사를 지낸 사람이라 할지라도 스스로 브라흐만을 알려고 애쓴 브라만과 견줄 수는 없습니다. 스스로 애쓰지 않아도 사람들이 우러르는 이, 우러름을 받아도 개의치 않고, 우러름을 받지 않아도 마음 상하지 않는 그런 이가 진정 우러를만한 이입니다. 우러름 받는 이는 '현자들만이 이 세상에서 우러름을 바친다'고 생각해야 하며, 우러름을 받지 못할 때는 '다르마를 모르고 세상사에만 밝은 어리석은 자는 우러를 만한 사람을 우러르지 않는다'고 생각해야 합니다. 우러름과 침잠은 늘 함께 가지 않습니다. 이 세상은 우러름을 위한 것이요, 저 세상은 침잠을 위한 것이기 때문입니다. 이 세상에서는 행운이 있는 곳이 곧 행복한 곳이기는 하지만 행복은 길을 가는데 오히려 걸림돌이 되기도 합니다. 크샤뜨리야여, 브라흐만의 길을 가는 자에게 행운은 부족한 지혜로는 얻기 어려운 것이기 때문입니다.

두 번 태어난 이_ 드위자(dvija)는 두 번 태어난 이라는 뜻이며 브라만을 뜻한다. 브라만은 어머니를 통해 한 번, 그리고 성스런 실을 매는 의식을 통해 또 한 번 태어나기 때문이다. 조류도 드위자라고 불리는데, 이는 알로 태어난 조류가 다시 알을 까고 태어난다고 하여 붙여진 이름이다.

행운에는 다루기 어려운

수많은 문이 있다고들 말합니다.

진실, 올곧음, 염치, 자제, 순수함, 배움,

이 여섯이 교만과 미혹을 없애줍니다.'

43

드르따라슈트라가 말했다.

'르그베다, 야주르베다, 사마베다를 익힌 브라만이 죄를 범한다

면 그는 죄에 물이 듭니까? 아니면 들지 않습니까?'

사나뜨수자따가 말했다.

'꿰뚫어 보는 이여, 사마의 운율도 야주르의 제사도 르그의 찬가

도 그를 악업에서 구해주지 않습니다. 나는 당신께 거짓된 말을 하

지 않습니다.

속임수를 꾀하는 미혹에 물든 자를

베다는 죄로부터 구해주지 않습니다.

날개가 자라 둥지를 떠나는 새처럼

결국은 베다도 그를 떠납니다.'

드르따라슈트라가 말했다.

'꿰뚫어 아는 분이시여, 베다를 아는 자들을 베다가 구해주지 못한다면 어찌하여 브라만들이 항상 베다를 추어올리는 것입니까?'

사나뜨수자따가 말했다.

'이 세상에서 한 고행은 저 세상에서 결실을 맺어 보입니다. 브라만들은 수행을 잘 해야만 이 세상을 얻습니다.'

드르따라슈트라가 말했다.

'어찌하면 수행이 풍성한 결실을 맺고 어찌하면 그렇지 못합니까? 사나뜨수자따시여, 우리가 알 수 있도록 잘 말씀해주십시오.'

사나뜨수자따가 말했다.

'왕이시여, 브라만들에게 전해진 가르침에 따르면
잘못에는 성냄 등속에서 오는 열두 가지와
잔인함 등속에서 오는 여섯 가지가 있고,
덕에는 다르마 등속에서 오는 열두 가지가 있습니다.

성냄, 욕망, 탐욕, 미혹, 무용한 호기심,
과한 관용, 시기, 오만, 서러움, 욕정,
시기, 그리고 혐오는 인간이 피해야 할
열두 가지 감정입니다.

인드라 같은 왕이시여, 인간을 에워싸고 있는 이들 각각은 마치

사냥꾼이 짐승을 노리듯 인간에게 스며들어갈 만한 틈을 노리고 있
답니다.

허풍, 욕정, 간교한 마음,
앙심, 불안정, 부주의,
이 여섯은 사람이 나쁜 다르마에 빠지게 하여
험한 일 닥칠 때 그를 도와주지 못합니다.

방탕함, 모사를 꾸며 적을 늘림,
주고 나서 후회함, 인색함, 나약함,
자화자찬, 여인을 미워함,
이 일곱이 잔인한 다르마라고 할 수 있습니다.

바른 법, 진실, 자제, 고행,
질시 않음, 염치, 인내, 시기 않음,
희생제, 보시, 당당함, 학문,
이 열둘이 브라만의 큰 서원입니다.

이 열둘과 항상 같이하는 사람,
그 사람이 온 땅을 호령합니다.
이들 중 셋이나 둘 혹은 하나에 특별하다면
그는 자기 안에 갇히지 않는 사람이라고 알아야 합니다.

절제, 버림, 정진, 이런 것들에 아므르따가 머뭅니다. 마음 성성한 브라만들은 이들을 진실의 얼굴이라 이르지요. 절제를 위태롭게 하는 장애에는 열여덟 가지가 있습니다. 해야 할 것과 하지 말아야 할 것을 거꾸로 행하는 것, 거짓, 불만족, 욕망, 물욕, 욕정, 분노, 근심, 갈망, 탐욕, 배반, 질시, 알려는 욕구, 회한, 들뜸, 기억하지 못하는 것, 과한 언쟁, 허영심이 그들이며 선자들은 이런 홈에서 벗어나는 것이 절제라고 했습니다. 버림은 여섯 가지 형태가 가장 바람직하다고 할 수 있습니다. 첫째는 즐거운 일 있어도 들뜨지 않으며, 둘째는 즐겁지 않은 일 닥쳐도 마음 가라앉지 않고, 세 번째 덕목은 제 지내는 사람과 아내와 자식들에게는 별다른 말을 하지 않으나 청하는 사람에게는 비록 하기 어려운 말이라도 가치 있는 말을 하는 것입니다. 네 번째 덕목은 다른 사람이 쓰지 않는 물건을 쓰는 것이고, 다섯 째는 자기가 원한다고 하여 욕심으로 물건을 쓰지 않는 것, 그리고 여섯 째는 일을 할 때 부족하지 않을 만큼만 갖는 것입니다. 비록 풍족하더라도 마치 배우는 사람처럼 이 모든 덕을 갖추는 것이 버리는 사람의 마음가짐입니다. 바라따의 후예시여, 정진하는 데는 여덟 가지 장애가 있으니 반드시 그 장애를 피해야 합니다. 다섯 감각에서 오는 것들, 마음에서 오는 것, 과거에서 오는 것, 미래에서 오는 것이 그들입니다. 여기에서 자유로운 이는 행복을 얻습니다. 이런 장애에서 자유롭고, 갖추어야 할 덕목을 갖추어야만 수행이라고 할 수 있습니다. 인드라 같은 왕이시여, 이런 것들을 물으셨는데 달리 또 듣고 싶은 것이 있으신가요?'

드르따라슈트라가 말했다.

'사람들은 다섯 번째 베다에 대해서 거듭 말합니다. 그러면서도 어떤 이는 베다가 넷이라 하고, 또 어떤 이는 베다는 세 개만 존재할 뿐이라고도 합니다. 두 개의 베다가 있다고 하는 사람이 있는가 하면 베다는 오직 하나 뿐이라고 말하기도 하고, 어떤 이는 아예 찬가라는 것이 없다고도 합니다. 이렇게 말하는 이들 중 누가 진정으로 브라만이라고 알아야 합니까?'

사나뜨수자따가 말했다.

'브라만들은 보통 사람들이 하나의 베다도 제대로 이해하지 못하기에 하나의 진리를 말하면서도 여러 베다가 있다고 하는 것입니다. 인드라 같은 왕이시여, 허나 이것들은 하나같이 진리를 바탕으로 하고 있지요. 그리하여 브라만들은 베다를 망가뜨리지 않고 큰 지혜를 펼치는 것입니다. 만약 보시와 배움과 희생제가 탐욕 때문에 행해진다면 진리에서 이미 멀어져버린 행위자의 소망은 결실을 맺을 수 없습니다. 그러기에 희생제는 진리를 제대로 이해한 연후에 지내야 합니다. 그렇지 않으면 마음 다르고 말과 행동이 달리 나오게 됩니다. 마음에 품은 열망을 제대로 다져 세우는 사람만이 열망을 이룰 수 있습니다. 청정함의 서약은 침묵으로 수행해야 합니다. 사실 '사띠얌' 혹은 '진리'라는 어원은 선한 사람들, 즉 '사뜨'들의 최고의 이상이라는 말에서 출발했지요. 지식은 눈에 보이지만 고행은 멉니다. 베다를 자주 암송하는 브라만이 있으면 그저 '암송을 많이 하는구나'라고 알면 됩니다. 그러니 크샤뜨리야여, 그저 많이 중얼거린다고 하여 그가 브라만이라고 여기지는 마십시오. 진리에서 멀어지지 않는 브라만만이 참된 브라만이라고 알아야 합니다.

크샤뜨리야여, 오래전 선인들의 회합에서

아타르완들은 소위 찬가라는 것을 읊었습니다.

그것을 배운 이들을 우리는 찬가를 아는 이들이라고 불렀지요.

허나 그들은 알아야 할 베다의 진리를 모두 알지는 못했습니다.

누구도 베다를 진실로 아는 이는 없습니다.

베다를 문자 그대로 아는 이들 누구도 그것의 혼을 알지는 못합니다.

왕이시여, 그러나 베다를 안다고 볼 수 있는 이들이 있으니,

진리 위에 우뚝 선 이들이야말로 베다를 안다고 할 수 있답니다.

나는 의심을 끊어내고 타인의 모든 의혹을 몰아내는 말을 하는 이, 베다를 지혜롭게 보고 또 그렇게 말하는 이가 참다운 브라만이라고 봅니다. 그런 이를 찾으러 동쪽이나 남쪽으로 간다거나 서쪽 혹은 기울어진 곳을 간다거나, 그 외의 다른 어떤 곳을 가서도 안 됩니다. 그저 묵언을 하고 앉아 마음이 동요하지 않으면 마음속 깊이 자리한 성스런 브라흐만이 절로 앞에 나타날 것입니다. 숲에서 지내는 것이 아니라 묵언 수행을 해야만 성자 혹은 무니가 될 수 있습니다. 멸함 없는 브라흐만을 아는 이야말로 지고의 무니라고 알아야 합니다. 문법학자는 모든 뜻을 문법적으로 분석하기 때문에 그렇게 불립니다. 세상을 편견 없이 보는 사람은 모든 것을 볼 수 있습니다. 크샤뜨리야여, 진리에 확고한 브라만은 베다를 순서대로 알아감으로

써 성스런 브라흐만을 봅니다. 이런 것들이 내가 당신께 드리는 말
씀입니다.'

44

드르따라슈트라가 말했다.

'사나뜨수자따시여, 당신은 온갖 형상을 지닌
지고한 브라흐만에 관해 말씀하셨습니다.
이런 수승한 말씀은 원한다고 쉬이 들을 수 있는 것이 아닙니다.
그러니 꾸마라†시여, 제게 말씀을 더 들려주소서.'

사나뜨수자따가 말했다.

'당신이 이처럼 환희심으로 묻는 브라흐만은
서두른다고 얻어지는 것이 아닙니다.

꾸마라_ 사나뜨수자따의 또 다른 이름. '사나뜨꾸마라'로 불리는 경우가 더 많다. '
꾸마라'는 젊은이 혹은 도련님이나 왕자님이라는 뜻으로, 일반적으로 귀한 가문의
자제를 지칭한다. 그가 불멸하는 사람이기에 '꾸마라'라는 이름이 더 어울리는
듯하다.

나는 브라흐마짜린†들이 마음으로 이루어냈던,
은재하는 옛 지식에 관해 말씀드리려 합니다.'

드르따라슈트라가 말했다.

'당신께선 브라흐마짜린들이 이루어낸
은재하는 오랜 지식에 관해 말씀하십니다.
지금 이 시간 나는 시작도 못한 채 머물러 있습니다.
어찌하면 성스런 불멸을 얻을 수 있습니까?'

사나뜨수자따가 말했다.

'이 세상에서 자신의 욕망을 이겨낸 사람,
지속적 인내로 브라흐만을 추구하는 사람,
문자 풀†에서 긴 풀줄기를 빼내듯 몸에서 혼을 분리시켜
진리에 확고한 사람이 성스런 불멸을 얻습니다.

바라따의 후손이여, 아버지와 어머니가 사람의 몸을 만들었지요.
그러나 스승의 가르침이 늙음과 죽음 없는 진정한 몸으로 태어나게
한다는 것을 알아야 합니다.

브라흐마짜린_ 스승과 함께 지내며 성스런 브라흐만을 공부하는 학생으로 인생의 첫
    번째 단계에 속하는 이들의 명칭이며, 또한 종교적 생활을 하는 사람들, 베다를
    공부하고 지속적으로 금욕 수행하는 사람들을 일컫는다.
문자 풀_ 브라만들이 성스런 띠로 두르는 거친 풀.

스승의 몸으로 들어간 자는
태아가 되어 브라흐마짜린의 수행을 하고
학문의 수행자로서 이승을 살아가지요.
그리하여 몸을 버린 뒤에는 궁극의 요가를 얻게 됩니다.

진리의 천으로 귀를 덮어주고,
스스로 진리를 수행하며 불멸을 주는 스승을
어머니와 아버지로 여기고 그의 거동을 가슴에 담아
그에게 해가 되는 일을 해서는 안 됩니다.

배우는 이는 언제나 스승을 우러르고
게으름 없이 순수한 마음으로 배움을 추구하며
오만하지 않고 분노를 품지 않아야 합니다.
이것이 브라흐마짜린의 첫 번째 바탕입니다.

스승이 좋아하는 것이라면 목숨이건 재물이건 가리지 않고 행위
와 마음과 말로 행하는 것을 두 번째 바탕이라고 일컫습니다. 스승의
배우자를 대할 때는 스승과 똑같이 대할 것이며, 그녀가 원하는 것을
기꺼이 행하는 것이 세 번째 바탕으로 알려져 있습니다.

지혜로운 이라면 '이것은 하지 않겠노라'라고
비록 생각은 하더라도 이를 발설하여

스승을 거스르는 언행을 하지 않는 것,
그것이 브라흐마짜린의 네 번째 바탕입니다.

이렇게 지내는 동안 얻은 재산은 무엇이건
배우는 이는 스승께 모두 바쳐야 합니다.
이렇게 거동하는 선자는 더 많은 것을 얻습니다.
이런 거동은 스승의 아들에게도 같이 행해야 합니다.

이렇게 지내다보면 이 세상 사방이 번성하고
많은 자손을 얻고 튼튼한 기반을 다질 수 있습니다.
천지사방이 단비를 뿌려줄 것이며
사람들은 이런 브라흐마짜린의 토대 위에 머물게 됩니다.

신들은 이런 브라흐마짜린의 도움으로 신성을 얻었으며 희생제의 큰 몫을 얻는 선인들과 현인들은 브라흐마의 세계를, 간다르와들과 압싸라스들은 아름다움을 얻었습니다. 이런 브라흐마짜린의 도움으로 태양은 하루를 낳는답니다.

왕이시여, 온몸을 괴롭히는 고행으로
몸을 눕히기도, 키우기도 하는 사람은
그로 인해 무지에서 벗어나 지혜를 얻고
끝내는 죽음도 멈추게 합니다.

크샤뜨리야여, 죽음 있는 자들은
자신의 행위로 유한한 세상을 이겨내지만
현인은 브라흐만을 통째로 이해합니다.
가야 하는 다른 길은 없답니다.'

드르따라슈트라가 말했다.

'희거나 붉거나 검거나 칠흑 같거나 혹은 잿빛이거나
브라흐만은 대체 어떤 빛으로 빛나는 것입니까?
지혜로운 브라만이 보는 것은 어떤 것입니까?
불멸하며 다함 없는 브라흐만의 본질은 어떤 형상입니까?'

사나뜨수자따가 말했다.

'희게도 붉게도 검게도 혹은
쇠와 같게도 태양빛처럼도 보이지 않습니다.
대지에도 허공에도 있지 않으며
대양의 물에 머무르지도 않습니다.

별에도, 번개에 매달려 있지도 않습니다.
구름 속에 형상이 보이지도 않지요.
바람 속에 있거나 신들 안에 있는 것도 아니며,
달이나 태양 속에 보이는 것도 아니랍니다.

르그, 야주르 혹은 아타르와 베다에 있지도 않으며
무결한 사마베다의 운율에 보이는 것도 아닙니다.
왕이시여, 라탄따라나 바르하따 운율에 있거나
분명 마하우라따 운율[*]에 보이는 것도 아니랍니다.

어둠 너머에 있는 그것은 건널 수 없으며
죽음의 시간에 그 안에 있던 죽음도 죽습니다.
그것은 칼의 끝보다 미세하나
산보다도 더 큰 형상을 취하고 있답니다.

모든 것의 바탕인 그것은 멸함이 없으며 아므르따이고, 세상이
며 영예로운 브라흐마랍니다. 모든 사물은 그곳에서 태어나 그곳으
로 돌아갑니다.

그것은 끝이 없으며 명예를 일으켜 세웁니다.
성자들은 그것이 언어의 산물이라고 합니다.
그 위에 온 세상이 서 있으니
이를 아는 이는 죽음 없는 세계를 아는 것입니다.'

마하우라따 운율_ 베다의 운율들의 명칭.

45

사나뜨수자따가 말했다.

'타는 듯 밝고, 대단히 명예로우며 신들이 섬기는 씨앗, 그곳에서 비롯되어 태양도 빛을 내는 씨앗, 그것으로 인해 요기들은 영구하고 성스러운 신을 봅니다. 그 씨앗에서 브라흐만이 나오고, 그 씨앗으로 인해 브라흐만이 커갑니다. 그로 인해 요기들은 영구하고 성스러운 신을 봅니다.

대양 한가운데의 물에서 나온 물,
창공에 누워 있는 두 명의 신,
구심과 원심,
그 둘이 모두 대지와 창공을 지탱합니다.
그로 인해 요기들은 영구하고 성스러운 신을 봅니다.

두 명의 신이 대지와 하늘을 지탱하고
씨앗은 방위와 세상을 지탱합니다.
그것에서 방위와 강들이 흐르고,
대양은 그 안에 근원을 갖고 있습니다.
그로 인해 요기들은 영구하고 성스러운 신을 봅니다.

쇠함 없이 굴러가는 단단한 수레바퀴에 서 있는 저 늙음 없는 성스런 이, 깃발 든 그를 천상에서 말들이 태우고 갑니다. 그로 인해 요기들은 영구하고 성스러운 신을 봅니다.

> 그의 형상은 비견할 데 없고
> 육안으로 그를 본 사람도 없습니다.
> 지혜 가진 이들은 마음과 가슴으로
> 그가 가진 지식을 얻어 불멸이 됩니다.
> 그로 인해 요기들은 영구하고 성스러운 신을 봅니다.

저 위용 넘치는 이들은 신들이 지키는 열두 가닥[†]의 달콤하고 무서운 강을 흘러갑니다. 그로 인해 요기들은 영구하고 성스러운 신을 봅니다.

벌은 반달 동안 모은 꿀을 마십니다.[†] 만물 가운데 주인이신 분이 그것을 제물로 만듭니다. 그로 인해 요기들은 영구하고 성스러운 신을 봅니다.

날개 없는 새들이 황금 잎 아쉬와타 나무에 오릅니다. 그러다 각자의 방향으로 날아갑니다. 그로 인해 요기들은 영구하고 성스러운 신을 봅니다.

가득 찬 것에서 가득 찬 것을 끌어내고, 가득 찬 것에서 가득 찬 것을 만들어냅니다. 가득 찬 것에서 가득 찬 것을 취하나 여전히 가득 찬 것은 남아있습니다. 그로 인해 요기들은 영구하고 성스러운

신들이 지키는 열두 가닥_ 한 해.
~꿀을 마십니다_ 이승에서 모은 까르마(업)를 절반은 저승에서 쓴다는 뜻이다.

신을 봅니다.

거기에서 바람이 나오고 거기에서 바람이 잦아듭니다. 거기에서 불이 나오고 소마가 나오며, 그것을 바탕으로 숨이 이어져갑니다. 그것으로 인해 모든 것을 알지만 그것이 무엇인지 우리는 말할 수 없습니다. 그로 인해 요기들은 영구하고 성스러운 신을 봅니다.

쁘라나*가 아빠나*를 삼키고, 달이 쁘라나를 삼키며 태양은 달을 삼키고, 최상의 것이 태양을 삼킵니다. 그로 인해 요기들은 영구하고 성스러운 신을 봅니다.

백조는 날아오를 때 한쪽 발을 들어 올리지 않습니다. 백조가 발을 모두 들어 올린다면 죽음도 죽음 없음도 없게 됩니다. 그로 인해 요기들은 영구하고 성스러운 신을 봅니다.

이처럼 고결한 신, 저 뿌루샤*는 불을 삼킵니다. 뿌루샤를 아는 사람의 영혼은 멸하지 않습니다. 그로 인해 요기들은 영구하고 성스러운 신을 봅니다.

그가 만약 수천수만 개의 날개를 펴고 날아오르면 마음과 같은 속도로 창공 한가운데에 이릅니다. 그로 인해 요기들은 영구하고 성스러운 신을 봅니다.

쁘라나_ 생명의 숨에는 다섯 가지가 있다고 한다. 폐에 자리하고 있는 쁘라나는 다섯 가지 생명의 숨 중 첫 번째로 언급되며 몸 전체에 기운을 돌게하는 생명력 혹은 생명의 에너지를 뜻한다.

아빠나_ 일반적으로 날숨을 뜻하며, 생명의 다섯 숨 중에서 두 번째로 언급되는 것으로 아래로 흐르다 항문으로 빠져나가는 호흡을 일컫는다.

뿌루샤_ 태초 혹은 최초의 인간. 베다에서 그는 양성동체로 자기 몸을 희생하여 세상을 낳은 이로 묘사되어 있다. 후대 싼스끄리뜨에서는 일반적인 사람을 지칭한다.

그의 모습은 눈으로 볼 수 있는 곳에 있지 않아
온전히 순수한 존재만이 그를 볼 수 있습니다.
복되고 지혜로운 자만이 마음으로 그를 볼 수 있습니다.
그에게 귀의하는 자, 불멸을 얻습니다.
그로 인해 요기들은 영구하고 성스러운 신을 봅니다.

뱀이 짙은 덤불 속에 몸을 숨기듯
죽음 있는 자들은 배움과 선행으로 자신을 숨깁니다.
어리석은 자만이 그들[*]에 속고
길을 잘못 들어 위험 속으로 빠져듭니다.
그로 인해 요기들은 영구하고 성스러운 신을 봅니다.

선한 사람 혹은 선하지 않은 사람에 딱히 매이지 않은
이것은 인간 세상에서는 모두 같은 것으로 보입니다.
이것을 우리는 아므르따와 같다고 알아야 합니다.
이렇게 알아 불멸의 꿀을 찾아 나서야 합니다.
그로 인해 요기들은 영구하고 성스러운 신을 봅니다.

비난도 배우지 못함도, 제물을 올리지 못함도
가슴을 괴롭히지 못합니다.
마음은 브라흐만의 가뿟함을 취해야 합니다.
지혜로운 자가 그의 지혜를 얻습니다.

그들_ 무엇을 지칭하는지 명확치 않다.

그로 인해 요기들은 영구하고 성스러운 신을 봅니다.

여기저기 연결되어 있는 자신을 만물 안에서 볼 수 있다면 무엇을 더 괴로워하리까? 큰물이 사방에서 넘실거리면 작은 우물이 필요치 않듯 이를 아는 브라만에게는 모든 베다 또한 그러합니다.

엄지손가락만한 저 고결한 뿌루샤의 혼은
모두의 가슴속에 있으나 보이지 않습니다.
태어남 없는 그것은 밤낮으로 부지런히 돌아다니니
현자는 이를 알아 기쁨이 가득합니다.

나는 나이고, 나는 어머니요 아버지며 아들입니다. 나는 존재하고 아니 존재하는 모든 것의 혼입니다. 바라따의 후손이여, 나는 옛 할아버지이며 아버지요 아들입니다. 당신은 내 혼 안에 살고 있습니다. 그럼에도 당신은 내 것이 아니며 나는 당신의 것이 아닙니다.

내 혼은 머무는 곳이며 내 혼은 태어나는 곳입니다.
나는 베다가 말한 늙음 없는 토대입니다.

나는 원자보다 작고 너그러우며, 나는 만물 안에 깨어있습니다. 나는 만물의 아버지이며, 현자들은 내가 만물을 잉태한 연꽃 속에 있다고 말합니다.'

화평을 간청함

46

와이샴빠야나가 말했다.

"왕이 이처럼 사나뜨수자따 그리고 사려 깊은 위두라와 이야기하는 사이 밤이 지나갔답니다. 밤이 새벽으로 바뀌자 모든 왕들이 마부를 보기 위해 즐거이 회당에 모여들었습니다. 드르따라슈트라 왕을 필두로 한 그들은 다르마와 아르타를 겸비한 빤다와들의 말을 듣기 위해 아름다운 회당으로 나왔습니다. 새하얗게 색칠된 드넓은 공간, 황금으로 장식되고 달처럼 빛나며 화려하기 그지없는 그곳, 전단향 성수가 뿌려지고 황금과 나무와 보석과 상아로 만든 의자들이 정돈된 덮개들로 잘 덮여 있는 그곳에 모여든 것입니다.

바라따의 황소 같은 자야메자야 왕이시여, 비슈마, 드로나, *끄르빠*, 샬리야, *끄르따와르만*, 자야드라타, 아쉬와타만, 위까르나, 소마닷따, 바흘리까, 사려 깊은 위두라, 그리고 대전사 유유뜨수, 드르따라슈트라를 앞세운 모든 영웅적인 지상의 왕자들이 저 아름다운 회당에 들어섰답니다. 자나메자야 왕이시여, 찌뜨라세나, 수발라의 아들 샤꾸니, 두르무카, 두사하, 까르나, 울루까 그리고 위윙샤띠도 인드라의 회당에 들어서는 신들처럼 분심 많은 꾸루 왕 두료다나를 앞세워 회당에 들었습니다. 왕이시여, 문설주 같은 팔을 지닌 용사들이 들어서자 회당은 마치 사자들이 동굴에 들어선 듯했답니다.

태양빛으로 빛나는 대궁수들은 회당에 들어서 각자 값진 의자에 자리했습니다. 바라따의 후손이시여, 그렇게 모든 왕들이 자리 잡고 앉자 문지기는 '빤다와들에게 갔던 마차, 신두의 다섯 말이 끄는 마차를 타고 우리의 사절이 지체 않고 돌아왔나이다'라며 마부의 아들 산자야가 왔음을 알렸습니다. 그리고 귀걸이를 늘어뜨린 산자야가 황망히 마차에서 뛰어내려 고결한 왕자들이 가득한 회당으로 들어왔답니다."

이어지는 와이샴빠야나의 이야기는 이러하다.

산자야가 말했다.

'까우라와들이시여, 소인이 빤다와들에게 다녀왔음을 알아주십시오. 빤다와들은 각자 나이에 따라 모든 꾸루들에게 절을 올리더이다. 쁘르타의 아들들은 어른과 동년배들에게는 예를 갖춘 다정함으로, 나이어린 이들에겐 나이에 맞는 안부를 묻더이다. 왕들이시여, 소인이 드르따라슈트라 왕의 지시에 따라 빤다와들에게 다녀온 이야기를 해드릴 터이니 그리 알아주소서.'

47

드르따라슈트라가 말했다.

'산자야여, 왕들 가운데서 내 그대에게 묻노라.
벗이여, 용사들의 수장이자
사악한 자들의 목숨 줄 앗아가는
저 혈기왕성하고 고결한 다난자야는 무슨 말을 하더냐?'

산자야가 말했다.

'그러면 이제 두료다나가 제 말을 듣게 하소서.
전투 태세 끝난 아르주나가 무슨 말을 했는지를,
끄르슈나가 듣는 가운데 유디슈티라의 허락을 얻은
저 고결한 영웅 다난자야가 무슨 말을 했는지를.

자신의 팔심을 잘 아는 자신만만한 이,
전투 태세 끝낸 저 왕관 쓴 영웅이
끄르슈나가 보는 가운데 소인에게 이처럼 말하더이다.
"꾸루들 가운데서 다르따라슈트라들에게 전하시오.

또한 빤다와들을 죽이려 모여든
모든 왕들이 듣는데서 말하시오.
왕과 책사들이 모두 들을 수 있도록
하나도 빼지 말고 내 말을 전하시오."

모든 신들이 벼락 든 신들의 왕의 말을
분명하고 애타게 듣고 싶어 하는 것처럼
빤다와들과 스른자야들은 그렇게
아르주나의 유려한 언변에 귀를 기울이더이다.

전투 태세 갖춘 간디와 활의 주인 아르주나는
연꽃 같이 붉은 눈으로 이렇게 말하더이다.
"만약 다르따라슈트라들이
아자미다의 후손 유디슈티라 왕의 왕국을
기어이 내려 놓지 못하겠다면 다르따라슈트라들은
예전에 지었던 죗값을 반드시 치르게 되리.

비마세나와 아르주나,
아쉬인의 쌍둥이와 와아수데와,
무기를 치켜든 쉬니의 자손 사띠야끼,
드르슈타듐나와 쉬칸딘,
잘못하면 하늘도 땅도 모두 태워버릴 수 있는
인드라 같은 유디슈티라,

두료다나가 만일 전장에서 그들과 싸울 생각이라면
빤다와들의 목적은 온전히 이루어진 것이나 다름없느니.
빤다와들을 위해 어떤 것도 할 필요 없소.
싸울 맘 있거든 그대 또한 그리하시오.

만일 법다운 빤다와들이 유배당해
숲속, 서러움의 침상에 누웠다면
드르따라슈트라의 아들은 자신의 마지막을
더 서러운 침상에 누워 보내게 되리.

드르따라슈트라의 저 사악한 아들이
꾸루를 다스리는 동안 염치 있고 배움 많아
고행하고 절제하며 분심 있고 다르마를 지키며
재물 많던 빤다와들은 부당하게 내쳐졌느니.

비록 속임을 당해도 마음 흐트러지지 않는 올곧음으로
고행하고 절제하며 다르마를 지킴으로써, 힘으로써,
진리를 말함으로써, 거짓도 즐거울 때만 말함으로써
도 넘는 고난을 당해도 빤다와들은 참아왔느니.

자신을 철저히 다스리는 빤다와들의 맏이가
여러 해 켜켜이 쌓여온 무서운 분노,

꾸루들 향해 치솟는 저 분노를 풀어놓으면
드르따라슈트라의 아들은 이 전쟁을 후회하리.

여름에 피어올린 검은 자락 끄는 불이
죽은 숲의 나무들을 태워 넘어뜨리듯
유디슈티라의 타는 분노는 단 한 번의 눈길로
두료다나의 군대를 태워버리리.

드르따라슈트라의 아들은 전장에서
철퇴를 손에 들고 무서운 기세로 달려드는 빤두의 아들,
화를 삭이지 못해 분노의 독을 내뿜는 비마세나를 보면
반드시 이 전쟁을 후회하리.

거대한 사자가 외양간에 짓쳐 들어가듯
철퇴 휘두르는 저 무서운 형상의 비마세나가
두료다나 진영에 짓쳐 들어가 군사들을 도륙하면
드르따라슈트라의 아들은 이 전쟁을 후회하리.

거대한 공포 속에서도 두려움을 벗어난 이,
무기에 능숙한 비마세나, 적의 무리 짓누를지니.
홍수처럼 밀려드는 저들을 전차 하나로 맞아 싸우고
저 수많은 보병들을 철퇴로 짓이기리.

수많은 병사들을 격한 분노로 휩쓸어
저 영웅, 도끼로 나무 찍어내리듯
드르따라슈트라 진영을 뒤흔들지니.
두료다나는 이 전쟁을 후회하리.

두료다나는 보게 되리니.
짚으로 지은 마을을 불사르듯,
번갯불이 다 익은 곡식을 태우듯,
홍수처럼 밀려드는 저 거대한 군사가 타오르는 것을!

두려움에 떨다 고개 돌린 영웅은 죽고
전투 의지 잃은 용사들은 도망치리니.
얼굴 돌린 병사들이 비마의 철퇴의 불길에 타오르면
드르따라슈트라의 아들은 이 전쟁을 후회하리.

저 현란한 용사 중의 용사 나꿀라가
수백의 화살을 화살집에서 눈부시게 꺼내들고
전차의 선두에 선 전차병들을 휘몰아칠 때
드르따라슈트라의 아들은 이 전쟁을 후회하리.

안락함에 익숙하던 나꿀라가 긴긴 세월
숲속 서러움의 침상에 누워
성난 독뱀처럼 더운 한숨 몰아쉬었으니

드르따라슈트라의 아들은 이 전쟁을 후회하리.

다르마 왕의 명을 받든 영웅들이
왕들을 공격하매 눈부신 전차 타고
목숨 버려 군대 향해 짓쳐 들어가는 것 보면
드르따라슈트라의 아들은 이 전쟁을 후회하리.

무기를 다룸에 더 이상 아이 같지 않은
빤다와 다섯 아이들을, 목숨 걸고
께까야 향해 돌진하는 그들을 까우라와들이 본다면
드르따라슈트라의 아들은 이 전쟁을 후회하리.

소리 없이 움직이는 수레의 축에
쉼 없이 달리는 금줄 맨 전차,
길 잘든 말이 끄는 전차에 오른 저 사하데와,
화살의 물결로 왕들의 머리를 쓸어낼지니.

밀려오는 위험 속 전차에 선채
전장에서 능숙하게 무기 다루며
사방을 휘저어 적들을 쓰러뜨리는 그를 볼 때
드르따라슈트라의 아들은 이 전쟁을 후회하리.

겸양으로 자제할 줄 아는 영리한 이,

진실한 말에 힘이 넘치고 모든 다르마를 갖춘 이,
날쌔게 움직이는 폭풍 같은 저 사하데와,
샤꾸니 치는 길에 병사들도 함께 휩쓸고 가리.

드라우빠디의 저 위대한 궁수 아들들,
무기 잘 다루는 영웅이자 전차 싸움에 달통한 용사들,
치명적 독을 뿜는 독뱀 같은 그들이 짓쳐 들어가면
드르따라슈트라의 아들은 이 전쟁을 후회하리.

적의 영웅을 처단하는 무기 능숙한 저 아비만유,
구름이 땅을 적시듯 적들에게 화살비 내리고
끄르슈나 같은 그가 적진 깊숙이 짓쳐 들어가면
드르따라슈트라의 아들은 이 전쟁을 후회하리.

아이라 볼 수 없는 저 아이 수바드라의 아들,
죽음의 신처럼 적진 향해 내쳐 달리는 영웅,
무기 잘 다루는 저 인드라 같은 아비만유를 보면
드르따라슈트라의 아들은 이 전쟁을 후회하리.

날쌘 쁘라바드라까 젊은이들,
사자 같은 용맹 지닌 저 솜씨 좋은 영웅들이
드르따라슈트라의 아들들과 병사들 모두를 짓이길 때
드르따라슈트라의 아들은 이 전쟁을 후회하리.

나이 든 두 분 위라타와 드루빠다 대용사가
각자의 병사 이끌고 적진 향해 짓쳐 들어가고
다르따라슈트라의 병사들이 그들을 본다면
드르따라슈트라의 아들은 이 전쟁을 후회하리.

무기에 능숙한 드루빠다가 전장에서
전차를 몰고 분노의 화살을 날려
혈기 왕성한 젊은이들의 머리를 벨 때
드르따라슈트라의 아들은 이 전쟁을 후회하리.

적의 영웅을 처단하는 위라타가
무자비한 형상의 맛쓰야 병사들과 함께
약해빠진 적진의 심장을 뚫고 들어가면
드르따라슈트라의 아들은 이 전쟁을 후회하리.

저 무서운 형상을 한 맛쓰야의 만이,
선봉에 선 전차병인 위라타의 아들,
빤다와들을 위해 갑옷 입고 싸우는 그를 볼 때
드르따라슈트라의 아들은 이 전쟁을 후회하리.

까우라와 용사인 샨따누의 저 고절한 아들이
쉬칸딘에게 무너져 전장에서 쓰러지면

의심 없이 내 그대에게 말하리.
적은 더 이상 우리를 감당할 수 없노라고.

갑옷으로 무장한 쉬칸딘이 천상의 말들로
전차를 달려 물결처럼 밀려드는 전차를 짓이기고
전사들을 베며 비슈마를 향해 내달릴 때
드르따라슈트라의 아들은 이 전쟁을 후회하리.

스른자야 병사들의 선두에 선 저 드르슈타듐나,
지혜로운 드로나의 비밀스런 무기 사용 전수받고
전장에서 빛을 뿜는 그를 보면
드르따라슈트라의 아들은 회한으로 가득하리.

무량한 힘을 지닌 저 군사대장,
다르따라슈트라들을 화살로 쓰러뜨리며
드로나를 쫓아 전장을 짓쳐 나가는 그를 보면
드르따라슈트라의 아들은 이 전쟁을 후회하리.

염치 아는 현인이자 힘 갖춘 현인이며
부귀영화 따르는 소마까의 수장,
저 우르슈니의 사자가 이끄는 우리를
적들은 감히 넘보지 못하리.

전장에서 견줄 데 없는 전차에 선 용사,
두려움 없으며 무기에 능하고 완력 넘치는,
저 쉬니의 손자 사띠아끼를 우리의 동지로 택했으니
'그를 택하려 하지 말라'라고 두료다나에게 알리시오.

쉬니의 수장은 내 말 한 마디면
구름이 비를 내리듯 적들에게 화살 비를 내리고
화살의 그물로 병사들을 내리덮을지니
드르따라슈트라의 아들은 이 전쟁을 후회하리.

전투 태세 갖춘 저 고결한 긴팔의 용사가
활을 다잡고 적 앞에 우뚝 서면
적들은 마치 불길을 마주한 듯
사자 냄새 맡은 소처럼 벌벌 떨리니.

팔 길고 활 강한 저 고결한 이,
산을 자르고 세상 마저 온통 뒤흔들지니.
손 날래고 무기에 능한 저 전사,
하늘에 뜬 태양처럼 형형히 빛나리.

수려하고 오묘하며 솜씨 좋은 야다와,
무기를 다룸에 사자 같은 우르슈니,
요가의 결에 따라 산다고 사람들이 칭송하는 이,

사띠야끼 그렇게 만 가지 덕을 구족했느니.

네 마리 흰말이 끄는 황금 전차,
마두 족 사띠야끼의 전차를,
수요다나가 전장에서 지켜본다면
제 할 일 모르는 저 아둔한 자 후회하게 되리니.

원숭이 깃발 달고 흰말 매진 전차,
황금 보화 박힌 저 전차,
끄르슈나가 전장에서 끄는 저 전차를 본다면
제 할 일 모르는 저 아둔한 자 후회하게 되리니.

손목 보호대 튕기며 울리는
거대하고 흉흉한 간디와 활 소리를,
대전투에서 내가 일으키는 벼락같은 소리를,
저 생각 느린 자는 듣게 되리니.

그때는 저 어리석은 드르따라슈트라의 아들,
고약한 동료 가진 저 마음 고약한 자는
어둠 내린 전장에서 쏟아지는 화살 비에
선두 잃은 소떼처럼 흩어지는 병사들을 보고 후회하리니.

구름을 찢고 나온 번개처럼

내 활은 전투에서 화살을 토해
수천 적의 살과 뼈를 발라내고 도륙하리니
드르따라슈트라의 아들은 이 전쟁을 후회하리.

간디와 활줄이 튕겨내는 뾰족 끝 화살들이
구름처럼 쏟아지며 코끼리와 말과
갑옷 입은 병사들 목숨 앗아가는 것을 본다면
드르따라슈트라의 아들은 이 전쟁을 후회하리.

적이 쏜 화살이 내 화살들에 쫓겨 가고
되돌아가는 것을, 내 화살의 날카로운 날에
기울고 잘리는 것을 저 아둔한 자가 본다면,
드르따라슈트라의 아들은 이 전쟁을 후회하리.

내 팔에서 튕겨져 나온 화살들이
새가 나무 꼭대기의 열매를 따듯
젊은 병사들의 머리를 벨 때면
드르따라슈트라의 아들은 이 전쟁을 후회하리.

전장에서 내가 쏜 화살에 맞고
전차 위에서 말 위에서 산 같은 코끼리 위에서
병사들이 쓰러져 내리는 것을 보면
드르따라슈트라의 아들은 이 전쟁을 후회하리.

입 크게 벌린 죽음의 신처럼
사방에서 밀려드는 적의 보병과 전차 무리를
불 뿜는 내 화살 비로 몰아내리니
그때는 저 생각 어둔 자 후회하게 되리.

사방으로 내달린 전차의 먼지에
시야가 흐려지고 간디와 활에 베인
병사들이 우왕좌왕하는 것을 본다면
그때는 저 생각 어둔 자 후회하게 되리.

사지 잘리고 생각 혼미해진 모든 병사들,
말과 코끼리는 죽어 넘어지고 영웅들은 도륙당한 저들,
목마르고 겁에 질려 지친 수레 몰고
어디로 가야할지 모르는 저들을 두료다나는 보게 되리니.

처절히 울부짖으며 죽어가는 이들, 죽은 이들,
절반이 끝난 조물주의 일처럼
머리털과 뼈와 두개골이 사방에 흩어진 꼴을 보면
그때는 저 생각 어둔 자 후회하게 되리.

드르따라슈트라의 아들이 전장에서
전차에 있는 간디와 활과 와아수데와,

천상의 소라고둥 빤짜잔야와 내 말,
다함 없는 화살집과 데와닷따와 나를 본다면

다스유 무리를 휘몰아쳐 흩어버리고,
세기를 끝내고 새로운 유가를 시작하듯
내가 까우라와들을 불처럼 태우면
그때는 드르따라슈트라와 그의 아들 후회하리.

영광은 사라지고 분노에 휘둘린 저 생각 짧은 이,
저 아둔한 드르따라슈트라의 아들
오만의 끝이 왔음을 이제야 알아
형제들과 아들들과 병사들 모두 함께 벌벌 떨며 후회하리.

어느 이른 아침 물 뿌리며 진언 외는 내게
낯모를 브라만이 다가와 다정히 말했지.
'쁘르타의 아들이여, 하기 힘든 일을 해야 하오.
왼손잡이 궁수여, 반드시 적과 싸워야만 하오.

벼락 휘두르는 인드라가 적토마 타고
전장의 선봉에서 적을 처단하거나 혹은
전차에 수그리와 말을 맨 끄르슈나 와아수데와가
그대의 후방을 지키게 하시오'라고 말이오.

나는 이 전장에서 손에 벼락 든 대인드라보다는
와아수데와를 내 동지로 삼았소.
다스유들을 처단할 끄르슈나를 내가 얻은 것이오.
나는 이것이 하늘에 내게 내린 임무라 생각하오.

싸우지 않아도 마음이나마
끄르슈나가 승리를 비는 이,
그가 반드시 모든 적을 이길 것이오.
인드라며 신들도 그럴 것을 인간은 말해 무엇하리!

저 기력 넘치는 끄르슈나를,
지고의 용사 와아수데와를 싸워서 이기려는 자는
젤 수 없는 물이 넘실거리는 저 바다를,
저 대양을 두 팔로 건너려는 것이오.

손바닥으로 바위가 켜켜이 쌓인
저 무량한 흰 산을 부수려는 자는
손과 손톱이 찢겨나갈 것이나
산에는 어떤 해도 끼칠 수 없으리.

전장에서 와아수데와를 이기기를 바라는 자는,
타오르는 불길을 손으로 끄려는 것이며
해와 달을 손으로 가리려는 것이오,

신들에게 아므르따를 억지로 뺏으려는 것이오.

달랑 수레 하나로 왕들의 땅을 휩쓴 그는
보자의 루끄미니를 데려다
명예롭고 빛나는 아내로 삼았소.
그녀에게서 고결한 쁘라듐나가 태어났소.

간다라를 완력으로 뒤엎은 그는
나그나지뜨의 아들들을 물리치고
수다르샤니야라는 신들의 벗을
힘으로 사슬에서 벗어나게 해주었소.

까와타에서 빤디야 왕을 물리치고
단따꾸라에서는 깔링가들을 처단했소.
그가 태운 도읍 와라나시는
여러 해동안 보살피는 이가 없었소.

전투에서 무적이라 여겨졌던
니샤다의 왕 에깔라위야는
기세등등하게 산을 공격했던 잠바처럼
끄르슈나에게 당해 목숨을 잃고 드러누웠소.

안다까-우르슈니들을 못살게 굴었던

우그라세나의 사악한 아들을
발라데와의 도움으로 그가 쓰러뜨리고
우그라세나에게 왕국을 돌려주었소.

그는 또 공포를 일으키는 살와의 왕, 바로 저
하늘을 나는 사우바와 마법으로 싸웠소.
그리하여 두 팔로 수백을 죽인 그자를
문 앞에서 붙잡았소. 인간이 어찌 그를 마주하겠소?

난공불락 아수라들의 무서운 도성,
쁘라그조띠샤라는 요새가 있었소.
그곳, 그 땅에서 태어난 완력적인 나라까가
아디띠의 아름다운 보석 귀걸이를 훔쳤지.

인드라와 신들이 합세해 그것을 되찾으려
모여들었으나 나라까를 두려워하다 도망치고 말았소.
그러다 끄르슈나의 용맹과 팔심과
대항할 수 없는 무기를 본 신들은

그의 참모습을 알아차렸소. 그리하여 그들은
다스유 처단을 끄르슈나에게 일임했소.
와아수데와는 그토록 어려운 일을 자신이 하겠노라 약조했소.
그에게는 일을 성사시킬 힘이 있었기 때문이오.

니르모짜나 도읍에서 날선 칼로
잽싸게 사슬을 끊은 뒤 육천 명을 죽이고
무라와 락샤사 무리를 처단한 뒤
저 영웅은 니르모짜나로 들어갔소.

바로 그곳에서 큰 힘 가진 락샤사와
힘이 넘쳐나는 위슈누 간에 전투가 벌어졌소.
락샤사는 마치 까르니까라가 바람에 쓰러지듯
끄르슈나에게 목숨을 앗긴 채 죽어 넘어졌다오.

이리하여 끄르슈나는 보석 귀걸이를 되찾고
땅에서 태어난 나라까와 무라를 처단한 뒤
영광과 명예로 감싸인 저 지혜로운 끄르슈나,
잴 수 없는 용맹을 구비한 그이는 돌아왔소.

전투에서 그가 해낸 놀라운 행적을 본 신들을
그에게 이런 축복을 내려주었소.
"싸울 때는 피로가 당신을 덮치지 않고
하늘에도 땅에도 당신의 길이 있으며

무기는 당신의 몸에 해를 끼치지 못할 것이오."
그리고 끄르슈나는 그들의 축복을 흡족히 받아들였소.

이런 것들이 만덕을 구족하고 힘이 넘치는
무량한 와아수데와의 모습이오.

위력의 끝을 알 수 없는 무적의 위슈누를
드르따라슈트라의 아들이 힘으로 누르려 하고 있소.
저 사악한 자가 자신을 마음에 품고 있을 때도
끄르슈나는 우리를 봐서 그 또한 참아냈소.

만약 그가 끄르슈나와 나 사이에 불화를 일으켜
싸우게 할 수 있다고 생각한다면, 그래서
빤다와들과 내게 속한 것을 가져갈 수 있다고 여긴다면
전투에 나선 뒤에야 비로소 그는 진실을 알게 될 것이오.

샨따누의 아들 비슈마, 왕,
드로나와 그의 아들, 그리고
무적의 끄르빠께 절하온 뒤
왕국을 되찾기 위한 싸움을 시작하겠소.

법다이 살아가는 자가 빤다와들과 싸우려든다면
바른 법은 도리어 그에게 무기를 겨누리라 나는 믿소.
빤두의 아들들은 잔혹한 속임수에 당해
열두 해를 숲에서 지내왔소.

정해진 긴 세월을 고통으로 보냈고
신분을 감추고 한 해를 살았소.
우리의 자리를 빼앗아 살아온 다르따라슈트라들은
되살아온 빤다와들이 이유 없이 못마땅할 것이오.

저들이 만약 인드라를 위시한 신들의 도움으로
이 싸움에서 우리를 이긴다면
다르마를 행함보다 아다르마를 행함이 우선이 되고,
선한 일이 이루어지는 경우는 필시 없을 것이오.

만약 사람이 업에 매어 있지 않고
우리가 저들보다 뛰어나지 않다고 여긴다면
나는 와아수데와의 도움을 받아
두료다나와 그 무리를 처단하려 하오.

만약 업이 사람에 매어 있지 않다고 해도,
사람에게 자기 업이라는 것이 따로 없다고 해도,
이것저것 아무리 다 따져 봐도
두료다나의 패배는 정당한 것이오.

꾸루들이여, 눈에 보이는 진실을 말하리니,
전쟁이 진행되는 동안 두료다나는 이 세상에 없으리.
만약 싸움 없이 뜻을 이루고자 하는 이가 있다면

싸우지 말라 하시오. 그들은 살아남을 것이오.

나는 두료다나와 까르나를 처단하고
꾸루의 왕국을 모두 차지할 것이오.
그러니 할 수 있을 때 당신들이 해야 할 일을 하시오.
사랑하는 아내와 아이들과 한껏 즐겨 두시오.

우리에게도 나이 든 브라만이 있고
많이 배운 이도, 덕 있는 이도 그리고 가족도 있소.
별을 보고 한 해를 읽는 이도 있고
별들이 모일 때 일을 결정할 줄 아는 이들도 있소.

운명에 관계된 높고 낮은 비밀이,
하늘이, 황도대와 시각이
꾸루와 스른자야들의 대멸망과
빤다와들의 승리를 예언하고 있소.

유디슈티라도 우리의 적을 제압하고
일을 이루겠노라고 생각하고 있소.
감춰진 것을 볼 수 있는 저 우르슈니의 사자
끄르슈나 또한 어떤 위험도 보지 않았소.

앞으로 일어날 일의 모양을 나는 알고 있소.

성성이 깨인 내 스스로의 지혜로 보고 있소.
오래된 나의 지견은 나를 떠나지 않았으니
전쟁이 진행되는 동안 두료다나는 이 세상에 없으리.

잡지도 않은 간디와는 아가리를 벌리고
만지지도 않은 활줄은 부르르 떨고 있소.
내 모든 화살들은 화살집을 빠져나와
다시 또 다시 과녁을 향해 몰려가고 있소.

뱀이 낡은 허물을 벗고 나오려는 듯
칼도 신이 나서 칼집에서 빠져나오려 하고
깃발에서는 '왕관 쓴 이여, 대체 전차에 말은 언제 매려오?'
라는 무서운 소리들이 들려오는 듯하다오.

밤이면 자칼의 무리가 울부짖고
락샤사들은 창공 아래로 날아다니오.
사슴과 여우와 흰목 공작들과 까마귀,
독수리와 매와 하이에나들도 밖으로 나다닌다오.

전차에 흰말이 매어진 것을 보고는
금빛 날개 새들도 뒤를 따라 날고 있소.
나 혼자서도 화살 비를 쏟아 부어
왕들과 전사들을 모두 죽음의 세상으로 보낼 것이오.

한 여름 숲을 삼키는 타는 불길처럼
여러 무기를 각각의 방식으로 쓸 것이오.
넓적 귀 날탄, 괴력의 빠슈빠띠 날탄,
인드라가 알려준 브라흐마 날탄 따위를 쓸 것이오.

죽음을 손에 들고 날쌘 화살을 날려
살아남는 중생이 없게 할 것이오.
그래야 내 마음이 평화를 얻고 기운을 낼 터이니,
가왈가니의 아들이여, 그들에게 내 말을 전해 주시오.

인드라를 위시한 신들이
자기편을 들어도 대신들에게 그는 항상
신들이 싸움을 거는 것 같다고 말해왔소.
저 두료다나의 어리석음을 보시오.

샨따누의 나이 든 아들 비슈마와 끄르빠,
드로나와 그의 아들, 사려 깊은 위두라,
그들 모두가 말한 대로 되기를!
모든 꾸루들이 장수를 누릴 수 있게 되기를!'"

이어지는 와이샴빠야나의 이야기는 이러하다.

모든 왕이 모이자 샨따누의 아들 비슈마는 두료다나에게 말했다.

'언젠가 브르하스빠띠와 우샤나스가 브라흐마를 시중들고 있었지. 인드라를 위시한 마루뜨들, 와수들과 아쉬인들, 아디띠야들, 사드야들, 천상의 일곱 선인, 위쉬와와수와 간다르와, 그리고 아름다운 압싸라스 무리가 세상의 어른이자 할아버지이신 브라흐마께 절을 올린 뒤 다가갔다고 한다. 천인들은 저 우주의 주인을 빙 둘러싸고 시중을 들었지. 그때 저 천인들의 마음과 기운을 다 빼앗으며 오래된 신, 나라와 나라야나 두 선인이 그곳을 나가버렸다. 브르하스빠띠는 브라흐마에게 그들이 대체 누구인지, 어찌하여 브라흐마를 섬기지 않는지 말해달라고 했다.'

그러자 브라흐마가 말했지.

"저들은 땅과 하늘을 밝히는 고행자들이오. 불꽃처럼 빛나는 저들은 세상을 덮고도 남을 힘이 있는 이들이오. 나라와 나라야나는 세상에서 세상으로 움직여 다니지요, 고행이 뒷받침 되는 저들의 기력과 용맹은 상상할 수 없을 정도라오. 흔들림 없는 저들은 행위로 세상을 기쁘게 한다오. 저들은 아수라들의 파멸을 바라는 신들과 간다르와들에게 우러름을 받는다오."

인드라는 그 말을 듣고 브르하스빠띠를 앞세운 일군의 신들과 함께 그들이 고행하고 있는 곳으로 갔다. 당시 신과 아수라들 간의 싸움은 천인들을 무서운 공포에 몰아넣고 있었기 때문에 그들은 나라와 나라야나에게 가서 축원을 빌었지. 선인들은 소원을 선택해보라고 했고 인드라는 자기들을 도와줬으면 좋겠다고 했다. 그에 선인들은 신들이 바라는 바를 들어주겠다고 했고, 그들의 도움으로 인드라는 다이띠야들을 이길 수 있었느니.

적을 괴롭히는 나라는 인드라의 전투에서 수백수천의 빠울로마들과 깔라깐자들을 죽였지. 빙빙 도는 전차에 우뚝 선 아르주나*는 전장에서 곰 화살을 쏘아 희생제를 먹어치우려던 잠바의 머리를 벴고 또 바다 저편에 있던 히란야뿌라를 공격해 육천 명의 니와따까와짜들을 처단했지. 인드라와 여타 신들의 도움으로 적의 도시를 정복한 저 완력 넘치는 아르주나는 아그니를 흡족하게 했다. 나라야나 또한 전장에서 무수한 적을 죽였느니.

이처럼 위력 넘치는 와아수데와 아르주나, 저 두 명의 영웅, 대전사인 저들이 힘을 합해 돌아왔음을 보라. 나라와 나라야나는 오래된 신이라고, 인간 세상뿐만 아니라 인드라를 위시한 신과 아수라들의 세계에서도 무적이라고 알려져 있다. 나라야나는 다름 아닌 끄르슈나이며 나라는 아르주나라고 전해져 내려오느니. 나라와 나라야나는 하나의 혼이 둘로 나뉜 것이다. 저들은 자신들의 행적으로 멸하지 않는 영구한 세상을 얻었으나 분쟁이 있는 세상마다 거듭 태어나곤 하지. 그러기에 베다를 잘 아는 나라다 선인은 "할 일을 해

아르주나_ 아르주나는 나라 선인이, 끄르슈나는 나라야나 선인이 환생한 것이라고
  전해진다.

야 한다"라고 말했던 것이다. 그는 우르슈니의 행보를 모두 알고 있었기 때문이다.

친애하는 두료다나여, 손에 소라고둥과 바퀴와 철퇴를 쥔 께샤와†를 볼 때, 저 무서운 궁수 아르주나가 무기를 쥐고 있음을 볼 때, 저 오래되고 고결한 두 끄르슈나가 전차 한 대에 서 있을 때, 그때는 내 말을 기억하리니. 친애하는 왕자여, 이런 충언들을 듣지 않아 꾸루의 파멸이 다가옴에도 그대의 마음은 다르마에서도 아르타에서도 벗어나 있구나. 꾸루들은 모두 오직 그대의 뜻을 따를 터이니 그대가 만약 내 이런 충언을 듣지 않는다면 무수히 많은 사람들의 죽음을 듣게되리. 황소 같은 바라따여, 그대는 오직 세 사람의 말만 받아들이고 있느니. 빠라슈라마의 저주를 받은 태생 천한 마부의 아들 까르나, 수발라의 아들 샤꾸니, 그리고 천박한 악행을 저지르고 다니는 그대의 아우 두샤사나가 그들 아니던가?'

까르나가 말했다.

'할아버지시여 부디 장수를 누리시길. 그래도 저를 그리 말씀하셔서는 안 되지요. 저는 제 자신의 다르마가 아니라 크샤뜨리야의 다르마에 따라 움직인답니다. 제가 대체 무얼 그리 잘못했기에 그렇게 나무라시는 건가요? 다르따라슈트라들은 제 흠을 한 가지도 알지 못합니다. 제가 한 모든 일은 드르따라슈트라 왕을 기쁘게 하기 위한 것이었습니다. 마찬가지로, 왕국을 좌지우지하는 두료다나를 위한 일이었습니다.'

께샤와_ 끄르슈나.

이어지는 와이샴빠야나의 이야기는 이러하다.

까르나의 말을 들은 샨따누의 아들 비슈마는 드르따라슈트라 대
왕에게 다시 한 번 말했다.

'고결한 빤다와들의 한 조각에도 미치지 못하는 주제에 이 녀석
은 자기가 빤다와들을 죽이겠노라고 호언장담하고 있소. 저 못된 왕
자들에게 닥친 재앙은 모두 저 사악한 마부의 아들 까르나의 짓임을
아시오. 지혜 더딘 그대의 아들 수요다나는 저자에게 의지해 적을 다
스리는 신의 아들들인 저 영웅들을 모욕하고 있소. 빤다와들 하나하
나가 옛적에 해냈던 일과 같은 하기 어려운 일을 전에 저자가 한 적
이 있던가? 위라타의 도읍에서 용맹스런 다난자야에게 사랑하는 자
기 형제가 죽임을 당한 것을 보고 저자는 무엇을 했던가? 다난자야
는 실로 모든 꾸루들을 한꺼번에 공략했고 혼자 힘으로 그들을 뒤흔
들고 가축을 뺏어가지 않았던가? 저자는 그때 어디 갔더란 말인가?
그대의 아들들이 가축 순방을 나가 간다르와들에게 끌려갔을 때 저
마부의 아들은 어디 갔다가 이제야 황소처럼 행세한단 말인가? 사
실 거기서도 아르주나와 고결한 비마 그리고 쌍둥이들이 와서 간다
르와를 물리치지 않았던가? 황소 같은 바라따여, 그대에게 축복 있
기를! 다르마와 아르타가 늘 빠져 있는 저 허세 많은 자는 숱한 거짓
을 말해왔느니!'

고결한 바라드와자의 아들 드로나는 비슈마의 말을 듣고 예를 갖
춘 뒤 왕들 사이에서 드르따라슈트라에게 말했다.

'바라따의 수장이신 왕이시여, 비슈마께서 말씀하신 대로 행하

시오. 자기 이득만 챙기는 이들의 말을 좇아서는 안 될 것이오. 전쟁을 일으키기 전에 먼저 빤다와들과 만나보는 것이 좋겠소. 산자야가 전했던 자신의 말을 빤두의 아들 아르주나가 모두 이행할 것임을 나는 알고 있소. 삼계를 통틀어 저 궁수를 따를 자는 아무도 없기 때문이오.'

그러나 왕은 비슈마와 드로나의 의미심장한 말에 개의치 않은 채 빤다와들에 관한 것을 산자야에게 물었다. 그리고 왕이 비슈마와 드로나의 말에 제대로 반응하지 않자 꾸루들은 살 길에 대한 희망을 모두 잃었다.

49

드르따라슈트라가 말했다.

'빤다와들의 왕 다르마의 아들은 저 많은 병사들이 모여들었다는 소식을 듣고 뭐라 말하더냐? 이 들끓음 속에서 유디슈티라가 바라는 것은 무엇이더냐? 근심걱정이 있을 때 그는 누구의 얼굴을 바라보더냐? 다르마를 알고 다르마를 행하는 그의 친지들 중에 이 어리석은 자들의 속임수에 분노하여 그의 마음을 가라앉히기도 하고 싸우도록 자극하기도 하는 이는 누구더냐?'

산자야가 말했다.

'빤짤라들과 빤다와들은 유디슈티라 왕의 존안을 살폈습니다. 축복 있으시길! 다름 아닌 왕 자신이 모두를 다스리더이다. 빤짤라와 빤다와들의 전차 부대는 꾼띠의 아들 유디슈티라에게 따로 따로 절을 올렸습니다. 빤짤라들은 성성한 빛으로 타오르는 꾼띠의 아들이 어둠 속에서 떠오르는 태양이라도 되는 듯, 그리고 자신들은 빛의 뭉치라도 되는 듯 그를 보고 환호하더이다. 빤짤라, 께까야, 맛쓰야들로부터 소몰이꾼과 양치기들에 이르기까지 자기들에게 기쁨을 안겨다준 빤두의 아들 유디슈티라에게 경의를 표했습니다. 브라만 여인들, 공주들, 평민의 딸들 모두가 놀다가도 전쟁을 준비하는 빤두의 아들을 보면 달려오더이다.'

드르따라슈트라가 말했다.

'산자야여, 빤다와들의 병력은 어느 정도인지, 드르슈타듐나와 그의 병력은 어떠한지, 또 소마까들은 얼마나 강한지 말해다오.'

이어지는 와이샴빠야나의 이야기는 이러하다.

꾸루들이 모인 회당에서 이런 질문을 받은 가왈가니의 아들 산자야는 길고 깊은 한숨을 내쉬더니 잠시 생각에 잠기는 듯했다. 그때 자신도 알지 못한 고약한 운명이 마부에게 끼어든 것처럼 보였다. 왕들이 모인 회당에서 한 사람이 말했다.

'대왕이시여, 이 사람 산자야가 정신을 잃고 땅에 쓰러졌습니다. 정신이 혼미하고 의식이 없어 말을 한 마디도 할 수 없는 듯합니다.'

드르따라슈트라가 말했다.

'산자야는 필시 꾼띠의 대전사 아들들을 보았구나. 그래서 저 범

같은 사내들로 인해 마음이 괴로운 게야.'

이어지는 와이샴빠야나의 이야기는 이러하다.

산자야는 정신이 들고 다시 숨을 쉴 수 있게 되자 꾸루들이 모여
있는 회당에서 드르따라슈트라 대왕에게 말했다.

'인드라 같은 왕이시여, 소인은 꾼띠의 대전사 아들들을 보았습
니다. 저들은 맛쓰야 왕의 궁에서 살았던 탓인지 몸이 여위어 있었습
니다. 대왕이시여, 들어보소서. 빤다와들은 임전 태세를 갖추었더이
다. 대왕이시여, 어떤 경우에도, 분노나 두려움 또는 욕심이나 재물
때문에도 혹은 허황된 논쟁 때문에도 진실을 저버리지 않는 빤다와
들은, 다르마를 지키는 이들 중에서도 가장 빼어난 법다운 유디슈티
라에게 임전 태세를 갖추게 하더이다. 빤다와들은 팔심으로는 지상
에서 누구와도 견줄 수 없는 이 지상의 모든 왕들을 자기 발아래 두
었던 활잡이 비마세나와 함께 전투를 준비하더이다. 발화재로 지은
집을 빠져나올 때도, 인육 먹는 락샤사 히딤바가 위협했을 때도, 드
라우빠디가 신두의 왕 자야드라타에게 납치되었을 때도 꾼띠의 아들
늑대 배는 저들의 섬이 되었었습니다. 와라나와따에서 빤다와들이
불에 탈 뻔했을 때 그들 모두를 구해준 비마와 함께 빤다와들은 전투
를 준비하더이다. 드라우빠디를 기쁘게 해주기 위해 저 험준하고 무
서운 간다마다나 산에 들어가 끄로다와샤 락샤사들을 죽였던 이, 십
만 마리의 코끼리떼와 같은 위력적인 팔을 지닌 비마와 함께 빤다와
들은 전투를 준비하더이다.

언젠가 끄르슈나의 도움으로 아그니를 위해 용맹을 떨치고, 인드라를 싸워 이기기도 했던 영웅, 삼지창을 손에 들고 산에 사는 대신★ 이자 우마의 배우자, 신들 중의 신 쉬와와 몸싸움을 벌여 그를 흡족케 했던 이, 지상의 모든 왕들을 자기 발아래 두었던 궁수, 저 아르주나와 함께 빤다와들은 전투를 준비하더이다.

까우라와들이여, 쁠레차 무리를 평정하고 서쪽 지역을 발아래 두었던 용기 충천한 놀라운 전사, 저 용모 준수한 마드리의 아들, 최고의 활잡이인 나꿀라와 함께 빤다와들은 전투를 준비하더이다. 까시, 앙가, 마가다와 깔링가 왕국을 전장에서 제압한 사하데와와 함께 빤다와들은 전투를 준비하더이다. 이 세상 사람들 중 아쉬와타만, 드르슈타께뚜, 쁘라듐나 넷만이 그와 용기를 견줘볼 수 있는 이, 마드리에게 기쁨을 안겨다 주는 어린 아들, 영웅 중의 영웅, 바로 저 사하데와와 함께 빤다와들은 전투를 준비하고 있더이다.

황소 같은 바라따시여, 오래 전 정절을 지키려던 까쉬의 공주 암바는 저 세상에서라도 비슈마를 죽이려는 마음을 품고 무서운 고행을 했지요. 호랑이 같은 왕이시여, 드루빠다의 딸로 환생한 그는 운명에 의해 다시 사내가 되었습니다. 여인이었다가 사내가 된 그는 여인과 사내의 장점과 단점을 모두 알고 있지요. 전쟁에 물불 가리지 않는 빤짤라들은 깔링가를 공격할 때 무기 다루기에 능한 쉬칸딘을 싸우게 했고, 이제 빤다와들은 그와 함께 꾸루들을 향한 전투를 준비하더이다. 그는 비슈마를 죽이기 위해 약샤가 사내로 변한 것이라고 합니다. 빤다와들과 함께 임전 태세 갖추고 있는 이는 저 무서운 대궁수이더이다.

다섯 명의 께까야 왕자들, 빛나는 갑옷으로 무장한 형제 전사들이 당신을 향해 임전 태세 갖춘 이들입니다. 날랜 무기 솜씨, 진실을 용맹으로 삼은 당당한 긴 팔의 사내, 우르슈니의 영웅인 유유다나가 당신께 전쟁을 선포하더이다. 고결한 빤다와들에게 피신할 곳을 주었던 위라타와 함께 빤다와들은 전투를 준비하더이다. 대전사이자 와라나시의 왕인 까쉬의 군주가 저들의 용사가 되었고, 이제 그와 함께 빤다와들은 전투를 준비하더이다. 아직 어리지만 전투에 나서면 제압하기 어려운 드라우빠디의 아들들, 건드리면 독뱀과 같은 저들과 함께 빤다와들은 전투를 준비하더이다. 위력에서는 끄르슈나와 같고 절제에서는 유디슈티라와 같은 아비만유와 함께 빤다와들은 전투를 준비하더이다. 위력에 있어 누구와도 견줄 수 없는 이, 명예롭기 그지없는 드르슈타께뚜, 전장에서는 분노를 억누를 없는 쉬슈빨라의 아들인 쩨디의 왕과 함께 빤다와들은 전투를 준비하더이다. 빤다와들의 신과 같은 버팀목인 끄르슈나 와아수데와와 함께 빤다와들은 전투를 준비하더이다. 황소 같은 바라따시여, 쩨디 왕의 아우인 샤라바, 까라까르샤, 자라산다의 아들 사하데와, 자야뜨세나, 저들과 함께 빤다와들은 전투를 준비하더이다. 또한 거대한 병력을 이끄는 빛이 성성한 이, 빤다와들을 위해서라면 자신마저도 버릴 수 있는 드루빠다도 싸울 준비를 마쳤더이다. 이들 이외에도 서쪽과 동쪽에서 온 수백 명이 넘는 많은 왕들과 함께 다르마의 왕은 준비를 마쳤더이다.'

50

드르따라슈트라가 말했다.

'그대가 언급한 그 모든 이들은 기세가 참으로 등등하지. 그럼에도 이들을 모두 합쳐 한편을 이룬다면 비마는 혼자서 다른 한편을 차지할 수 있느니. 벗이여, 나는 커다란 루루 사슴이 호랑이를 겁내듯 성난 비마세나가 너무나 무섭다. 힘없는 짐승이 사자를 두려워하듯 나는 저 늑대 배가 두려워 온 밤을 길고 뜨거운 한숨으로 지새는구나. 우리 병사들 중 어느 누구도 인드라와 빛을 견주는 완력 넘치는 비마를 전장에서 견뎌낼 만한 이를 보지 못했기 때문이리라. 빤두와 꾼띠의 저 아들은 참을성 없고 적대감 강한데다 농담에도 웃지 않느니. 제정신이 아닌 듯 눈을 모로 뜨는 그는 포효하는 목소리에 대단한 빠르기를 갖추었다. 기세는 또 얼마나 등등하던가? 팔심 좋은데다 힘이 장사인 그는 전장에서 필시 느려터진 내 아들들을 끝장내고 말터이다. 늑대 배가 철퇴를 쥐고 휘두르면 적들은 허벅지를 잡고 쓰러지리라. 저 꾸루의 황소 비마세나는 필시 전장에서 지팡이를 손에 든 죽음의 신과 같을지니. 단단한 쇠로 만들어 황금으로 장식한 그의 철퇴가 치켜 올린 브라흐마의 지팡이와 같을 것임을 나는 마음으로 보는구나. 루루 사슴의 무리들 속에서 유유히 걷는 힘센 사자처럼 비마는 내 병사들 사이를 자유로이 돌아다닐 것이다.

잔혹한 용맹을 지닌 비마는 어릴 적부터 많이 먹고 짓궂은 데다 언제나 내 아들들을 향한 적개심에 차 있었다. 두료다나와 다른 아이들이 코끼리에게 짓눌리듯 어릴 적부터 그와 싸워 그에게 눌리는 것을 보면 내 마음이 편치 않았었느니. 비마의 위력에 내 아들들은 늘 짓눌려왔고, 그의 무서운 용맹은 갈등의 근원이 되었었지. 전장에서 분노로 정신 잃을 듯한 비마가 셀 수 없이 많은 사람과 코끼리와 말을 집어삼키는 모습을 내 눈앞에서 보는 듯하구나. 산자야여, 무기를 다루는 데는 드로나, 아르주나와 같고 빠르기는 바람과 같은 저 성마른 용사 비마세나가 어쩌고 있는지 내게 말해다오.

가차 없이 적을 치는 마음 꼿꼿한 그가 그때 내 아들들을 모두 죽이지 않은 것만 해도 과분한 일이다. 그는 괴력의 약샤와 락샤사들도 싸잡아 죽였다. 전장에서 그의 빠르기를 어느 인간이 마주할 수 있겠는가? 산자야여, 나는 저 빤두의 아들이 어렸을 때도 함부로 다룰 수 없었거늘 내 못난 자식들에게 괴롭힘을 당할 만큼 당한 지금은 말해 무엇하겠느냐? 그는 거칠다. 그러기에 부러질지언정 굽히지는 않지. 눈을 모로 뜨고 눈썹을 찡그리는 저 늑대 배를 무슨 수로 잠잠하게 만들겠는가? 넓은 어깨, 맞설 수 없는 힘, 불그레한 흰 피부, 딸라 나무 같은 덩치, 호흡이 긴 비마세나는 아르주나보다 기골이 장대하지. 빤두의 가운데 아들인 그는 빠르기로는 말을 앞서고 힘으로는 코끼리를 능가한다. 알아듣기 힘들게 말하고 취한 듯한 눈을 가진 그를 무슨 수로 달래겠는가? 빤두의 아들은 아이였을 적에도 힘과 기골이 저와 같았노라는 말을 예전에 위야사에게서 들은 적이 있느니. 싸움꾼들 중의 싸움꾼, 저 성난 비마는 전장에서 쇠몽둥이를 휘둘러 전차며 코끼리며 말이며 사람 할 것 없이 모두를 죽이리라. 벗이여, 나는 전에 성마르고 늘 충동적인데다 무섭고 잔혹한 용맹을 지닌 그가 내

뜻을 거스르기에 업신여긴 적이 있느니라.

　단단한 이음새에 황금 박힌 철퇴, 수백 명을 죽이고 수백 개를 휘두르는 듯한 소리를 내는 그의 철퇴를 내 아들들이 어찌 감당할 수 있겠느냐? 나의 벗이여, 지혜 더딘 자들만이 건너기 어렵고 깊이를 알 수 없는 바다, 화살의 폭풍이 내리치는 비마세나라는 난공불락의 요새를 건너가려 하리라. 나는 저들이 지혜롭다고 여기기에 저들과 싸우지 말라고 아무리 애원해도 어리석은 내 아들들이 말을 듣지 않는구나. 험준한 벼랑을 꿈만 보고 가는 자는 추락을 알지 못하지. 인간의 형상을 하고 있는 바람과 맞서 싸우려는 자는 짐승이 아무리 커도 사자에게 당하듯 조물주의 부름을 피할 수 없으리. 벗이여, 네 완척의 길이에 여섯 개의 날을 가진 철퇴, 만지기만 해도 고통스러운 철퇴를 휘두르면 내 아들들이 어찌 감당할 수 있겠느냐? 양쪽 입술 끝을 핥으며 뜨거운 숨을 몰아쉬는 비마가 분노의 눈물을 흘리며 철퇴를 휘두르면 코끼리의 대가리도 터져나가느니. 무서운 고함을 지르며 자기에 맞서 질주하는 취한 코끼리를 그가 철퇴로 겨누어 맞히면 취한 코끼리도 거꾸로 처박혀 울부짖고, 전차 길로 뛰어드는 내 뛰어난 병사들도 죽임을 면치 못할 것이거늘, 타는 불길 같은 그 앞에 내 자식들이 어찌 무사할 수 있으리. 철퇴를 손에 들고 춤을 추듯 길을 만들어내 병사들을 도망치게 하는 저 완력 넘치는 비마는 세기의 끝을 보여주리라. 이마 터진 취한 코끼리가 꽃이 만개한 나무들을 쓰러뜨리듯 늑대 배는 전장에서 내 아들들의 진영을 짓밟으리라. 전차에서는 병사들을 없애고 깃발은 뽑아 없앨 것이며, 북은 찢어발길 저 범 같은 사내는 필시 전차병과 기병들을 없애고야 말리니! 산자야여, 강가 강의 거센 물살이 강변에 자란 온갖 잡목을 휩쓸어 가듯 비마는 내 아들들의 대병력을 유린하리라. 산자야여, 내 아들들과 수하들과 왕들은 비마세나의 위력에 짓눌려 필히 그의 손아귀에 들어가고야 말 것이다. 예전에 위력 넘치던 자라산다 왕은 와아수데와와 함께 내궁에 들어왔던 비마로 인해 스러지고 말았느니. 그때 대지 여신의 온 땅은 마가다의 군주인 힘 있고 영리한 자라산다의 손아귀에 잡혀 신음하고 있었지. 꾸루들은 비마의 위용 덕에, 그리고 안다까와 우르슈니들은 저들의 정책 덕에 자라산다의 손아귀에 떨어지지 않았느니! 그것이 단지 운명 때문이었을까? 팔심 넘치는 빤두의 아들은 무기도 없이 기세등등하게 들어가 왕을 죽이지 않았던가? 덧붙일 말이 무엇 있으리?

산자야여, 독뱀이 오래 묵힌 독을 뿜어내듯 그는 전장에서 내 아들들에게 빛을 뿜어낼 것이다. 가장 수승한 신 대인드라가 예전에 벼락으로 다나와들을 처단했던 것처럼 철퇴를 손에 든 비마세나는 내 아들들을 도륙하리. 나는 예측할 수 없는 성난 비마, 더 없이 빠르고 맹렬하리만치 용맹스러운 저 늑대 배가 구리보다 붉은 눈으로 공격하는 것을 보는 듯하구나. 철퇴도 활도, 전차나 갑옷도 없이 두 팔만으로 싸운다 해도 어느 사내가 감히 비마 앞에 서 있을 수 있으랴?

비슈마와 드로나, 브라만 끄르빠 샤라드와따도 모두 내가 알 듯 저 영리한 비마의 위력을 알고 있느니. 고귀한 지계를 알고 전장에 서길 두려워 않는 저 황소 같은 이들은 전장에서 내 병사들의 선봉에 우뚝 서리라. 허나 운명은 언제나 인간의 노력을 앞질러 가느니, 상대의 승리를 보면서도 나는 내 아들들을 다잡을 수가 없구나. 저 대궁수들은 옛 인드라의 길을 따르며 소용돌이 속에서 자신의 목숨을 버리고 지상에서 명예를 지켜오신 분들이다. 벗이여, 내 아들들이 이분들께 속해 있는 것처럼 빤다와들 또한 이분들께 속해 있다. 모두들 비슈마의 손자이자 드로나와 끄르빠의 제자들인 것이다.

산자야여, 이 세분 어른께 우리가 가진 무엇을 드리건 고귀한 인품을 지닌 이분들께서는 반드시 우리에게 보상을 해주실 것이다. 무기를 들어 올려 크샤뜨리야의 다르마를 따르려는 브라만들에게는 전장에서의 죽음이 최고의 축복이라고들 하지. 나는 실로 빤다와들과 싸우려는 모든 사람들이 가엾구나. 위두라가 처음부터 예견했던 위험이 이제 우리에게 닥쳐왔으니. 산자야여, 앎이 고통을 없애주진 않는 것 같구나. 고통이 과하게 닥쳐오면 오히려 그것이 배움을 거스르지 않더냐? 세속을 떠난 선인들도 세상이 돌아가는 것을 보며 기쁜 일에는 기뻐하고 슬픈 일에는 슬퍼하거늘 아들과 왕국과 아내와 손자와 친지들이 수천 갈래로 얽혀 있는 나는 말해 무엇하겠느냐? 마음으로는 이미 꾸루들의 패망을 보고 있거늘 끝에 다다른 이 위험 속에서 내가 할 수 있는 최선의 일이 대체 무엇이란 말이냐?

꾸루들의 대재앙은 주사위노름에서 비롯된 것이다. 권력에 탐착한 지혜 더딘 녀석이 탐욕으로 인해 이런 악을 만들어내었구나. 이것이 삶의 끝 너머까지 따라가는 시간의 어김없는 율법이라고 나는 생각하니라. 바퀴에 붙어 있는 바퀴의 테처럼 모든 것은 그렇게 고정되어 있어서 누구도 거기서 빠져나올 수가 없지. 무엇을 해야 할까, 어찌 해야 할까, 산자야여, 나는 대체 어디로 가야 하겠느냐? 지혜 더딘 꾸루들은 시간의 사슬에 걸려있구나. 벗이여, 내 아들 백 명의 죽음 앞에 나는 아무것도 할 수가 없다. 여인들의 통곡소리가 들리는구나. 죽음은 나를 어떤 식으로 맞으러 오려나?

한여름에 활활 타는 불길이
바람의 도움으로 마른 초목 태우듯
철퇴를 손에 든 저 빤두의 아들,
아르주나의 도움 받아 내 아들들을 죽이리니.'

51

드르따라슈트라가 말했다.

'우리는 유디슈티라에게서 진실이 아닌 것을 들은 적이 없다. 다난자야를 전사로 둔 그는 삼계도 다스릴 수 있을지니. 아무리 생각해봐도 전장에서 나는 간디와 궁수를 상대할 만한 이를 보지 못했다. 전장에서 갈대와 전죽 화살을 쏘아 날리는 간디와 궁수에 대항할 만한 이는 한 사람도 없느니. 황소 같은 사내 드로나와 까르나 두 영웅이 그와 맞서 싸울 수는 있겠지. 저들의 대단한 힘은 의심의 여지가 없으나 그래도 이 세상에서 우리의 승리는 없으리라. 까르나는 자비로우나 무모하고, 스승은 진중하나 나이 들었다. 저 지치지 않는 강궁 아르주나는 충분히 두 사람과 상대할 힘이 있느니. 무서운 전투가 벌어질 것이나 아무리 살펴도 어느 쪽에도 파멸이 없지는 않겠구

나. 모두가 무기에 능한 영웅들이요, 모두가 큰 명예를 얻은 이들이나 자기들 가진 힘을 모두 소진해도 승리는 없으리라. 필시 이들이 죽거나 아르주나가 죽어야만 평화가 오리니. 패퇴시킬 수도, 죽일 수도 없는 아르주나, 그가 지혜 더딘 내 아들들을 향해 일어서면 누가 그의 분노를 가라앉히리? 무기를 다루는 다른 이들은 승리도 패배도 안다. 그러나 아르주나에 대해서는 오로지 승리만 들었을 뿐이구나.

그는 서른 세 신에게 도전했고, 칸다와 숲에서는 아그니를 흡족케 했다. 모든 신들에게 그는 승리를 거두었느니. 나는 그의 패배를 알지 못하는구나. 인드라의 승리가 그러하듯 덕과 행적이 신과 같은 끄르슈나를 마부로 둔 아르주나에게 승리는 자명한 것이리라. 두 끄르슈나와 화살 먹인 간디와 활, 빛이 넘치는 저 셋이 한 전차에 모였음을 들었다. 우리에겐 저와 같은 활도 전사도 그리고 마부도 없다. 그럼에도 두료다나를 따르는 지혜 더딘 자들은 이를 보지 못하는구나. 나의 벗 산자야여, 번쩍이는 번개가 머리를 내리쳐도 남아 있는 것이 있겠으나 왕관 쓴 아르주나의 화살들은 아무것도 남겨두지 않으리라. 화살 비를 뿌리며 아르주나는 벌써 화살로 병사들을 도륙하여 몸통에서 수급을 취하는 듯하지 않느냐? 간디와가 일으킨 화살의 불꽃이 사방에 튀어 내 아들의 병사들을 태우지 않겠느냐? 왼손잡이 궁수가 일으킨 전차소리에 바라따의 무수한 병사들이 우왕좌왕하고, 두려움에 떠는 모습이 내게는 보이는구나. 마른 초목을 태운 불이 점점 커지다 바람에 인 거대한 불꽃과 함께 사방으로 퍼져나가듯 아르주나는 그렇게 내 병사들을 태우리라.

왕관 쓴 아르주나가 전장에 우뚝 서서
무더기로 쏘아 날린 저 날카로운 화살들은 마치
모든 것 앗아가는 조물주의 작품, 죽음과도 같구나.
누가 감히 그의 앞을 막아서겠느냐?

꾸루들의 자리에서, 꾸루들의 주변에서,
전투가 시작되는 곳에서, 끊임없이 일어나는
너무나 많은 조짐들에 대해 들었을 때
나는 바라따의 파멸이 왔음을 분명히 알았느니.'

52

드르따라슈트라가 말했다.

'용맹스러운 빤다와 모두가 승리를 열망하듯 저들의 동맹들도 제 목숨 바쳐가며 빤다와의 승리를 위해 싸우는구나. 그대는 내게 저 용맹스런 적들에 대해, 빤짤라와 께까야와 맛쓰야와 마가다, 그리고 왓 뜨사 왕들에 대해 말했지. 바라기만 하면 인드라의 세상을 포함한 온 세상을 힘으로 누를 수도 있는 이, 세상에서 가장 뛰어난 저 *끄르슈 나*가 빤다와들의 승리를 위해 애쓰는구나. 사띠야끼는 아르주나에게 서 온전하고 신속하게 진언 쓰는 법을 배웠지. 쉬니의 저 후손이 씨 를 뿌리듯 전장에서 화살을 뿌리리라. 빤짤라의 왕자 드르슈타듐나,

저 잔혹한 행적의 대용사, 무기를 다룸에 위없는 그가 내 병사들을 상대로 전쟁을 치를지니. 벗이여, 나는 유디슈티라의 분노 때문에, 아르주나의 용맹 때문에, 쌍둥이와 비마세나 때문에 두렵구나. 산자야여, 인드라 같은 빤다와들이 초인적인 그물을 펼쳐 내 군사들을 죽이면 나는 회한에 가득하리라. 준수한 용모에 마음 성성하고 행운을 부르는 이, 브라흐마의 빛으로 넘쳐나는 다르마의 혼이자 지혜가 켜켜이 쌓인 명민한 빤두의 기쁨 유디슈티라는 동지와 책사들을 구비하고, 수장들과 종자들, 형제들, 그리고 대전사 아들을 가진 처가의 어른들을 구족하고 있느니. 범 같이 당당한 빤다와는 겸손하고 자애로우며 능변인데다 염치 있고, 진실을 용맹으로 삼은 사내이다. 많이 듣고 고마움을 알며 어른을 잘 섬기고 감각을 다스릴 줄 안다. 만덕을 구족한 그는 아그니에게 있어 땔감과 같은 존재이지. 생각 아둔하고 지혜 더딘 어떤 자가 불에 뛰어드는 부나비처럼 죽기를 작정하고 빤다와라는 타오르는 불길에 자신을 내던지려 하겠느냐? 왕은 여위었으나 순금의 빛을 지닌 불길과 같아 지혜 더딘 내 아들들을 전투에서 죽음으로 몰아가리라.

꾸루들이여 내 말을 들으라. 그들과는 싸우지 않는 것이 좋으리라. 싸우면 필시 가문의 완전한 파멸만이 기다릴 터이다. 이것이 마음을 평온하게 할 내 마지막 화친의 말이니라. 싸우지 않기를 바란다면 화친을 위해 애쓰라. 우리가 화친을 구한다면 유디슈티라는 이를 무시하지 않을 것이다. 그는 아다르마를 역겨워하고 내게 그 원인을 지적해왔기 때문이다.'

53

산자야가 말했다.

'바라따의 후손이시여, 대왕께서 말씀하신 그대로입니다. 간디와가 싸움에서 크샤뜨리야의 파멸을 불러오리라는 것은 예견된 바입니다. 그러나 왼손잡이 궁수의 패기를 알면서도 아들들의 사슬에 매어 끄떡도 않으시던 당신에게서 이를 듣게 되다니 참으로 이해할 수 없는 일입니다. 대왕이시여, 그러나 지금은 너무 늦었습니다. 그들에게 해를 끼친 것은 항상 당신이셨습니다. 황소 같은 바라따시여, 쁘르타의 아들들은 애초부터 당신에게 모욕을 당해왔습니다. 마음이 항상 잘 가다듬어져 있는 아버지요 좋은 벗이라면 아들들에게 이로운 일을 먼저 행해야 합니다. 그들을 적대시하는 이를 어른이라고 부를 수는 없습니다. 대왕이시여, 주사위노름을 할 때 저들이 패했다는 것을 듣고 당신은 "이겼구나!", "얻었구나!"라며 아이처럼 기뻐했습니다. 준열하게 꾸짖는 쁘르타의 아들들을 당신은 외면했습니다. 그때 당신은 온 왕국을 얻었다고 생각했겠지만 쇠락은 보지 못했습니다.

대왕이시여, 꾸루와 장갈라는 조상들에게서 물려받은 왕국이지만 이후에 얻은 온 땅은 모두 저 영웅들이 쟁취한 것입니다. 쁘르타의 아들들은 자기들 팔의 위력으로 얻은 땅을 당신에게 바쳤습니다. 훌륭한 왕이시여, 헌데 당신은 지금 그것들을 모두 당신이 쟁취했다고 여깁니다. 훌륭한 왕이시여, 쁘르타의 아들들은 간다르와들에게 삼켜져 배도 없이 바다에 가라앉을 뻔 했던 당신의 아들들을 당신께 데려다주었습니다. 왕이시여, 당신은 빤다와들이 주사위노름에서 패해 숲으로 유배를 떠날 때 아이처럼 좋아서 어쩔 줄 몰라 했습니다. 아르주나가 날카로운 화살의 무리를 소나기처럼 쏟아내면 저 태양도 말라버릴 것입니다. 살점 가진 인간들이야 일러 무엇하리까?

활잡이들 중에서는 아르주나를 따를 자 없고 활들 중에서는 간디와가 최고입니다. 생명 있는 모든 것들 중에서는 끄르슈나가 최상이며, 바퀴들 중에서는 수다르샤나*가 으뜸입니다. 깃발들 중에서는 아르주나의 깃발, 저 빛나는 원숭이 깃발보다 나은 것은 없습니다. 왕이시여, 전장에서 이 모든 것을 자기 전차에 태우고 있는 흰말 탄 사내가 시간의 바퀴가 다가오듯 우리들 모두를 파멸로 이끌 것입니다. 황소 같은 바라따의 왕이시여, 지금은 온 세상이 그의 것입니다. 왕들 중의 왕이시여, 지금은 비마와 아르주나를 전사로 갖고 있는 이가 왕입니다. 비마에게 당한 당신의 군대가 가라앉으면 두료다나가 이끄는 까우라와들은 파멸에 이를 것입니다. 위용 넘치는 대왕이시여, 당신의 아들들과 그들을 따르는 왕들은 비마 앞에서 주눅이 들어 절대로 승리할 수 없기 때문입니다. 맛쓰야도, 빤짤라도, 께까야도 이제 더 이상 당신을 우러르지 않습니다. 모든 샬웨야 용사들 또한 당신을 업신여깁니다. 지혜로운 빤다와들의 위력을 알고 모두들 저들에게 갔기 때문이지요. 죽어서는 안 될 사내들, 다르마에 따라 행동하는 저들에게 저지른 잘못을 당신의 저 못난 아들들과 그들을 따르는 자들은 무슨 수를 써서라도 반드시 바로잡아야 합니다. 대

수다르샤나_ 끄르슈나(혹은 위슈누)가 무기로 쓰는 수레바퀴 형상의 무기 혹은 원반.

왕이시여, 당신의 아들 유디슈티라는 괴롭힘을 당해서는 안 됩니다. 주사위노름 때 소인은 당신께 말씀을 올렸고 위두라 또한 그렇게 말씀드렸었지요. 바라따의 후손이시여, 인드라 같은 왕이시여, 빤다와들에 대한 당신의 이 모든 탄식, 마치 무력한 듯한 당신의 이 탄식은 모두 허망한 것입니다.'

54

두료다나가 말했다.

'대왕이시여, 두려워 마십시오. 저희들을 안타깝게 여기지 마십시오. 위용 넘치는 왕이시여, 저희들은 전장에서 충분히 적을 이길 여력이 있습니다. 쁘르타의 아들들이 숲으로 유배를 떠났을 때 끄르슈나는 적국을 짓누르던 장대한 병력을 이끌고 저들에게 갔었습니다. 께까야, 드르슈타께뚜, 드루빠다의 아들 드르슈타듐나, 그리고 다른 많은 왕들이 와서 빤다와들을 따랐지요. 대전사들은 인드라쁘라스타에서 그리 멀지 않은 곳에 모였고 당신과 꾸루들을 싸잡아 비난하더이다. 바라따시여, 끄르슈나를 선두로 똘똘 뭉친 저들은 사슴 가죽을 두르고 앉아있던 유디슈티라를 섬겼습니다. 인간들의 주인인 저들은 왕국을 되찾는 일이 시급하다고, 자기들은 당신과 당신의 친지들을 휘저을 준비가 되어있노라고 왕에게 말하더이다. 황소 같은 바라따 왕이시여, 저는 이 말을 듣고 친지들이 패망할까 두려워 비슈

302

마와 드로나와 끄르빠께 이런 말씀을 드렸었지요.

"빤다와들은 약속한 시간을 지키지 않을 것 같습니다. 와아수데와가 우리의 완전한 패망을 원하기 때문입니다. 최상의 꾸루시여, 위두라를 제외한 모든 고결한 이들이 죽임을 당할 것입니다. 다르마를 아는 드르따라슈트라는 죽임을 당해서는 안 됩니다. 친애하는 분이시여, 끄르슈나는 우리를 완전히 파멸시킨 뒤 꾸루의 왕국을 통째로 유디슈티라에게 바치려고 합니다. 이제 때가 왔습니다. 그런데 우리들이 할 수 있는 것은 무엇입니까? 항복입니까, 도망입니까 아니면 목숨을 걸고 적과 싸우는 것입니까? 대항해 싸운다면 우리의 패배는 자명합니다. 모든 왕이 유디슈티라 휘하에 있기 때문입니다. 왕국은 우리에게 반감이 많고 동지들은 우리에게 성나 있습니다. 왕들은 모두 우리를 책망하고 우리의 친척들 또한 사방에서 우리를 비난합니다. 저들에게 굴복하는 것은 잘못이 아닙니다. 친척들은 이러나저러나 영원히 같은 위치에 있으니까요. 그러나 저는 저 때문에 고통 받고 한없이 곤란한 지경에 처해 있는 아버지, 마음의 눈으로만 봐야 하는 인간들의 군주가 안타깝습니다. 사실 당신의 아들들은 저를 기쁘게 하려고 저들을 막아선 것입니다. 훌륭한 분이시여, 당신은 예전에 이미 이것을 알고 계셨습니다. 빤다와 대전사들은 드르따라슈트라와 그 책사들을 파멸시킴으로써 적개심을 되갚으려 할 것입니다."

바라따시여, 제가 이렇게 말하자 드로나, 비슈마, 끄르빠, 그리고 드로나의 아들은 제가 몹시 걱정하고 심신이 다 뒤틀려 있음을 알고 이렇게 말하더이다.

"적을 태우는 이여, 적이 우리를 도발한다 해도 두려워 마시오.

인간들의 군주여, 적들은 전장에서 우리를 이길 수 없소. 우리들 하나하나가 어떤 왕이라도 이길 수 있소. 그들더러 오라고 하시오. 날카로운 화살로 우리가 저들의 오만을 다스려줄 터이니. 바라따여, 부친이 돌아가셨을 때 성난 비슈마는 예전에 달랑 전차 하나 몰고 단신으로 모든 왕을 물리쳤소. 격분한 저 최상의 꾸루는 수없이 많은 적들을 죽였고, 저들은 두려워하여 비슈마에게 선처를 구했소. 우리가 도와준다면 비슈마는 전장에서 적들을 물리치고도 남음이 있는 분이오. 그러니 황소 같은 바라따여, 두려움을 거두시오."

이것이 저 무량한 빛을 지닌 분들이 내린 결정이었습니다. 그때 이 세상은 온통 저들 손아귀에 있었지요. 그러나 이제 저들은 전장에서 우리를 이길 수 없습니다. 저들의 날개는 잘려나갔고 빤다와들은 힘을 잃었습니다. 황소 같은 바라따시여, 세상은 이제 우리 손에 놓여 있습니다. 제가 모셔온 왕들은 기쁘거나 슬프거나 모두 한 가지 목적을 위해 여기 있습니다. 적을 태우는 분이시여, 이들은 저를 위해 불구덩이에도, 바다 속에도 뛰어들 것입니다. 최상의 꾸루시여, 모두들 이를 알고 있습니다. 적을 추어올리며 수도 없이 탄식하다 넋나간 사람처럼 두려워하고 고통스러워하는 당신을 모두들 비웃습니다. 각각의 왕이 빤다와들을 대적할 힘이 있고 모두들 스스로 그 사실을 알고 있습니다. 그러니 덮쳐오는 두려움을 버리소서. 끄르슈나라고 해도 뭉쳐 있는 우리 군을 짓뭉갤 수는 없습니다. 스스로 존재하며 멸하지 않는 브라흐마라도 이들을 죽이지 못합니다.

주인이시여, 유디슈티라는 제 병사들과 그들의 힘을 두려워하여 도성을 버리고 다섯 개의 마을만을 요구합니다. 바라따시여, 당신께

선 꾼띠의 아들 늑대 배의 힘을 잘못 생각하고 계십니다. 당신은 제가 가진 힘을 알지 못합니다. 이 땅에서 철퇴로 저와 동등하게 싸울 자는 아무도 없습니다. 예전의 누구도 저를 이긴 자 없고 앞으로 누구도 저를 이길 자 없을 것입니다. 고통을 이겨내고 그것을 배워 이제 최고의 단계를 넘어섰습니다. 그래서 저는 비마건 다른 누구건 두렵지 않습니다. 축복 있으시길! 상까르샤나에게서 배울 때 그는 '철퇴에서만큼은 항상 두료다나를 따를 자가 없다'고 결론지었었지요. 지상에서 저는 전투로는 상까르샤나와 같고 힘으로는 그보다 낫습니다. 비마는 전투에서 내 철퇴의 타격을 견뎌내지 못합니다. 왕이시여, 제가 비마에게 내리친 거센 일격은 황망히 그를 야마의 무서운 땅으로 보낼 것입니다. 왕이시여, 저는 철퇴를 손에 든 늑대 배를 볼 수 있었으면 좋겠습니다. 이것은 오래도록 제가 마음속에 품어 왔던 소망입니다. 쁘르타의 아들 늑대 배는 제가 내리친 철퇴에 맞아 사지가 산산이 부서져 목숨을 잃은 채 땅에 쓰러질 것이고, 히말라야 산이라도 한 번 제 철퇴에 맞으면 수백수천 갈래로 부서져 흩어질 것입니다. 비마도 이를 알고 와아수데와 아르주나 또한 철퇴를 쓰는데 두료다나와 같은 이는 없음을 잘 알고 있습니다. 그러니 큰 전투에서 당신이 늑대 배에게 느끼는 두려움을 떨쳐버리십시오. 왕이시여, 제가 그를 물리칠 터이니 두려워 마십시오. 황소 같은 바라따시여, 제가 그를 재빨리 죽이고 나면 저와 같거나 더 뛰어난 수많은 전사들이 아르주나를 내칠 것입니다. 바라따시여, 비슈마, 드로나, 끄르빠, 드로나의 아들, 까르나, 부리쉬라와스, 쁘라그조띠샤 왕, 샬리야, 신두의 왕 자야드라타, 이 모두가 빤다와를 처단할 수 있는 힘이 있습니다. 이들 모두가 지체 없이 적들을 야마의 땅으로 보내버릴 것입니다. 모든 왕의 병력이 혼자뿐인 쁘르타의 아들 다난자야를 처단하지 못할 이유가 어디 있으리까? 비슈마가 쏜 수백수천의 화살에 맞거나 드로나와 드로나의 아들, 그리고 끄르빠로 인해 저 쁘르타의 아들은 야마의 땅으로 갈 것입니다. 바라따시여, 강가의 아들 비슈마 할아버지는 브라만 선인 같은 샨따누 왕에게서 태어났습니다. 신들도 그를 상대하기 어렵습니다. 아버지 샨따누는 '네가 원하기 전에는 죽음이 너를 찾아오지 못하리'라는 축원을 내려주었다고 했습니다. 대왕이시여, 브라만 선인 바라드와자의 아들 드로나는 드로나 잎으로 만든 그릇에서 태어났고, 무기를 다루는데 달통한 아쉬와타만이 드로나에게서 태어났습니다. 그리고 여기 빛나는 이분, 스승들 중의 스승이시며 대선인이신 가우따마의 씨로 갈대숲에서 태어난 끄르빠는 죽임을 당하지 않으리라는 것이 제 생각입니다. 대왕이시여, 인간의 태에서 태어나지 않은 세 분을 아버지와 어머니와 외삼촌으로 둔 아쉬와타만이 제 용사입니다. 황소 같은 바라따의 대왕이시여, 신과 같은 이 대전사들은 모두 전장에서 인드라마저 괴롭힐 수 있을 것입니다. 바라따시여, 또한 까르나는 비슈마, 드로나, 끄르빠와 견줄 수 있다는 것이 제 생각입니다. 그는 빠라슈라마에게서도 '나와 같다'고 인정받은 사람입니다. 태어날 때 걸고 나온 반짝이고 빛나는 까르나의 귀걸이는 대인드라가 샤찌를 위해 그에게 구걸했던 것이기도 합니다. 대왕이시여, 그 대신 인드라는 그에게 무섭기 그지없는 삼지창, 실패 없는 삼지창을 내주었습니다. 다난자야가 그 삼지창에 꿰뚫린다면 무슨 수로 살아남으리까? 왕이시여, 제 승리는 손에 든 열매처럼 자명하나이다. 이 땅에서 적의 완전한 파멸은 불보듯 뻔합니다.

바라따시여, 비슈마는 하루에 만 명을 죽일 수 있고 드로나와 아쉬와타만과 끄르빠도 그와 견줄 만한 대궁수들입니다. 적을 태우는 이여, 물러섬 없는 일군의 맹약 크샤뜨리야들†은 '아르주나가 우리를 죽이거나 우리가 다난자야의 목숨을 빼앗으리라'라고 선언했습니다. 위용 넘치는 왕이시여, 왕들은 자신들이 충분히 왼손잡이 궁수를 죽일 수 있으리라고 생각합니다. 그러하거늘 어찌하여 당신은 자꾸만 이유 없이 움츠려드는 것입니까? 바라따시여, 비마가 죽고 나면 다른 누가 싸울 수 있으리까? 적을 태우는 이여, 답을 알고 계시거든 제게도 일러주소서. 왕이시여, 저들에겐 기껏해야 다섯 형제와, 드르슈타듐나, 그리고 샤띠야끼가 있습니다. 이 일곱이 적군의 가장 힘 있는 용사들입니다. 인간들의 군주시여, 그러나 아군에는 저 훌륭하신 비슈마, 드로나, 끄르빠 이외에도 드로나의 아들 아쉬와타만, 까르나 와이까르따나, 소마닷따, 바흘리까, 쁘라그조띠샤 왕, 샬리야, 아완띠의 왕, 자야드라타, 두샤사나, 두르무카, 두사하, 쉬루따유스, 찌뜨라세나, 뿌루미뜨라, 위윙샤띠, 샬라, 부리쉬라와스, 당신의 아들 위까르나 등이 있습니다.

왕이시여, 저는 열한 개의 사단을 모았습니다. 적군은 고작해야 일곱 사단입니다. 어찌 제가 패할 수 있으리까? 브르하스빠띠는 셋 정도 모자라는 적과는 싸울만하다고 했습니다. 왕이시여, 제 병력은 적군의 것을 셋 이상 넘어섰습니다. 인간들의 군주 바라따시여, 적군

맹약 크샤뜨리야들_ '상삽따까'로 불리는 이들은 전투에서 절대로 물러서지 않고 다른 전사들이 물러서는 것도 용납하지 않는 전사들이다.

은 갖춰야 할 많은 덕목이 부족한 반면 아군은 여러 덕목이 차고 넘칩니다. 바라따시여, 아군의 우월함과 빤다와 군의 부족함, 이 모든 것을 아시어 부디 혼란에 빠지지 마소서.'

이어지는 와이샴빠야나의 이야기는 이러하다.

이와 같이 말한 뒤 적의 도시를 정복한 두료다나는 그 시기에 알맞은 것이 무엇인지를 알아보기 위해 다시 한 번 산자야에게 물었다.

55

두료다나가 말했다.
'산자야여, 유디슈티라는 일곱 사단을 모았다고 했지. 꾼띠의 아들이 왕들과 함께 전쟁을 준비하면서 하려고 하는 일이 무엇이던가?'
산자야가 말했다.
'왕자님이시여, 유디슈티라는 기꺼운 마음으로 전쟁을 준비하고 있었습니다. 비마세나와 아르주나, 쌍둥이들도 두려움이 없었습니다. 적의 심장에 공포를 일으키는 꾼띠의 아들 아르주나는 진언을 익히고, 천상의 전차를 매어 사방을 밝히고 있었습니다. 소인이 보기에 그는 비구름이 번개와 함께 번쩍이는 것처럼 잘 준비되어 있었습니다. 진언을 염하던 그가 소인에게 "이 전조를 보게. 산자야여, 우리

가 이길 것이네"라고 유쾌하게 말했지요. 소인은 저 공포를 일으키
는 이가 말한 그대로 되리라는 것을 알았답니다.'

두료다나가 말했다.

'주사위노름에서 패한 쁘르타의 아들들을 참으로 천연덕스럽게
도 찬양하는군. 아르주나의 전차에는 어떤 말들이 매어져 있던가? 깃
발들은 어떠하던가? 말해주게.'

산자야가 말했다.

'위용 넘치는 백성들의 주인이시여, 바우와나＊는 인드라와 함께,
뜨와슈트르＊는 조물주와 함께 아름답고 다채로운 모양의 깃발들을
빚었지요. 신들의 마법으로 값지고, 크면서도 가벼운 것들을 만들었
습니다.

사방을 요자나 길이로 뻗은 깃발은
살짝 기운 채 드높이 펄럭였답니다.
바우와나의 마력으로 빚은 깃발은
나무에 에워싸여도 거기에 걸리지 않았답니다.

하늘에서 빛나는 무지개가
뭔지 모를 여러 색깔 지녔듯
바우와나가 빚은 깃발은
여러 가지 모습으로 보였습니다.

바우와나_ 신들의 목수인 위쉬와까르만의 다른 이름.
뜨와슈트르_ 뜨와슈트르 또한 신들의 목수이다.

불에서 나온 연기가 여러 빛깔
밝은 몸 차려 입고 하늘 향해 치솟듯
바우와나가 빚은 깃발도 그렇게 치솟았으나
짐이 되지도, 장애가 되지도 않았답니다.

그는 바람처럼 빠른 흰빛의 명마를,
찌뜨라세나가 준 길 잘든 천상의 명마를,
몇몇이 죽어도 오래된 축원으로 언제나 채워지는
백 마리의 명마를 갖고 있었습니다.

왕 또한 자신의 위력에 걸맞아 보이는
상아빛 거대한 말을 전차에 매두었습니다.
르샤라고 불리는 비마세나의 말들도
전장에서 빠르기가 바람과 같았답니다.

사하데와는 점박이 몸통에
검은 앵무새빛 등을 가진 말,
다정한 형 아르주나가 준,
영웅 형제들 것보다 빼어난 말을 매어 달렸습니다.

마드리의 아들 나꿀라, 저 아자미다의 후손은
대 인드라가 준 적갈색 준마를 몰았습니다.

바람 같고, 힘 있고, 용맹스러운 그 말들은
우르뜨라 죽인 인드라처럼 저 영웅을 태우더이다.

나이와 용맹스러움이 같고
빠르기를 따를 자 없는 거대한 말들은
수바드라와 드라우빠디의 아들들이 몰았습니다.
그들도 신들이 내준 준마들이었습니다.'

56

드르따라슈트라가 말했다.

'산자야여, 그대는 어떤 이들이 그곳에 모여 있는 것을 보았더냐?
빤다와들을 위해 각기 다른 목적을 갖고 내 아들의 군대와 맞서 싸우
려는 이들이 누구더냐?'

산자야가 말했다.

'안다까와 우르슈니의 수장 끄르슈나를 보았습니다. 쩨끼따나와
유유다나 사띠야끼도 보았습니다. 사내다운 자긍심으로 명망 높은
두 전사, 쩨끼따나와 사띠야끼는 각각 한 개의 사단을 이끌고 빤다와
들을 찾아 왔습니다. 쉬칸딘의 호위를 받고 있는 빤짤라의 왕 드루빠
다는 사띠야지뜨가 이끄는 드르슈타듐나 등 열 명의 영웅적인 아들
들에 에워싸여, 전군이 의복을 잘 갖춰 입은 한 개의 사단을 이끌고

빤다와들의 명예를 드높이러 왔습니다. 위라타는 샹카와 웃따라 두 아들, 그리고 마디라쉬와를 선봉으로 한 수르야닷따 등의 전사들과 함께 왔지요. 사단의 병력에 에워싸여 형제와 아들들을 대동하고 온 왕은 쁘르타의 아들과 합세했답니다. 마가다의 자라산디, 쩨디의 왕 드르슈타께뚜도 각기 사단을 이끌고 그곳에 이르렀습니다. 다섯 께까야 형제들은 모두 핏빛의 붉은 깃발을 펄럭이며 사단과 함께 빤다와 군에 합세했습니다. 이 정도가 빤다와들을 위해 드르따라슈트라 병력에 대항해 싸우려고 모여든, 소인이 본 병력입니다. 그리고 고결한 드르슈타듐나, 인간과 신과 간다르와와 아수라들의 군진을 아는 그가 유디슈티라 군의 대장을 맡고 있었습니다.

왕이시여, 샨따누의 아들 비슈마는 쉬칸딘이 죽이도록 정해졌고, 위라타 왕은 맛쓰야의 투창 병사들과 함께 쉬칸딘을 돕도록 되어 있습니다. 몇몇 사람이 둘의 기량이 엇비슷하지 않다고 말하긴 했으나 위력적인 마드라의 왕은 빤두의 장자 유디슈티라에게 맡겨졌습니다. 두료다나와 아들, 그리고 백 명의 형제들은 동쪽과 남쪽에서 온 왕들과 함께 비마가 맡도록 했습니다. 아르주나의 몫으로는 까르나 와이까르따나, 아쉬와타만, 위까르나, 신두의 왕 자야드라타가 정해졌습니다. 쁘르타의 아들 아르주나는 자긍심 넘치는 이 땅의 무적의 용사들도 자기 몫으로 삼았답니다. 대궁수 왕자들, 저 다섯 명의 께까야 형제들은 전장에서 께까야들을 자기들 몫으로 삼았으며, 말라와, 샬와, 께까야, 그리고 뜨리가르타들과 두 명의 물러섬 없는 맹약 용사들 수장도 맡아 싸울 것입니다. 두료다나와 두샤사나의 모든 아들들은 수바드라의 아들이 맡았고, 브르하드발라 왕도 그의 몫입니다.

바라따시여, 드라우빠디의 대궁수 아들들은 황금으로 만든 기를 들고 드르슈타듐나를 선봉 삼아 드로나를 치기로 되어 있습니다. 쩨끼따나는 소마닷따와 전차에서 일대일로 싸우고 싶어 합니다. 유유다나는 보자 끄르따와르만과 싸울 것이고, 전장에서 포효하는 마드리의 아들 사하데와 용사는 자신의 처남인 수발라의 아들과 격전을 벌일 것입니다. 울루까 까이따위야 그리고 사라스와따 무리는 마드리의 아들 나꿀라가 맡아서 싸운다고 합니다. 왕이시여, 전장에서 빤두의 아들들에 맞서 싸울 여타의 왕들은 각자의 기량에 맞게 배정하도록 되어 있습니다. 이런 방식으로 각자에 맞는 병력의 몫이 정해질 터이니 당신과 당신의 아들들은 이제 시간을 허비하지 말고 해야 할 일을 하십시오.'

드르따라슈트라가 말했다.

'전쟁이 한창일 때 저 힘이 넘치는 비마와 싸우는 녀석들, 잘못된 주사위노름에 빠져든 내 아둔한 아들들은 모두 살아 있지 못할지니. 지상의 모든 왕들은 시간의 율법에 육신을 씻고 불길에 날아드는 부나비처럼 간디와의 불길에 뛰어들지니. 나는 벌써부터 복수를 다짐하는 저 고결한 이들에게 송두리째 뿌리 뽑힌 아군을 보는구나. 전장에서 빤다와들과 싸우다 흩어진 군대를 누가 따르리? 모두들 명예롭고 위용 넘치는 일당백의 전사요 용사이며, 빛으로는 태양과 불과 같은 저들은 전쟁에서의 승리자들이다. 유디슈티라가 이끌고 끄르슈나가 보호하며, 두 빤다와 용사, 왼손잡이 궁수와 늑대 배 영웅이 있고, 나꿀라와 사하데와, 드루빠다의 아들 드르슈타듐나가 있으며 사띠야끼와 드루빠다, 드르슈타듐나의 아들, 빤짤라의 웃따마우자스, 불패의 유다만유, 쉬칸딘, 크샤뜨라데와, 위라타의 아들 웃따라, 맛쓰야들, 쩨디들, 께까야들, 그리고 모든 스른자야들, 위라타의 아들 바브루, 빤짤라들, 쁘라바드라까들, 저 전쟁의 영웅들은 자신들이 원치 않으면 인드라도 그들에게서 땅을 빼앗을 수 없을 터이고, 산이라도 부술 수 있을 터이다. 산자야여, 저들 모두가 덕을 갖추고 초인적 기력을 지닌 이들이거늘, 나의 탄식에도 고약한 내 아들들은 싸우려드는구나.'

두료다나가 말했다.

'우리 둘 다 같은 태생이요, 우리 둘 다 땅 위를 걷는 사람들입니다. 어찌하여 빤다와들에게만 승리가 있다고 생각하시는 겁니까? 할아버지, 드로나, 불패의 끄르빠, 자야드라타, 소마닷따, 아쉬와타만은 인드라와 신들이 함께 와도 전장에서는 이기기 어려운 명민한 명궁수들이거늘 빤다와들이야 일러 무엇하리까? 친애하는 아버지, 이 땅은 나를 위해 만들어졌습니다. 고귀하고 당당하며 불과 같은 저 빤다와 용사들을 내가 짓누르겠습니다. 빤다와들은 내 용사들을 감히 쳐다보지도 못할 것입니다. 나는 빤다와들과 아들들이 모두 함께 덤벼도 제압할 수 있습니다. 바라따시여, 나를 기쁘게 해주고 싶어 하는 모든 왕들이 노끈으로 어린 사슴을 잡아매듯 빤다와들을 막아줄 것입니다. 빤짤라들과 빤다와들은 거대한 내 전차 무리와 화살 망에 쫓겨 갈 것입니다.'

드르따라슈트라가 말했다.

'산자야여, 내 아들이 마치 넋나간 사람처럼 지껄이는구나. 다르마의 왕 유디슈티라는 싸워 이길 수 없을지니. 비슈마께서는 고결하고 다르마를 아는 저 명예로운 빤다와들과 아들들이 얼마나 강한 이들인지 항상 알고 계셨지. 그러기에 나는 저 고결한 이들과 분쟁을 일으키고 싶지 않구나. 산자야여, 그러나 다시 한 번 저들의 움직임에 대해 말해다오. 누가 저 기세등등하게 빛나는 빤다와 대궁수들을 불에 기름을 붓듯 다시 타오르게 하던가?'

산자야가 말했다.

'훌륭한 바라따시여, 드르슈타듐나가 "싸우시오. 싸움을 꺼려하지 마시오"라고 말하며 저들을 타오르게 합니다. 그는 늘 "어떤 왕들이 거기 있어도, 누가 드르따라슈트라의 아들을 감싸고 있어도, 갑옷이 넘실거리는 저 전장의 소용돌이 속에서 누가 모여 밀려와도, 분노한 저들이 친지들과 모두 함께 밀려와도 고래가 물고기들을 집어삼키듯 나 혼자서 저들을 삼켜버릴 것이오. 나는 비슈마와 드로나와 끄르빠와 까르나, 드로나의 아들과 샬리야와 수요다나를 바다의 경계선이 바다를 막듯 그렇게 막아설 것이오"라고 말했습니다. 그가 이렇게 말하자 고결한 유디슈티라는 그에게 이런 말을 했습니다. "완력 넘치는 이여, 빤짤라와 빤다와들이 모두 당신의 용기와 위력에 기대고 있습니다. 이 전투에서 우리를 건져 주십시오. 나는 당신이 크샤뜨리야의 율법에 굳건함을 압니다. 당신 혼자서도 호전적인 까우라와들을 모두 당해낼 수 있습니다. 적을 태우는 이여, 당신이 내리는 결정이 우리에게 최선이 되었으면 합니다. 병사들이 전장에서 짓뭉개져 도망치고 피신처를 구할 때 땅을 단단히 딛고 서서 용맹을 보이는 자는 그들 천 명의 몫을 지불해서라도 사올 가치가 있지요. 그것이 정책입니다. 황소 같은 사내여, 바로 그런 이가 당신입니다. 용사이자 영웅이며 용맹스럽기 그지없지요. 전장에서 두려움에 떠는 자들에게는 당신이야말로 피난처라는 것은 의심할 여지도 없습니다." 다르마의 혼을 지닌 꾼띠의 아들 유디슈티라가 이렇게 말하자 저 두려움 모르는 드르슈타듐나는 소인에게 이렇게 말했지요. "마부여, 두료다나의 백성들과 모든 병사들, 바흘리까, 쁘라띠빠 가문의 꾸루들, 샤라드와따들, 마부의 아들 까르나, 드로나와 그의 아들, 자야드라타, 두샤사나, 위까르나, 그리고 두료다나 왕에게 전하시오.

어서 가시오. 그리고 비슈마에게 전하시오.
유디슈티라를 향해 화친의 마음으로 오라 하시오.
신의 보살핌을 받는 아르주나가 당신들을 죽이지 않게 하시오.
세상의 영웅 빤다와에게 어서 간청하시오.

왼손잡이 궁수 빤두의 아들, 무기에 달통한 그와 견줄만한 전사는 이 세상에 아무도 없소. 간디와 활잡이의 천상의 전차는 신들이 마련해준 것이니 어떤 인간도 그를 이길 수는 없소. 전쟁하려 마음먹지 마시오."'

57

드르따라슈트라가 말했다.

'빤두의 아들은 어려서부터 크샤뜨리야의 기세에 브라만의 거동이었지. 지혜 더딘 내 아들들은 아무리 내가 탄식해도 그와 싸우려 드는구나. 최고의 바라따 두료다나여, 그와의 전쟁을 그만 두거라. 적을 태우는 이여, 어떤 경우에도 전쟁이 칭송되는 일은 없었느니. 반쪽 땅만으로도 너와 네 책사들이 살기에 충분하지 않더냐. 적을 다스리는 이여, 빤두의 아들들에게 정당한 몫을 주거라. 꾸루들 모두가 고결한 빤두의 아들들과 화친하는 것이 정당하다고 생각하느니. 아들아, 네 병사들을 보거라. 질병이 너를 힘들게 하는데도 너는 어리석어 그것을 알지 못하는구나. 나는 전쟁을 원치 않고 바흘리까도 전쟁을 원치 않는다. 비슈마도 드로나도 아쉬와타만도 산자야도 소마닷따도 샬와도 끄르빠도 전쟁을 원치 않는다. 사띠야우라따도 뿌루미뜨라도 자야도 부리쉬라와스도 그 누구도 전쟁을 원치 않는다. 아가, 힘들 때 까우라와들이 기대는 버팀목들이 이 전쟁을 환영하지 않는구나. 이 마음들을 너도 기꺼이 따라야 하느니. 네가 그리 하는 것은 네 욕심이 아니라 까르나가 그리 만들었고, 저 마음 고약한 두샤사나와 수발라의 아들 샤꾸니가 그리 만들었느니.'

두료다나가 말했다.

'전하께도, 드로나께도, 그리고 아쉬와타만, 산자야, 위까르나, 깜보자, 끄르빠, 바흘리까, 사띠야우라따, 뿌루미뜨라, 부리쉬라와스에게도 또 다른 어떤 누구에게도 저는 이 전쟁의 짐을 지우지 않을 것입니다. 아버지, 저와 까르나가 전장에 희생제의 판을 폈습니다. 황소 같은 바라따시여, 저희는 유디슈티라를 희생양으로 몸을 정갈히 하는 의식을 거행할 것입니다. 전차를 제단 삼고 칼을 수저로, 철퇴를 희생제의 국자로, 갑옷을 희생제의 자리로 삼을 것입니다. 제 말들은 희생제의 네 명의 사제로, 제 화살은 다르바 풀[*]로, 명예는 저의 제물로 삼겠습니다. 죽음의 신 앞에 저희들 자신을 전쟁의 제물로 바치고 적을 죽여 승리를 얻고 영광으로 온 몸을 휘감을 것입니다. 아버지, 저와 까르나와 제 아우 두샤사나 셋이 전장에서 빤다와들을 죽이고 세상을 다스리겠습니다. 아니면 빤두의 아들들이 천하를 누리게 하십시오. 왕이시여, 빤다와들과 함께 사느니 차라리 목숨도 부도 왕국도 다 버리겠습니다. 아버지, 저는 뾰족한 바늘 끝 하나 꽂을 만한 땅도 빤다와들에게 내주지 않을 것입니다.'

드르따라슈트라가 말했다.

'친애하는 이들이여, 야마의 땅으로 가는 저 지혜 더딘 내 아들을 따르려는 이가 있다면 모두 마음 아픈 일이오. 나는 두료다나를 버리겠소. 사슴들 가운데 있는 호랑이처럼 저 빼어나고 빼어난 전사들, 빤두의 아들들은 전투에 모인 모든 이들을 죽일 것이오. 모든 것이 다 거꾸로 가는 것 같구려. 바라따의 병사들은 무장이 해제되어 팔 긴 유유다나에게 짓밟힌 여인들처럼 그렇게 짓뭉개질 것이오. 이미 차고 넘치는 빤다와 병력에 쉬니의 후손 사띠야끼까지 합세해서 전장에 씨처럼 화살을 심어댈 것이오. 비마세나는 병사들의 선봉에 설 것이며 병사들은 성벽을 에워싸듯 두려움 모르는 그를 에워싸고 지킬 것이오. 만약 그대들이 전장에서 산처럼 거대한 코끼리들이 상아는 부러져나가고 이마가 잘려 피 흘리는 것을 본다면, 무너진 산처럼 비마에게 무너진 그들을 본다면 그대들 자신도 비마를 마주하

다르바 풀_ 희생제를 지낼 때 쓰이는 끝이 날카로운 풀.

기 두려워하며 내 말을 기억하게 될 것이오. 그대들의 군이 비마에게 불타 없어지고 전차와 코끼리들이 죽임을 당한 뒤 불탄 흔적과 같은 그들을 보면 그때는 내 말을 기억하게 될 것이오. 빤다와들과 화친을 맺지 않으면 거대한 위험이 그대들을 덮치리니. 비마세나의 철퇴로 모두 죽은 뒤에야 평화가 찾아올 것이오. 꾸루의 병사들이 난도질당한 거대한 숲처럼 전장에서 쓰러지면 그때는 내 말을 기억하게 될 것이오.'

이어지는 와이샴빠아냐의 이야기는 이러하다.

세상의 모든 왕들에게 이렇게 말한 뒤 왕은 다시 한 번 산자야에게 돌아서 말했다.

58

드르따라슈트라가 말했다.
'고결한 와아수데와와 아르주나는 무어라 말하더냐? 지혜로운 이여, 말해다오. 그대의 말을 듣고 싶구나.'
산자야가 말했다.
'바라따 왕이시여, 소인이 본 두 영웅 끄르슈나와 아르주나에 대해 있는 그대로 말씀드릴 터이니 잘 들어보소서. 소인은 그들과 이야기하기 위해 두 손을 모으고 공손히 소인의 발을 내려다보며 신 같은 이의 방에 들어갔었습니다. 두 끄르슈나와 끄르슈나아 그리고 아름다운 사띠야바마가 있는 그곳은 아비만유와 쌍둥이들도 가까이 들지 못한 곳이었지요. 꿀술에 취한 그들은 전단향을 몸에 바르고 화사한 옷을 입었으며 화환을 걸고 천상의 장신구들을 했더이다. 온갖 다채로운 보석으로 꾸며진 값진 의자에는 여러 모양의 깔개가 놓였고, 적을 길들이는 그들은 바로 거기 앉아 있었습니다. 끄르슈나의 발은 아르주나의 무릎에 놓였고, 그리고 고결한 아르주나의 발은 끄르슈나아와 사띠야마바에게 있었답니다. 아르주나는 소인에게 황금 걸상을 가리켰고 소인은 그것을 손으로 만진 뒤 바닥에 앉았지요. 아르주나가 저 상서로운 두 발을 걸상에서 거둬들일 때 소인은 그의 발바닥에서 위로 곧게 뻗친 족상을 보았습니다. 소인은 그 위에 샬라 둥치처럼 검고 우뚝한 두 젊은이가 함께 앉아 있는 것을 보았고 그때 엄청난 공포가 소인을 엄습하더이다. 저들은 마치 인드라와 위슈누 같았습니다. 지혜 더딘 두료다나는 그것을 알 리가 없기에 드로나와 비슈마에게 기대고 까르나의 추어올림에 자신을 내맡기고 있는 것이지요. 저 둘에게 명을 내릴 수 있는 다르마의 왕이야말로 마음속 소망을 이룰 수 있는 이임을 소인은 확신했습니다.

먹을 것과 마실 것을 대접받고, 옷을 선물로 받은 소인은 따뜻한 저들의 환대에 두 손을 이마에 모으고 아르주나에게 왕의 전갈을 전했더이다. 아르주나는 끄르슈나가 말을 꺼내도록 채근하는 듯 활과 화살에 익숙한 손으로 그의 복 담긴 발을 가만히 만지더이다. 인드라의 용맹에 버금가는 끄르슈나는 온갖 보화로 치장하고 인드라의 깃발처럼 똑바로 앉아서 소인에게 말했습니다. 저 능변가의 말은 맑고 의미심장했습니다. 부드러웠으나 드르따라슈트라의 사람들을 놀라게 하고 두렵게 만들기에 충분하더이다. 소인은 들을 가치가 있는 그의 말을, 구구절절 맞고 의미심장해서 마지막엔 소인의 심장을 말리는 듯하던 그의 말을 들었나이다.

와아수데와는 이렇게 전하더이다.

"산자야여, 사려 깊은 드르따르슈트라 왕이 꾸루의 어른들과 드로나와 함께 들을 수 있도록 이 말을 전하시오. 지금 엄청난 닥쉬나를 브라만들에게 바치는 희생제를 지내시오. 아들들, 아내들과 함께 한껏 즐기시오. 거대한 위험이 몰려가고 있으니 말이오. 그릇이 되는 이에게 재물을 풀고 욕망의 소산인 아들들을 얻으시오. 왕이 승리를 서두르고 있으니 연인들에게는 사랑을 표하시오. 내 마음을 떠나지 않는 빚이 점점 늘어나고 있다오. 내가 멀리 떠나 있을 때 끄르슈나아는 내 이름 '고윈다!'를 소리쳐 불렀소. 그래서 나는 당신과 적대적인 저 꺾기 어렵고 위력 넘치는 간디와 활잡이의 뒤를 지키려는 것이오. 또 다른 나라고 할 수 있는 쁘르타의 아들에게 누가 감히 덤빌 것이오? 시간이 아닌 다음에야 인드라가 직접 온들 그에게 감히 맞서겠소? 그의 두 팔은 대지를 들어 올리고 그의 분노는 이곳 생명들을 태울 것이며, 신들은 하늘에서 떨어져 내릴 것이오. 누가 감히 아르주나를 전장에서 이길 수 있겠소? 신과 아수라, 인간, 약샤, 간다르와, 뱀들 가운데 누구도 빤두의 아들을 전장에서 물리칠 수 있는 자를 나는 보지 못했소. 위라타 도성에서 쌓았던 위업, 저 많은 병사들을 단신으로 물리쳤던 위업으로 이는 충분히 입증되지 않았소? 위라타의 도성에서 빤두의 아들 혼자서 저들을 짓뭉개고 뿔뿔이 도망치게 했던 위업으로 충분히 입증되지 않았소? 그런 힘과 기력과 기세와 민첩함과 날렵함은 의기충천하고 당당한 아르주나 말고는 누구에게도 없는 것들이오."

산자야가 말을 이었다.

'끄르슈나는 이렇게 말하며 아르주나의 사기를 북돋았습니다. 인드라가 제때 우레를 치며 비를 내려붓는 듯했습니다. 그러자 끄르슈나의 말을 들은 흰말 타고 왕관 쓴 아르주나가 모두를 떨게 하는 말을 했답니다.'[†]

59

이어지는 와이샴빠야나의 말은 이러하다.

지혜의 눈을 지닌 인간들의 군주는 산자야의 말을 듣고 손익을 곰곰이 살피기 시작했다. 아들들의 승리를 바라는 왕은 그 말들을 꼼꼼히 헤아려 살핀 뒤 득과 실을 있는 그대로 영리하게 따져보았다. 영리한 인간들의 군주는 강점과 약점을 사실대로 파악하고 양측의 힘을 가늠했다. 인간과 신의 힘 모두를 지닌 빤다와들의 기세

~말을 했답니다_ 아르주나의 말은 64에서 이어진다.

가 우위인 것을 알고 꾸루들의 힘이 약하다는 것을 안 왕이 두료다
나에게 말했다.

'두료다나여, 내 걱정이 영 사그라지질 않는구나. 추론이 아니라
직접 본 것을 바탕으로 한 말이니 나는 이것이 움직일 수 없는 진실
임을 알고 있다. 세상 만물은 자기 자손에게서 더 할 수 없는 정을 느
낀단다. 힘닿는 만큼 그들이 좋아하는 것을 하고 그들에게 이로운 일
을 하지. 이와 마찬가지로 도움을 받은 사람은 보통 자기를 도와준
사람에게 더 큰 사랑을 주려고 하는 경향을 볼 수 있다. 아그니는 아
르주나가 칸다와 숲에서 자기에게 해준 일을 기억하고 까우라와들과
빤다와들의 이 끔찍한 전쟁에서 그를 도우려 할 것이다. 다르마를 비
롯한 다른 많은 천신들도 아들을 아끼는 마음에서 빤다와들을 도울
것이 분명하다. 장담하건대, 신들은 비슈마와 드로나와 끄르빠를 비
롯한 다른 많은 이들에게서 올 위험으로부터 저들을 지키기 위해 벼
락을 내리치며 싸울 것이 틀림없다. 범 같고 기력 넘치며 무기 다루
기에 능한 빤다와들이 신들과 함께한다면 인간들은 감히 그들을 쳐
다볼 수도 없으리라.

와루나가 준, 화살로 꽉 채워져 줄지 않는 두 개의 화살집을 메
고 저 견뎌내기 어려운 빼어난 천상의 간디와 활을 휘두르는 이, 깃
대에 붙지 않은 채 연기처럼 펄럭이는 천상의 원숭이 깃발을 매달고
다니는 이, 사해로 둘러싸인 이 땅에는 그 기세를 따를 수 없는 전
차, 거대한 구름이 내는 우레 소리처럼 들리기에 사람들에게 두려움
을 일으키는 전차를 몰고 다니는 이, 초인적 용맹을 지녔음을 온 세
상이 다 아는 이, 전장에서는 신들이라고 해도 꺾을 수 없음을 왕들

이 알아주는 이, 씨를 뿌리듯 오백 개의 화살을 한꺼번에 뿌리는 것처럼 보이는 이, 화살이 날아간 바로 다음 순간 이미 다른 화살이 먼 곳에 떨어져 있는 이, 비슈마와 드로나와 끄르빠와 드로나의 아들과 마드라의 왕 샬리야와 여타의 중립적인 왕들이 싸울 태세 갖추고 있는 그를 보고 적을 길들이는 전사들 중의 호랑이라고 칭하는 이, 초인적 왕들마저도 감히 넘보지 못하는 이, 팔의 위력이 까르따위르야와 같고 오백 개의 화살을 쉼 없이 쏠 수 있는 이, 끄르슈나와 대인드라의 보살핌을 받는 저 빤두의 아들 아르주나가 대혼전 속에서 우리 모두를 도륙하고 있는 것을 나는 보고 있느니. 바라따의 자손이여, 이처럼 나는 밤낮 할 것 없이 꾸루들의 화평을 염려하니 잠도 평온함도 없구나. 꾸루들에게 완전한 파멸이 닥쳐왔구나. 이 싸움을 끝낼 방법은 화평 말고는 없다. 아가, 내가 바라는 것은 항상 빤다와들과의 화평이었다. 분쟁이 아니었느니. 빤다와들은 언제나 까우라와들보다 강했단다.'

60

이어지는 와이샴빠야나의 이야기는 이러하다.

아버지의 이와 같은 말을 들은 성마른 두료다나는 폭발하듯 격분하며 다시 말했다.

'쁘르타의 아들들이 신들의 보살핌을 받으니 이길 수 없다고 여기신다면, 지고한 왕이시여, 그 두려움을 거두소서. 바라따시여, 신이 신이라고 불리는 까닭은 그들이 걱정과 미움에 휘둘리지 않고 혐오와 탐욕을 버려 평정심을 유지하기 때문이라고 위야사 드와이빠야나와 고절한 선인 나라다도 자마다그니의 아들 빠라슈라마도 전에 말씀하신 적이 있습니다. 황소 같은 바라따시여, 신들은 인간들처럼 걱정이나 탐욕, 동정이나 미움 따위로 일을 벌이지 않습니다. 아그니와 와유, 다르마와 인드라, 그리고 아쉰들이 걱정으로 인해 뭔가를 했더라면 쁘르타의 아들들이 고생했을 리가 없지요. 그러니 바라따시여, 행여나 그런 일로 걱정하진 마소서. 신들은 항상 신성神性 이외에는 관여치 않습니다. 그럼에도 만약 그들이 걱정과 미움과 탐욕으로 인해 뭔가를 할 것이라고 감지되면 그들에게 내재된 신의 권능이 그리하도록 내버려두지는 않을 것입니다.

사방천지를 전부 다 태워 없애려고 불길을 일으키는 아그니에게 제가 진언을 걸면 불길은 잦아듭니다. 천신들의 기세는 더할 나위 없이 대단하지요. 바라따시여, 그러나 제 기세도 신들보다 못하지 않음을 알아주소서. 왕이시여, 그들이 땅을 찢고 산봉우리를 부순다면 저는 진언을 써서 세상이 지켜보는 가운데 그것을 잠잠하게 할 수 있습니다. 그들이 만약 생각이 있는 것들, 생각이 없는 것들, 움직이는 것들, 가만히 있는 것들을 파괴하는 무시무시한 굉음을 일으켜도, 돌비를 내리고 폭풍을 내리쳐도 저는 만물을 향한 자비로 세상이 지켜보는 가운데 그것을 잠잠하게 할 수 있습니다. 저는 언제라도 물을 얼려 전차와 보병들이 그 위를 가게 할 것입니다. 신들과 아수라들의 기분을 움직일 수 있는 이는 오로지 저 한 사람뿐입니다. 제가 원하는 곳에는 물이 솟아납니다. 왕이시여, 제 영토에서 뱀 따위로 인한 위험은 없습니다. 잠자는 생물들도 저를 두려워하여 해를 끼치지 못할 것입니다. 왕이시여, 빠르잔야는 제 영토에 사는 이들을 위해 넉넉한 비를 내립니다. 백성들은 모두 다르마에 굳건하여 하늘이 내린 재앙은 없을 것입니다. 아쉰인들도 와유도 아그니도 인드라와 마루뜨들도 또한 다르마도 제가 미워하는 자들을 보살필 수 없습니다. 그들이 신들의 힘으로 저의 적들을 보살필 수 있었더라면 빤다와들은 열세 해 동안이나 고생하지 않았을 것입니다. 신도 간다르와도 아수라도 락샤사도 제가 미워하는 자를 보호할 힘이 없음을 저는 말씀드릴 수 있습니다. 동지나 적이 잘되거나 잘못되기를 제가 바라서 이루어지지 않은 적이 없습니다. 적을 태우는 이여, 제가 '이런 일이 일어날 것이다'라고 말해서 일어나지 않은 경우가 없었습니다. 그러기에 사람들은 저를 일러 진실을 말하는 이라고 합니다. 왕이시여, 사방으로 퍼진 저의 위대함은 세상이 증명합니다. 이런 말씀을 드리는 것은 전하를 안심시키기 위한 것이지 자화자찬 하려는 것이 아닙니다. 왕이시여, 제가 전에 이런 말을 한 적이 없었던 것은 자화자찬이 천박한 것이기 때문이었습니다.

빤다와, 맛쓰야, 빤짤라, 께까야, 사띠야끼, 와아수데와가 제게 패했음을 대왕께선 듣게 될 것입니다. 강이 바다에 이르면 본질을 잃어버리듯 저들도 제게 오면 동지들과 함께 모든 것을 잃을 것입니다. 최고의 지혜와 최고의 빛과 최고의 위력이 제게 있고, 저들을 앞지르는 최고의 학문과 최고의 요가가 제게 있습니다. 할아버지와 드

로나와 끄르빠와 샬리야와 샬라가 무기에 대해 알고 있는 것은 저도 모두 알고 있습니다.'

와이샴빠야나가 말했다.
"바라따의 후예, 적을 태우는 자나메자야 왕이시여, 이렇게 말한 뒤 호전적인 그는 언제가 적절한 때인지를 알아보기 위해 다시 한 번 산자야에게 물었답니다."

61

이어지는 와이샴빠야나의 이야기는 이러하다.

이런저런 식으로 계속 질문해대는
드르따라슈트라의 말에 개의치 않고
이제 까르나가 꾸루들의 모임에서
두료다나의 기운을 북돋기 위해 말했다.

'빠라슈라마는 오래 전, 제가 그에게서
브라흐마 날탄을 얻으려 거짓을 말했음을 알고
제 마지막 시간이 다가올 때 제가 그 날탄의 진언을
기억하지 못할 것이라고 말했었지요.

찌를 듯 성성한 빛을 지닌 대선인은
온 세상과 바다를 모두 태울 위력이 있었음에도
스승을 거스르는 큰 죄를 범한 저를
단지 저주하는 것으로 그쳤습니다.

저는 배우는 이로서의 순종과
사내다움으로 그의 마음을 흡족케 했습니다.
그 날탄은 지금까지 온전히 제게 남아 있지요.
그러니 짐은 제가 지겠습니다.

선인의 후의로 저는 눈 깜짝할 새에
빤짤라와 까루사들과 맛쓰야들을 처단하고
빤다와들을 아들손자 할 것 없이 벨 것입니다.
그리하여 저는 무기로 얻게 되는 세상을 얻겠습니다.

할아버지도 드로나도, 인간의 수장들도
모두들 당신 곁에 머물게 하십시오.
저는 빼어난 내 병사들과 함께 진군하여
빤다와들을 베겠습니다. 짐은 제가 지겠습니다.'

이렇게 말하는 그를 향해 비슈마가 말했다.
'시간이 네 지혜를 가리고 있거늘 무어라 지껄이느냐?

까르나여, 우두머리가 죽으면 드르따라슈트라의 아들들도
죽으리라는 것을 너는 정녕 알지 못한단 말이더냐?

다난자야가 끄르슈나의 도움으로
칸다와를 태운 행적에 대해 듣는 것만으로도
네 자신과 친지들은 스스로를
추스를 수 없게 되지 않았더냐?

천계의 제왕, 고결한 인드라가
네게 주었던 바로 그 창이
끄르슈나가 던진 원반에 맞아
산산이 부서져 재가 되는 것을 너는 보리라.

까르나여, 너를 빛나게 하는 저 뱀 주둥이 화살,
아름다운 화환으로 네가 그토록 우러르는 그것이
빤두 아들의 화살에 맞아 결국은
너와 함께 사라지고 말지니.

까르나여, 바나와 바우마를 죽인 와아수데와가
왕관 쓴 아르주나를 지키고 있구나.
아르주나는 너에 버금가는 이들을, 혹은 너보다 강한 적들을
격전이 벌어지는 전장의 한가운데서 물리쳐왔느니!'

까르나가 말했다.

'고결한 우르슈니의 수장 끄르슈나는 분명
당신이 말한 대로이거나 더 나을 수도 있지요.
그러나 당신은 제게 좀 심한 말을 했습니다.
할아버지는 그리 말씀하신 대가를 들어보십시오.

저는 전장에서 무기를 들지 않겠습니다.
할아버지는 회합에서만 저를 볼 수 있을 것입니다.
세상의 왕들은 당신이 사그라질 때야 비로소
이 땅에서 저의 위용을 볼 수 있을 것입니다.'

이어지는 와이샴빠야나의 이야기는 이러하다.

이렇게 말한 뒤 저 대궁수는
회당을 떠나 자신의 거처로 가버렸다.
그러나 비슈마는 꾸루들 가운데서
웃으며 두료다나에게 말했다.

'마부의 아들은 약속을 잘도 지키겠구나.
자기가 말했던 그 짐을 무슨 수로 버리랴?
군진은 군진으로 내쳐지고 머리는 박살난 뒤
비마 때문에 세상의 파멸이 오는 꼴을 이제 보게 되리니.

아완띠와 깔링가와 자야드라타,
웨디드와자, 바흘리까가 곁에 서있을 때
'나는 적의 수천수만 전사들을 죽이리라'라고
그는 말하지 않았던가?

저 무결한 성자 라마에게 그는 자신이
브라만이라고 말한 뒤 날탄을 얻었지.
미천하디 미천한 저 까르나 와이까르따나의
다르마와 고행의 결실은 그때 이미 잃었을지니!'

이어지는 와이샴빠야나의 이야기는 이러하다.

비슈마가 왕들에게 이렇게 말을 마치고,
까르나가 무기를 내려놓고 떠나버리자
드르따라슈트라의 지혜 모자란 아들 두료다나가
샨따누의 아들 비슈마에게 말했다.

62

두료다나가 말했다.

'쁘르타의 아들들은 다른 사람들과 다르지 않습니다. 그들의 태어남이 다를 뿐입니다. 어찌 그리 치우친 생각으로 빤다와들이 이긴다고만 생각하시는 겁니까? 할아버지, 저들도 모두 같은 태생이요, 모두 인간의 자궁에서 태어났습니다. 어찌 승리가 빠르타들에게만 간다고 생각하시는 겁니까? 저는 할아버지나 드로나, 끄르빠나 바흘리까, 그리고 다른 어떤 왕들에게도 의존하지 않고 싸우겠습니다. 저와 까르나와 제 아우 두샤사나가 날카로운 화살로 다섯 빤다와를 전장에서 죽일 것입니다. 왕이시여, 그런 뒤에 막대한 닥쉬나를 바치고 여러 가지 제물을 써서 대희생제를 치르겠습니다. 소와 말과 재물로 브라만들을 기쁘게 하겠습니다.'

위두라가 말했다.

'친애하는 왕이시여, 우리는 새를 잡기 위해 땅에 그물을 펼쳐놓은 새잡이에 관해 옛 사람들이 하는 말을 듣곤 했습니다. 똑같이 강한 새 두 마리가 그물에 한꺼번에 잡힌 적이 있었답니다. 새들은 그물을 들어 올려 창공으로 날아가버렸지요. 새잡이는 두 마리 새가 창공으로 치솟는 것을 보고 어디를 가든 뒤를 쫓아갔습니다. 잡을 일념으로 새를 뒤쫓는 새잡이를 보고 일상의 의례를 마치고 아쉬람에 있던 어떤 성자가 물었습니다. 꾸루의 후예시여, 잡으려는 새들은 하늘을 날고 있었고 새잡이는 땅에서 그들을 쫓고 있었기에 성자는 시를 지어 물었지요.

"새잡이여, 참으로 신기하고 놀라운 일 아니오.
땅을 밟은 그대가 하늘을 나는 새들을 쫓고 있지 않소?"

새잡이는 성자에게 답했습니다.

"저 두 마리 새가 함께 있다면 제 그물을 가져갈 수 있을 것이나 저놈들이 싸우기 시작하면 이내 제가 저놈들을 잡을 수 있을 것입니다."

죽을 운명이었던지 두 마리 새는 싸우기 시작했고, 멍청한 일로 싸우던 그들은 결국 땅에 떨어지고 말았습니다. 죽음의 사슬에 걸린 그들은 죽어라 싸웠고 새잡이는 슬며시 다가가서 둘을 모두 잡아버렸지요.

재산을 두고 친척끼리 무모한 싸움을 벌인 이들은 저 두 마리 새와 마찬가지로 싸움으로 인해 적의 손아귀에 떨어지고 말 것입니다. 같이 먹고 같이 말하고 같이 묻고 같이 가는 것, 이런 것들이 친척들이 하는 일입니다. 싸우는 것은 어떤 경우에도 친척들이 하는 일이 아닙니다. 친척들이 모두 좋은 마음으로 웃어른을 섬길 때 사자가 지키는 숲처럼 누구도 그들을 넘볼 수 없지요. 황소 같은 바라따시여, 그러나 한없이 뻗어 있는 재물이 있음에도 하는 짓이 비천하다면 그 복을 모두 적에게 넘겨주고 맙니다. 황소 같은 바라따의 후예 드르따라슈트라시여, 친척이란 횃불과 같아서 떨어져 있으면 연기를 피울 뿐이지만 함께 있으면 불을 활활 타오르게 한답니다.

언젠가 소인이 산에서 보았던 다른 일화를 말씀드리지요. 이 이야기를 듣고 옳다고 여기는 일을 하십시오. 소인은 그때 산 사람들, 그리고 진언의 지식을 설명해주는 신 같은 브라만들과 함께 북쪽 산악 지대를 여행한 적이 있었습니다. 우리는 초목들이 사방으로 뻗어 있고, 빛나는 약풀들이 떼지어 있는 간다마다나 산을 향해 갔지요. 그곳은 싣다들과 간다르와들이 즐겨 찾는 곳이었습니다. 그곳에서 우리 모두는 벌들이 들끓지 않는 노란 꿀을 보았지요. 바위투성이의 울퉁불퉁한 절벽에 달려 항아리 한가득 정도 꿀이 들어 있는 벌집은 독뱀들이 지키고 있었습니다. 꾸베라가 특히 좋아하는 그것은 죽음 있는 자가 마시면 죽음 없는 상태가 되며, 눈 없는 자는 눈을 얻고, 나이 든 자는 젊음을 얻는 꿀이라며 약초를 아는 브라만들이 말해주었지요. 땅을 지키는 군주시여, 산 사람들은 그것을 보고 그것을 원했습니다. 그리고 그들은 뱀들이 우글거리는 산의 절벽에서 절명하고 말았습니다.

이와 마찬가지로 당신의 아들은 이 땅을 혼자서 차지하려고 합니다. 꿀은 보았으나 어리석음 때문에 추락은 보지 못합니다. 두료다나는 왼손잡이 궁수와 전장에서 싸우고 싶어하지만 소인은 그가 용기와 기세에서 아르주나의 상대가 되는지는 보지 못했습니다. 단신으로 전차에 서서 세상을 정복했던 저 영웅은 지금 당신을 마주보며 참을성 있게 기다리고 있습니다. 드루빠다, 맛쓰야의 왕, 성난 다난자야는 바람을 만난 불처럼 전장에서 아무것도 남겨두지 않을 것입니다. 드르따라슈트라여, 당신의 품에 유디슈티라 왕을 품으소서. 두 진영이 싸우면 어느 쪽도 승리를 장담할 수 없기 때문입니다.'

63

드르따라슈트라가 말했다.

'두료다나, 내 아들아, 내가 말하는 것을 잘 생각해보거라. 너는 지금 길 모르며 가는 나그네처럼 옳지 않은 길을 옳다고 여기는구나. 네가 가늠해보고자 하는 다섯 빤다와들의 기세는 마치 세상을 이루는 다섯 원소처럼 대단하느니라. 궁극의 목표를 보지 못하고서는 이 세상에 발을 딛고 사는 이들 중에 가장 다르마에 충실한 꾼띠의 아들 유디슈티라를 알지 못한다. 마치 폭풍 앞에 선 나무처럼 꾼띠의 아들 비마세나, 힘으로는 세상 누구와도 같지 않은 전장의 야마와 맞서려 마음먹고 있구나. 생각 있는 사람이라면 누가 전장에서 저 간디와 활잡이와 싸우려 하겠느냐? 메루가 산들 중에 최고이듯 그는 모든 무기 가진 이들 중에 가장 빼어난 이가 아니더냐? 천상의 왕이 벼락을 휘두르듯 적의 한가운데서 화살을 쏘아대는 저 빤짤라의 왕자 드르슈타듐나가 끌어내리지 못할 자 어디 있겠느냐? 사띠야끼 또한 넘보기 어려운 자다. 안다까 우르슈니들은 그를 우러러마지 않는다. 그가 빤다와들을 이롭게 하기 위해 너의 병사들을 파괴하리라.생각 있는 어떤 자가 감히 연꽃 눈의 끄르슈나와 맞서 싸우려 하겠느냐? 삼계를 그와 견주어 봐도 그가 더 낫지 않더냐? 그의 한 쪽은 아내들, 친지들, 친척들, 자기 자신, 그리고 이 땅이 지탱하고, 다른 한 쪽은 다난자야가 떠받치고 있다. 빤다와가 있는 곳이면 어김없이 자신을 다스리는 난공불락의 와아수데와가 있지. 그리고 대지의 여신도 맞서지 못하는 빤다와들의 군대는 끄르슈나가 있는 곳에 있느니. 아들아, 너를 위해 바른 말하는 동지들 곁에 서 있거라. 연로하신 샨따누의 아들, 네 할아버지 비슈마의 말을 새겨 들거라. 내 말을 들어야 한다. 나는 꾸루들의 이익을 위해 말하느니라. 드로나와 끄르빠와 위까르나, 그리고 바흘리까 대왕도 이와 같은 생각이구나. 그들의 말에 귀를 기울임이 좋으리라. 바라따여, 이들 모두 다르마를 알고 나와 같은 마음으로 너를 총애하느니. 위라타의 도성에서 너의 군이 아우들과 함께 네 눈앞에서 뿔뿔이 흩어졌음을, 그리고 우왕좌왕 하다 소들을 모두 놓아줬음을 기억하라. 그 도성에서 일당백으로 싸웠던 놀라운 일이 회자되고 있는 것만 봐도 충분한 증표가 되지 않겠느냐? 아르주나 혼자서 그 일을 이뤄냈거늘 모두 모인다면 더 말해 무엇하겠느냐? 그와 형제들을 잘 살펴 그들에게 살아갈 방도를 마련해주거라.'

64

이어지는 와이샴빠야나의 이야기는 이러하다.

다복한 대지혜인 드르따라슈트라는 수요다나에게 이렇게 말한 뒤 다시 한 번 산자야에게 물었다.
'산자야여, 와아수데와에 이어서 아르주나가 무슨 말을 했는지 말해보거라. 나는 그것이 궁금하고 또 궁금하구나.'

산자야가 말했다.

'와아수데와의 말을 듣고 이번에는 범접키 어려운 꾼띠의 아들 다난자야가 이렇게 말하더이다. 와아수데와는 그의 말을 듣고 있었 습니다.

"산자야여, 비슈마 할아버지, 드르따라슈트라, 드로나, 끄르빠, 까르나, 바흘리까 대왕, 드로나의 아들, 소마닷따, 그리고 수발라의 아들 샤꾸니, 두샤사나, 샬라, 뿌루미뜨라, 위윙샤띠, 위까르나, 찌뜨라세나, 자야뜨세나 왕, 윈다, 아누윈다, 아완띠의 두 왕자, 두르무카 까우라와, 사인다와, 두사하, 부리쉬라와스, 바가닷따 왕, 잘라산다 왕,

까우라와들을 위해 싸우려
거기 모인 여타의 다른 왕들,
마부여, 다르따라슈트라들에게 이끌려
빤다와의 번쩍이는 불길에 죽으려 뛰어드는 이들,

절을 올려 그들에게 적절히 안부를 물은 뒤,
산자야여, 다 모이거든 내 말을 전하시오.
가장 심한 악행을 저지른 수요다나에게
왕들 가운데서 이렇게 말하시오.

성마르고 마음 나쁜 왕의 아들,
탐욕의 끝을 달리며 악행 저지르는 두료다나에게

산자야여, 내 말을 온전히 전해
그가 책사들과 함께 듣게 하시오."

이렇게 운을 뗀 뒤 다난자야는 소인에게
다르마와 아르타로 가득한 말을 하더이다.
구리처럼 붉고 긴 아르주나의 사려 깊은 눈길은
말하는 동안 와아수데와를 향하고 있었습니다.

"저 고결한 마두의 영웅이 한 말을
당신은 잘 들었을 것이오.
내 말도 그와 같은 마음으로 듣고
왕들이 사방에서 모이거든 제대로 전하시오.

대전투의 화살의 불길에서 이는 연기로
진언 대신 울리는 수레바퀴 소리로
희생제 제물이 바쳐지지 않도록 한마음으로 애쓰시오.
활을 희생제 주걱 삼아 당신의 병력을 쏟아부으시오.

적의 처단자 유디슈티라가 바라는 몫을
당신들이 돌려주지 않는다면
말과 코끼리와 보병들과 날카로운 화살로
내가 당신들을 죽음의 땅으로 보내 주리니."

그리하여 소인은 네 팔의 하리*께 작별하고
다난자야에게 황망히 절한 뒤 돌아왔습니다.
왕이시여, 소인은 저 죽음 없는 이들의 빛과 함께
저들의 위대한 전언을 들고 서둘러 당신 앞에 왔나이다.'

65

이어지는 와이샴빠야나의 이야기는 이러하다.

드르따라슈트라의 아들 두료다나가 그 말을 받아들이지 않자 모두들 침묵을 지켰다. 그리고 왕들이 일어섰다. 이 땅의 왕들이 모두 자리에서 일어나자 왕이 산자야에게 은밀히 물었다. 아들에 집착하는 왕은 자기 쪽이 이겼으면 하는 바람으로 자신과 타인과 빤다와들에 대한 확실한 결론에 이르기 위해 묻고 또 물었다.

드르따라슈트라가 말했다.

'가왈가니*여, 아군의 장비와 약점을
지금 처한 상황에서 있는 그대로 말해다오.

네 팔의 하리_ 끄르슈나. 신의 모습을 취할 때는 팔이 넷이다.
가왈가니_ 가왈가나의 아들, 즉 산자야.

그대는 빤다와들의 상황을 아주 잘 알고 있느니.
저들에게는 무엇이 넘치고 무엇이 모자라더냐?

그대는 양군의 전력을 모두 보아 알고 있다.
그대는 다르마와 아르타의 정수를 알고 결정함을 안다.
산자야여, 내 물음에 모두 답하라.
둘 중 누가 이 전쟁에서 살아남지 못하겠더냐?'

산자야가 말했다.

'소인은 어떤 것도 사사로이 말하지 않겠습니다.
그리하면 당신이 시기심에 사로잡힐 것입니다.
아자미다 왕이시여, 계율에 엄한 당신의 부친,
그리고 당신의 왕비 간다리를 모셔오소서.

그분들은 다르마를 알고 영민하게 결정하실 줄 압니다.
왕이시여, 또한 그분들은 당신의 시기심을 몰아내주실 것입니다.
오로지 소인은 그분들이 계시는 자리에서만
와아수데와와 아르주나의 생각을 온전히 말씀드리겠습니다.'

이어지는 와이샴빠야나의 이야기는 이러하다.

그때 산자야와 자기 아들의 생각을 알아차린 대지혜인 *끄르슈나*

드와이빠야나가 자리에 나타나 말했다.

'산자야여, 이제 드르따라슈트라에게 답하라.
그가 물었던 것에 대해 모두 말하라.
이에 대해 그대가 아는 것을 남김없이 모두,
와아수데와와 아르주나에 대해 모두 말하라.'

66

산자야가 말했다.

'더 없이 존경받는 두 궁수 아르주나와 와아수데와는 자기 의지로 다른 생을 자유로이 택할 수 있고 자유로이 멸할 수도 있지요. 위용 넘치는 군주시여, 마음 성성한 와아수데와의 원반은 허공에 감춰져 있다가 필요할 때 마법으로 움직입니다. 원반이 빤다와들에게 감춰져 있을 때 그들은 그것을 매우 우러렀답니다. 이제 그들의 강점과 약점을 간략하게 말씀드릴 터이니 잘 들어보소서.

마두의 후예 끄르슈나는 무서운 형상을 취하고 있던 나리까, 삼바라, 깡사, 쩨디의 왕 쉬슈빨라를 장난치듯 물리쳤습니다. 빼어난 영혼을 지닌 지고한 이는 그저 생각하는 것만으로도 땅과 허공과 하늘을 당신 손바닥 안으로 불러올 수 있답니다. 왕이시여, 당신은 다시 또 다시 빤다와들에 대해, 그들의 약점과 강점에 대해 소인이 알고 있는지 하문하십니다. 이제 소인이 말씀드리는 것을 잘 들어보소서. 온 세상을 한편에 놓고 다른 한편에는 끄르슈나를 놓고 진정한 알갱이를 따지면 끄르슈나가 온 세상을 능가한답니다. 끄르슈나는 마음만 먹으면 이 세상을 재로 만들어버릴 수 있지만 온 세상이 합심해도 끄르슈나를 재로 만들 수는 없습니다. 진실이 있는 곳에, 다르마가 있는 곳에, 염치와 올곧음이 있는 곳에 고원다 끄르슈나가 있습니다. 끄르슈나가 있는 곳에 승리가 있습니다. 저 지고한 만생명의 혼인 자나르다나 끄르슈나는 놀이처럼 땅과 허공과 하늘을 움직이게 합니다. 그가 빤다와들을 도구 삼아 세상을 혼돈케 합니다. 아다르마에 따라 사는 어리석은 당신의 아들들을 태우려 합니다. 성스러운 끄르슈나는 자신의 요가로 시간의 바퀴, 세상의 바퀴, 세기의 바퀴를 밤낮으로 쉼 없이 굴리고 있습니다. 저 성스러운 주인은 시간과 죽음, 움직이고 아니 움직이는 것들을 홀로 다스립니다. 소인이 말씀드리는 것은 모두 진실입니다. 온 세상의 이런 주인이요 위대한 요기이면서도 하리 끄르슈나는 마치 힘없는 농부가 하는 것과 같은 그런 일을 한답니다. 끄르슈나는 이처럼 마법의 요가로 세상을 속이지만 그분께 자비를 구하는 사람을 혼돈케 하지는 않는답니다.'

67

드르따라슈트라가 말했다.

342

'산자야여, 어찌 그대는 끄르슈나가 세상의 주인임을 아는데 나는 어찌 그것을 알지 못하는가? 설명해보라.'

산자야가 말했다.

'왕이시여, 당신은 앎이 없습니다. 그러나 소인이 가진 앎은 줄지 않습니다. 앎 없이 어둠에 휩싸인 자는 끄르슈나를 알 수 없습니다. 친애하는 왕이시여, 이런 앎으로 소인은 세 유가에 걸쳐 이어져 오는 끄르슈나가 창조되지 않은 조물주, 만생명의 근원이요 멸함인 신임을 알고 있답니다.'

드르따라슈트라가 말했다.

'가왈가나의 아들이여, 그대가 항상 자나르다나와 연결지어 말하는 박띠†가 대체 무엇인가? 그것으로 인해 그대는 세 유가의 끄르슈나를 알 수 있지 않았던가?'

산자야가 말했다.

'대왕께 축복 있으시길! 소인은 속임수에 마음을 쓰지 않았고 헛되이 아다르마를 행하지 않았습니다. 박띠로 내면을 정갈히 하고 샤스뜨라†를 통해 자나르다나를 알았습니다.'

드르따라슈트라가 말했다.

'두료다나여, 끄르슈나 자나르다나께 자비를 구하여라. 아가, 우리는 산자야를 믿어야 하느니. 끄르슈니께 귀의하여라.'

두료다나가 말했다.

'데와끼의 성스러운 아들이 아르주나와의 친분을 말하며 세상을

박띠_ 한 마음으로 신께 헌신하는 것, 또는 신념이나 충성심 혹은 효심 같은 것.
샤스뜨라_ 여러 가지 학문 혹은 경전이나 경전의 말씀.

파멸시킨다면 나는 그에게 귀의하지 않겠습니다.'

드르따라슈트라가 말했다.

'말 없는 간다리여, 시기심 많고 오만하며 고약한 당신의 아들이 점점 더 나쁜 마음을 먹고 훌륭한 이들의 말을 거스르는구려.'

간다리가 말했다.

'권력을 탐하며 혼을 더럽힌 아들아, 어른들의 가르침을 거스르고, 권위와 삶도 버리고 아비와 나마저 버린 멍청한 아들아, 이제 네가 적의 기쁨을 키우고 내 설움을 키우는구나. 비마세나에게 당한 뒤에야 너는 아비의 말을 기억하려느냐?'

위야사가 말했다.

'드르따라슈트라 왕이여, 그대는 끄르슈나의 총애를 받고 있다. 내 말을 들으라. 산자야는 그대의 사절이었고 그가 그대에게 복을 가져다 주리라. 그는 예전의 끄르슈나를 알고 지금의 끄르슈나를 아느니. 만약 그대가 마음을 다해 그의 말을 듣는다면 그가 그대를 큰 위험에서 구해주리라. 위찌뜨라위르야의 아들이여, 사람들은 성냄과 기쁨의 어둠에 휩싸이고 온갖 족쇄에 묶여 자기가 가진 것만으로는 만족하지 못하지. 욕심으로 아둔해진 저들은 끊임없이 야마의 사슬에 걸려든다. 장님이 장님에게 이끌려가듯 저들은 자기가 저지른 업에 의해 끌려 다니느니. 현자들이 가는 길은 오직 하나이다. 이를 본 자는 죽음을 이기고, 위대한 자는 그것에마저 집착하지 않는 법이다.'

드르따라슈트라가 말했다.

'산자야여, 어디에도 두려움이 없는 길에 대해 말해다오. 따라가

다 보면 끄르슈나에게 이르러 궁극의 평화를 얻는 그런 길을 일러 다오.'

산자야가 말했다.

'자기 자신을 절제하지 못하는 사람은 자신을 완벽하게 절제하는 자나르다나를 알 수 없습니다. 그러나 감각이 다스려지지 않는 한 절제라는 행위가 수단이 되지는 못합니다. 마음이 성성한 이는 울쑥불쑥 튀어나오는 감각에 대한 욕망을 버리고, 나태하지 않으며 남을 해치지 않습니다. 그리고 그것이 앎의 근원임은 의심할 여지가 없습니다. 왕이시여, 게으름 없이 감각을 절제하는 데 힘써야 합니다. 당신의 마음이 흐트러지지 않도록 잘 붙잡으셔야 합니다. 브라만들은 감각을 절제하는 이것이야말로 명료한 지혜라고 알았습니다. 이것이 현자들이 아는 지혜이며 그들이 가는 길입니다. 왕이시여, 절제되지 않은 감각으로는 끄르슈나에게 이를 수 없습니다. 경전에서 배운 대로 요가에 의해 감각을 적절히 다스리는 법을 아는 자는 진실 안에서 즐거움을 찾습니다.'

68

드르따라슈트라가 말했다.

'산자야여, 내가 묻노니, 연꽃 눈의 끄르슈나에 대해 더 말해다오. 벗이여, 그의 이름과 행적의 의미를 이해함으로써 내가 저 위 없

는 사람에게 이를 수 있는지 말해다오.'

산자야가 말했다.

'께샤와 끄르슈나는 전부를 가늠할 수 없는 분이기에 소인은 그 신의 상서로운 이름의 어원에 대해 소인이 알 수 있는 만큼만 들었습니다.

그는 만생명에 깃들어 있고, 또한 신들의 풍요로움의 근원이기에 '와아수데와'*라고 불립니다. 그는 정의라고 알려져 있기에 '우르슈니'*라고 불립니다. 바라따의 후예시여, 그는 묵언으로 명상하는 요가이기에 마다와*라고 아셔야 합니다. 그는 만물의 정수를 녹이기에 마두한* 혹은 마두수다나라고 합니다. '끄르슈'는 땅이라는 말이며 '나'는 축복이라는 말을 표현합니다. '끄르슈나'는 이 둘을 합친 것이기에 끄르슈나는 영원합니다. 연꽃은 최상의 거처이며 영원하고 멸

와아수데와_ 와수(vasu)(와아수[vāsu]는 vasu의 파생어이다)는 풍요로움, 부라는 뜻이며, 동사인 와사(vasa)는 머물다, 깃들다는 뜻이다. 데와(deva)는 신이라는 뜻이다. 따라서 어원적 의미에서 와수데와는 풍요를 가진 신 혹은 ~에 머무는 신이라는 뜻이며 와아수데와는 와수데와의 아들 혹은 후손이라는 뜻이다.

우르슈니_ 우르샤(urṣa)는 소, 정의라는 뜻이며 어미 i는 ~을 갖다라는 뜻이어서 우르슈니는 정의를 지닌 사람, 정의로운 사람 또는 소를 가진 사람, 즉 부유한 사람이라는 뜻이다.

요가이기에 마다와_ 여기에 설명된 어원으로 마다와(mādhava)를 이해하려면 상당히 복잡한 문법적 설명이 필요하기에 간략한 단어 설명만 곁들인다. 마우남(maunam)은 묵언, 드야나(dhyāna)는 명상이라는 뜻이다.

마두한_ 마두(madhu)는 원래 꿀이라는 뜻이며, 한(han)과 수다나(sūdana)는 죽임이라는 뜻이다. 따라서 이렇게 어원을 도출하는 것은 이해하기 어렵다. 마두한 또는 마두수다나라는 이름은 대개 위슈누(혹은 그의 화신인 끄르슈나)가 마두라는 이름을 가진 락샤사를 죽였기 때문에 붙여진 것이다.

함 없고 다함없기에 그는 연꽃 눈을 가진 사람이라고 불립니다†. 그는 그런 본질을 지니고 있는 분입니다. 다스유들을 위협했기에 그는 '자나르다나'라고 불립니다. 그의 활력†은 닳지 않고, 그의 활력은 줄지 않습니다. 이런 활력으로 인해 그는 사뜨와따라고 불립니다. 그는 소†와 같기에 소의 눈†으로 불립니다. 어머니로부터 태어나지 않았기에 그는 태어남이 없는 이, 즉 '아자'이며 그래서 군을 정복합니다†. 스스로 발산하는 빛으로 신들을 길들이기에 현자들은 그를 '다모다라'라고 합니다. 기쁘기에, 행복하기에, 행복이 주는 힘이기에 그를 '흐르슈께샤'†라고 합니다. 자신의 두 팔로 하늘과 땅을 지탱하기에 바후, 즉 팔†을 지닌 이로 불립니다. 그는 쓰러지지 않기에† 아도크샤자 라고 합니다. '나라야나'로 불리는 것은 그가 사람들의 궁극의 목표이기 때문입니다. '뿌루샤-웃따마', 즉 지고한 사람이라고 불리는 것은 그가 완전히 채우고 또 비우기 때문입니다. 생명이 있고 없는 모든 것의 시작과 끝이기에, 또한 그는 항상 모든 것을 알기에 '사르왐', 즉 모든 것이라고 불립니다. 끄르슈나는 진리 위에 서 있고 진리는 끄르슈나 위에 확고하며 그는 진리 너머의 진리입니다.

~라고 불립니다_ 이 설명은 어원을 바탕으로 하기보다는 이름이 가진 의미에 중점을 두고 있다. 중구난방으로 설명된 것들은 일일이 주를 붙이지 않았다.

활력_ 사뜨와(sātva)는 활력, 정수, 진수, 기력이라는 뜻이다.

소_ 우르샤(urṣa).

소의 눈_ 우르샤바-익샤나 혹은 우르샤벡샤나(urṣabhekṣaṇa).

~ 군을 정복합니다_ 개연성을 찾기 어렵다.

흐르슈께샤_ 흐르쉬(hṛṣī)는 '기쁨'이라는 뜻이다.

팔_ 바후(bāhu)는 팔이라는 뜻이다.

그는 쓰러지지 않기에_ (크)쉬야(kṣīya)는 쓰러진다는 뜻이다.

그러기에 그의 이름도 '사띠야', 즉 진리랍니다. 큰 발걸음으로 인해 '위슈누'라고 하며, 승리하기에 '자야', 즉 승리자라고 부릅니다. 영원하기에 '아난따', 즉 끝없는 이라고 하며, 소를 알기에 '고윈다', 즉 소를 아는 자라고 부릅니다. 그는 사실이 아닌 것을 사실로 만들어 사람들을 혼란스럽게 하기도 합니다.

그는 이와 같습니다. 다르마에 한결같은 성스러운 저 끄르슈나, 완력 넘쳐 추락하지 않는 그가 잔혹한 일을 막기 위해 성자들과 함께 올 것입니다.'

69

드르따라슈트라가 말했다.

'산자야여, 나는 눈 가진 자들이 부럽구나.
빛을 발하는 초인적 몸으로
시방 사방을 밝히는 그를,
저 와아수데와를 눈앞에서 볼 수 있지 않겠느냐?

바라따들에게는 귀 기울일 말로 조언하고
스른자야들에게는 존중받을 말로 축복해주며
살고자 하는 이들에게는 무결한 말로 붙잡아주고

죽을 자들에게는 삶을 붙잡지 못할 말을 하는,

저 유일무이한 사뜨와따 가문의 영웅이 오는구나.
인도자이며 야다와 가문의 황소인 그가
적을 교란시키는 파괴자인 그가
적의 명예를 빼앗는 그가 오는구나.

저 귀하고 고결한 적의 처단자요,
자애롭게 말하는 최상의 우르슈니를,
내 사람들을 현혹케 할 끄르슈나를
여기 모인 꾸루들은 보게 되리라.

그는 오래되고 오래된 지혜 넘치는 선인이요,
말의 바다이며 수행자들의 항아리일지니!
아름다운 날개 가진 가루다 아리슈타네미이며,
만생명의 주인이자 세상의 집일지니!

천의 머리를 지닌 오래된 뿌루샤이며
시작도 중간도 끝도 없는 한없이 명예로운 이,
씨의 창조주이며 태어남 없이 낳아주는 이,
지고의 지고이신 그분께 귀의하나니.

삼계를 만들고 지어 만물을 낳아주신 분,

신과 아수라와 락샤사와 뱀들을,
지혜 가진 모든 왕들의 수장들을 낳아주신 분,
인드라의 아우인 그분께 귀의하나니!'